鶴は戦火の空を舞った

岩井三四二

集英社文庫

目次

鶴は戦火の空を舞った

第一章　死と隣り合わせの任務

一

埼玉県の所沢《ところざわ》には、陸軍が造った〝日本初〟の飛行場がある。

もともと芋畑だった二十三万坪の敷地の中に幅五十メートル、長さ四百メートルほどの滑走路をそなえ、三階建ての気象観測所や格納庫、兵舎なども設けられている。

ここには五機の飛行機がおいてあるが、そのうちの一機、アンリ・ファルマン式飛行機がいま、滑走路に引き出されていた。

「やっぱり凧《たこ》のお化けとしか思えねえな」

陸軍〝初〟の操縦訓練生である錦織英彦《にしきおりひでひこ》工兵中尉は、いまだにそういう感想を抱く。

仲間たちは「行灯《あんどん》」というあだ名を奉っているが、それは褒めすぎだと思う。

行灯ならばまだ骨組みの四方に紙が張られているのに、アンリ・ファルマン機の胴体は、木の丸棒を細長い箱形に組んだ骨組みだけの素通しなのである。そこに布張りの上下二枚の主翼と垂直・水平尾翼、そして機首に前方昇降舵《しょうこうだ》がついている姿は……、

「どう見ても行灯よりも凧の親戚筋だ。ちげえねえ」

滑走路に立つ英彦はつぶやいた。

凧とちがうのは、全長が十二メートル、幅は十メートルほどと大きいことと、胴体の

中央部にグノーム式五十馬力の発動機を積んでいることだ。これでプロペラを回し、空気を後方に押して前進、それによって翼に揚力を発生させて空を飛ぶ仕組みになっている。

木と布でできた機体はなんとも華奢《きゃしゃ》で頼りないが、明治四十五（一九一二）年七月半ばの現在では、これが世界でもっとも実用的な機体とされている。

「何をしておる。うしろに乗れ」

という徳川好敏《とくがわよしとし》大尉の指示に、英彦は「はっ」と短く答え、縦横に走る張線を引っかけないよう気をつけながら、アンリ・ファルマン式飛行機の下翼に足をのせた。

――いよいよ飛ぶのか。

生まれて初めて空に舞いあがるのだ。ついに飛ぶ。胸は高鳴っている。

大尉の背中とグノーム式発動機のあいだには、五十センチほどの隙間がある。英彦はそこに長身で細身ながら筋肉質の体をすべりこませた。せまい上に前席より一段高くなっているので、前を向くと徳川大尉の背中に覆いかぶさるようになる。

徳川大尉はやさしい目つきで鼻も高い公達顔《きんだちがお》だ。それもそのはずで、江戸時代に御三卿《ごさんきょう》と呼ばれた清水《しみず》徳川家の八代目当主である。しかし軍人らしく声は大きく鋭い。

「よし、発動機始動！」

大尉の命令に応じて整備員がプロペラを両手でつかみ、力いっぱい押し下げた。すると英彦の背後の発動機が爆音を発すると同時に青い煙を吐き出し、プロペラがとんでもない勢いで回転しはじめた。

間歇《かんけつ》的だった爆音は、すぐに数千匹の蜂の羽音のような切れ目のない騒音に変わる。同時に細かいが力強い振動が英彦を襲う。

主翼と尾部には合わせて六人の整備員がとりつき、機体を押さえている。機体にはブレーキなどないので、こうしないと勝手に前進してしまうのだ。

徳川大尉は右手に操縦桿《かん》をもち、左手にスロットル・レバーを握っている。操縦席の前には手すりも柵もない。長く突き出した木製の棒の先に、前方昇降舵があるだけだ。

大尉はしばらくじっとしていたが、発動機の音が一定に落ち着くと、左右を見まわし、機体を押さえている整備員に視線を送ってから、さっと左手をあげた。

整備員たちが手をはなし、わらわらと横に走り散ってゆく。

解放された機体が前進をはじめた。

ファルマン機は、滑走路上で徐々に加速してゆく。数十メートルも滑走したところで、徳川大尉は操縦桿を手前に引いた。

すると機体がふわりと浮いた。

「うわあ、飛んだ！」

英彦は思わず叫んだ。

「そりゃ飛ぶさ」

大尉がつぶやく。

機首が上を向いているから、前方には青空が見える。機体が地面から離れてゆくと同時に、左右の景色が斜めになって動いてゆく。

「おおー」

つい声が出る。それが癇《かん》にさわったのか、

「こら、操縦をよく見ていろ」

と徳川大尉に叱られた。といっても徳川大尉は右手に握った操縦桿を前後に動かしているだけなのだが。

とにかく自分は宙に浮いている。信じられないが、現実である。

上昇した機は水平飛行に移った。高さはおそらく百メートル程度だろう。速度は数十キロか。みな目分量でしかない。この飛行機には計器などいっさい付いていないのである。

眼下に広がるのは、緑と茶色のつづれ織り。武蔵野《むさしの》の林と畑だ。歩いている人が人形のように小さく見える。

「どうだ。これなら敵陣もよく見えるだろう」

と徳川大尉が言うのは、軍で飛行機の任務と期待されているのは偵察だからだ。

たしかに遠くまでよく見えるが、この風圧と揺れでは、地上のようすを紙に書き留めようとしてもむずかしいだろう。それどころか、地図を開くことすらできそうにない。

「高いのは結構でありますが、風が強いのが困りもので。工夫が必要と思います」

と返事をすると、

「そうだな、何ごとも工夫だ」

と徳川大尉はうなずいた。

そうして三分も飛んだだろうか。

空を飛ぶとは、なめらかで快適なものだろうと想像していたが、まったくちがった。機体はがたがたと細かく揺れ、ときどき大きな上下動が加わる。しかも正面から風が吹きつけてくるから、顔にかかる風圧も相当なものだ。快適とは言いがたい。そう思っていると、

「よし、左旋回」

と徳川大尉が言って、操縦桿を左に倒した。

機体が少し左に傾き、ゆっくりと旋回する。

「主翼を見てみろ」

と言われて見ると、主翼後方についている補助翼《ほじよよく》が動いている。

「あれで機が左右に動く」

と徳川大尉が説明してくれる。

補助翼はファルマン機に特有の仕組みだった。ほかの機体は主翼をたわめて左右に曲がるようになっているが、補助翼のほうが利きがよく、簡単に旋回できる。そのためいずれみな補助翼を使うようになっていくだろうと、世界中で評価されている。

旋回した機は飛行場へもどってゆく。下方に細長い滑走路が見えた。

「着陸する。しっかりつかまっていろ」

大尉の声もうわずっている。着陸は飛行術の中でも一番むずかしいと言われているだけに、教官でも緊張するようだ。

英彦も両手で座席をつかみ、歯を食いしばった。

地面が近づいてきた。滑走路に進入してゆく。機の前面に、ところどころ草の生えた茶色の地面が迫る。頭から地面に突っ込んでゆく感じだな、とはらはらしていると、大尉が発動機を切った。とたんにうるさかった蜂の羽音が消えて、あたりが静かになる。

その直後、下から突き上げるような衝撃があった。

英彦は「うわあ」と声をあげた。着陸に失敗したと思ったのだ。

機体は反動でまたふわりと上昇する。ふたたび下降し、衝撃があり、また小さく上昇。そして三度目の衝撃で機はようやく滑走に移った。尻の下から細かい衝撃が伝わってくる。

数十メートル走って、機は止まった。

ほっとしていると、整備員や同期生たちが、わらわらと駆け寄ってくる。

「おめでとう。これで貴様も航空兵だな」

そんなことを言うやつがいる。

飛行機が初めて日本に入ってきたのは一年半ほど前だ。以来、飛行機に乗って空を飛んだ者は、陸海軍と民間を合わせても五十名もいないだろう。その希少な人間のひとりに、英彦も加わったのである。

「どうでしたか、空を飛んだ気分は」

と問いかけてくるのは、訓練生仲間の武田次郎《たけだじろう》少尉である。小柄、丸い童顔で陽気な男だ。

「気分か。気分は……、爽快だな」

と言ったものの、どこか期待外れといった感がある。空を飛ぶとは、もっと夢見心地になるような、素晴らしいものだと決め込んでいたのだ。だが実際の乗り心地は案外とがたついた厳しいものだった。

「爽快ですか。そうでしょうね。いいなあ」

武田少尉は、そう言って白い歯を見せた。

また発動機が始動した。今日は、陸軍の航空機操縦将校の訓練生第一期として選抜された者たちが、みな初飛行する予定である。つぎに乗るのは木村鈴四郎《きむらすずしろう》中尉のようだ。八の字髭《ひげ》を生やした顔に不敵な笑みを浮かべている。

——自分で操縦したら、また気分がちがうかもしれんな。

英彦はそんなことを思いつつ、木村中尉を後席に乗せてふたたび滑走をはじめたファルマン機を見ていた。

アメリカ人のライト兄弟が人類で初めて動力つきの飛行機で空を飛んだのが、明治三十六（一九〇三）年。日露戦争がはじまる一年前、英彦が初めて飛んだ時から九年前である。

十六馬力の発動機を積んだフライヤー号による人類最初の飛行は、十二秒間、距離は三十六メートルだったとされている。

それ以来、飛行機は急速に進化してきた。アメリカばかりかヨーロッパの各国でさかんに新型機が作られ、明治四十二（一九〇九）年には英仏間の海峡横断に成功するなど、いまでは何十キロもの距離を安定して飛行できるまでになってきた。

日本でも明治四十一、二年ごろから、新聞でそうした状況は報道されている。

そこでこの革新的な機械を軍で使えるようにしようと、「臨時軍用気球研究会」なるものが明治四十二年八月に発足した。陸海軍合同で、空を飛ぶ装置を研究、実用化しようというのである。

「気球」と名がついているのは、空を飛ぶ装置として飛行機はまだその呼び方すら確定していないのに、すでに気球は実用段階にあったためだ。しかし始めてみると、しだいに飛行機の研究が主となっていった。

研究会はまず所沢で飛行場の建設に着手し、同時に徳川大尉と日野熊蔵《ひのくまぞう》大尉をヨーロッパに派遣して、飛行術の習得と飛行機の購入にあたらせた。

徳川大尉は砲兵将校として着弾観測のため気球に乗った経験があったし、日野大尉はすでに独自に飛行機の研究に着手しているなど、ふたりとも実績があったのだ。

徳川大尉がフランスで飛行機操縦免許をとって帰国したのが、明治四十三（一九一〇）年の秋である。そしてフランスで購入して船で日本に運び込んだアンリ・ファルマン機で日本初の飛行を行ったのが、十二月十九日だった。

明けて四十四年には、徳川大尉がアンリ・ファルマン機をまねて設計製作した国産機（臨時軍用気球研究会式機、略して会式機と呼んだ）もできたので、研究から実用にうつることとなった。すなわち国産の会式機を二号機、三号機とふやしてゆくとともに、飛行機の操縦者を新規に養成し始めたのである。

翌四十五（一九一二）年七月一日から、陸軍内で募集した中尉、少尉ら操縦訓練生を気球隊——本部は中野《なかの》にある——の所属とし、所沢で養成訓練がはじまった。

最初のうちは、飛行機に乗っても飛ばずに滑走路を走るだけだったが、幾度かの滑走訓練をへて、訓練生たちは今日、はじめて空を飛んだのだ。

二

翌朝、英彦は所沢の飛行場にほど近い借家で目覚めると、布団の上で腹筋運動をはじめた。朝と寝る前の日課である。

百回を終えたところで腕立て伏せにうつり、五十回をこなしてから、片手腕立て伏せを左右それぞれ十回ずつ。朝の仕度にかかるのはそれが終わってからだ。

新婚当時、妻の亜希子《あきこ》から、

「どうしてそんなに熱心に体を鍛えるの」

と訊《き》かれたものだが、

「なにごとも常に向上するようつとめるのは、軍人として当たり前のことだからな」

と答えたら、それ以上何も言わなくなった。昼間の勤務中も、暇ができると腕立てや懸垂をしたりするので、同僚などからは「捨てるほど体力があるってことだ」とからかわれるが、あるいはそれが真相かもしれない。

いずれにせよ、いまや習慣になっているので、やらないと落ち着かない。

仕度を終え、出勤しようとして玄関で軍靴の紐《ひも》を結んでいると、

「夕食と明日の朝食は、ばあやに頼んでありますから」

と亜希子が言う。今日から一泊で目白《めじろ》の実家に帰るのである。

「ああ」

と生返事をして、英彦は家を出た。

「しょうがねえやつだな」

つい愚痴が出る。あたりは畑と林ばかりで、おしゃれな店など一軒もないこの所沢での暮らしが、亜希子はお気に召さないようで、何かと口実をもうけては実家に帰りたがる。

所沢に来る前は第一師団工兵第一大隊の所属だったので、本部のある赤羽台《あかばねだい》に住んで

いた。亜希子の実家のある目白は近かったから、しげしげと実家に帰ってもそれほど暮らしに差し障りはなかった。

しかし所沢からとなると、それほど本数もない汽車で片道三、四時間はかかるから、どうしても泊まりがけとなりがちだ。留守の間、家の中のことはばあや――近所の農家のおかみさんを家政婦がわりにしている――まかせになってしまう。

亜希子は子爵家の娘である。英彦が幼年学校にいるうちに親同士が許嫁《いいなずけ》と決めた。英彦が中尉になって、俸禄《ほうろく》が少しあがったのを待ちかねたように式をあげ、所帯をもった。

六歳下の亜希子は初々しく、また大きな目と薄い唇が印象的な美女だったから、結婚した当初は英彦もまんざらでもなかった。また英彦自身も切れ長の目に鼻筋がとおった美男といえる顔立ちなので、まるで西洋人形のような夫婦だといわれたものだ。

ところが結婚して二年もすると亜希子は家事を怠るようになり、それを咎《とが》める英彦とたびたび口げんかをするようになった。

亜希子は、英彦の中尉としての俸給に不満なようだった。買いたいものも買えず、水仕事ばかりさせられる、と怒っていた。

英彦からすれば軍人の安月給は承知の上だろうし、主婦が水仕事をするのは当たり前だと思うのだが、子爵の令嬢として育った亜希子にしてみれば、思惑違いだったようだ。

結婚三年目にしてすでにふたりの仲は冷め切っているが、家に帰れば飯が出てくるならそれで十分だと英彦は思い、いまのところは表面を取りつくろって夫婦の暮らしをつづけている。だが今日のようなことがつづくと、さすがに悟ったようなことばかり言ってもいられなくなる。

——そもそも貧乏中尉が子爵家のご令嬢と結婚したのが間違いだよな。

とは思うが、それだけに世間体もあって離婚は考えられない。この状態がいつまでもつづくのかと思うと、ため息をつきたくなる。

もやもやした気分を抱えながら、英彦は飛行場へ出勤した。


訓練生全員が初飛行を終えたので、操縦訓練はつぎの段階にうつった。

といっても、徳川大尉がにぎる操縦桿に手をそえるようになっただけである。

「ただ手をそえて、操縦桿の動かし方を感得せよ」

というのが徳川大尉の教え方だった。自身もフランスでこのように教えられたという。

訓練生たちは、言われるままに大尉の右こぶしの上に手をのせ、その動きを体感した。

するとどうやら操縦桿は、前後左右にせいぜい十五〜二十センチほど動かすだけで事足りるとわかった。それを適当な時に適当な大きさでおこない、同時に左手でスロットル・レバーを操作すれば、飛行機は操縦できると感じた。

その日も、英彦が同乗したファルマン機は離陸するといつものようにまっすぐに飛び、三分ほどで左旋回して飛行場に引き返し、着陸した。英彦は機からおり、かわりに木村中尉が乗った。

また飛び立っていったファルマン機を見ながら英彦は、

「どうにもまだるっこしくって、仕方がねえ」

とつぶやいた。

「たしかにな。一日に数分の搭乗で、いつになったら操縦法が身につくのかね」

とおなじ訓練生の徳田《とくだ》金一《かねいち》中尉も言う。山口県出身で、ぎょろりとした目が印象的な男である。

「飛行機が少なすぎるんだよな」

飛行時間が短いのには、もちろん理由がある。この所沢には五機の飛行機があるが、教官が訓練生を指導できるのは、アンリ・ファルマン機だけなのだ。

ほかの機は単座か、複座でもふたつの席が隔たっていて、後席の者が操縦桿に手をかけることはできず、教育飛行には向かない。

そしてこのファルマン機がよく故障する。故障とまでいかなくても、張線が切れたり布張りの翼が発動機の油をあびて膨れあがったり、といった不具合はしょっちゅう起きた。そのたびに修理に時間がとられ、飛ぶ時間が短くなる。

その上、指導教官が徳川大尉ひとりだから、どうしても訓練生は待ち時間が多くなる。

教官としてはもうひとり、日野大尉があたるはずだったが、どういうことか研究会委員を免ぜられ、福岡の歩兵連隊に配転になってしまった。

うわさでは、日野大尉は協調性に欠けるところがあり、飛行機や発動機の手入れに熱中するあまり、尊貴の方が所沢を訪問したときに迎えに出なかったりして、上層部の機嫌をそこねたという。

つまらない話だと思うし、もちろん真相はわからない。しかし軍がそういう融通の利かない、冷徹な組織の一面をもっているのは確かだった。

そうして日に一度、五分ほどの同乗飛行を繰り返すうちに、夏の暑さは薄らいでゆき、心地よい秋風を頬に感じるようになった。

その日、無事に五分ほどの飛行を終えて着陸したあと、ファルマン機をおりた英彦は徳川大尉に、

「ありがとうございました。つぎはそろそろ、操縦させてもらえませんか。うまくやれる自信はありますんで」

と申し出てみた。実際、飛行のコツはもう呑《の》み込んだと思っていた。

だが徳川大尉からは、

「馬鹿者、貴様などまだ早い。飛行機を見くびるな！」

と一喝されてしまった。どうやら徳川大尉の頭の中には、教えるにあたって確たる日程があるらしい。訓練生の分際でその日程を乱すなど、あるまじきことのようだった。

「それほどむずかしいとは思えねえがな」

と、英彦は兵舎での昼食のときに、同期の仲間にこぼした。

「そうだな。操縦桿を動かすだけだからな。たいした技術じゃない。もったいをつけな

くてもいいのに」

と言うのは徳田中尉だ。

「訓練期間は一年だから、あんまり早く習得してしまっても具合が悪いんじゃないか」

と木村中尉は八の字髭をなでながら言う。ふたりとも陸軍士官学校十九期卒で、英彦より一年上になるが、訓練生が少ないこともあって、先輩風を吹かすことはない。

ふたりは真面目で几帳面《きちょうめん》なところも似通っていて、講義の時間でもよそ見しがちな英彦とちがって、静かにノートをとっている。

操縦訓練生の出身兵種は歩兵や砲兵、工兵などさまざまで、勤務地も各地に散らばっていた。徳田中尉など、台湾《たいわん》の連隊に赴任していたのである。当然ながらみな空を飛んだ経験はないし、ガソリン式の発動機すら見るのは初めて、といった連中ばかりだった。

「座学との釣り合いをとっているんじゃないですか。飛行機学ってのは、むずかしいですからね。気象学のほうも、どっこいどっこいですが。そちらのほうが進まないと、飛ぶことは許さぬというのじゃないですかね」

童顔の武田少尉がしたり顔で言う。

訓練生たちは実技とともに学科も学んでいた。まず飛行機学と発動機学でそれぞれの作動原理やその元となる物理理論を、そして気象学で天気の見方や上空の風の吹き方などを学び、最後に飛行機操縦学が教えられる。

また自動車の運転や整備の仕方も教えられる。これは発動機を載せた輸送機械という点が飛行機とおなじと見なされて、どうせなら一緒に学べ、ということになったらしい。ガソリンで走る自動車は十数年前にはじめて日本に入ってきたが、高価なため所有者は大金持ちにかぎられている。いまだ東京全体でも百五十台あまりしかないといわれていて、所沢にも一台あるきりだ。

講師陣は徳川大尉のほか、帝国大学の教授で気球研究会の委員でもある田中舘愛橘《たなかだてあいきつ》氏やその教え子たち、また中央気象台の技師で、やはり研究会の委員である中村精男《なかむらきよお》博士など、豪華なメンバーである。

「学科もいいが、だからといって実技を遅らせる理由にはならんだろう」

正直なところ、英彦は座学にはあきあきしていた。

飛行機が飛ぶ原理は、流体力学に基づいて説明される。ベルヌーイの定理からはじまって翼理論、揚力係数などと数式を書きつつすすめられた講義は、眠気を誘うには十分すぎるほどの難解さだった。

訓練生に共通しているのは、若いことと、度胸があることだ。

なにしろ飛行機はまだまだ未完成の技術で、飛ぶことはできるが、突然の強風にあおられて姿勢をくずすだけで、すぐに墜落するような代物だった。操縦桿がきかなくなったり、発動機が故障するのも日常茶飯事で、そうなればたちまち墜落してしまう。

たとえ高度が十メートルでも、落ちれば乗っている人はただではすまない。だから飛行機はひどく危険な乗り物だ、というのが世間の見方で、実際、それはまったく正しいといってよかった。

現に所沢の飛行場ができて一年ほどの短いあいだにも、滑走路からの上昇に失敗し墜落、機体が大破したり、滑走路をそれて横の斜面に落ちたりといった事故が起きていた。徳川大尉も一度、発動機の不調で川越《かわごえ》の麦畑に不時着している。

幸いにもここまで、死者も重傷者も出ていないが、飛行機はかなり損傷していた。

それがわかっていても飛びたいと志願してきたのだから、訓練生たちは度胸があるのか危険に対する感度が鈍いのか、どちらかということになる。さらにいえば、士官学校での成績がぱっとしなかった、という点もだいたい共通していた。

軍の中での出世、すなわち昇進は、陸軍であれば士官学校、海軍では兵学校での卒業席次によるところが大きい。

席次が高ければ、卒業後に陸軍大学校や海軍大学校への進学も容易になり、昇進も早い。将軍への道もひらけてくる。

まじめに目前の軍務をつとめていれば、将来の出世が見込める。士官学校の成績優秀者は、こんな危ない試みにつきあう必要はないのだ。それより陸軍大学校への受験勉強をしたほうが、よほど確かな出世への道である。

とくに徳田中尉らの十九期は、日露戦争で士官がばたばた戦死したことに狼狽《ろうばい》した陸軍の上層部が、士官の大量養成をめざして一気に学校の定員を拡大した年にあたるため、同期生が千人を超える大所帯となっていた。

そんな中で出世をめざすとすれば、卒業席次が五十番以内でないと無理だとの声があがっているのである。千人中の上位五十人に入っている者は、訓練生の中にはいない。だからか、

「馬鹿と煙は高いところにのぼりたがる」

と訓練生を冷笑する雰囲気もあった。

英彦も例外ではない。陸士二十期で同期生は三百人に満たないが、卒業席次は真ん中あたりだった。

士官学校に入る前は東京で陸軍幼年学校に通っていたが、そこでは語学や国語、歴史などが得意で、成績は常にトップクラスだった。

しかし士官学校にはいって兵学と教練が主となると、成績は急に悪化した。築城学や軍制学、兵器学などの兵学がどうも好きになれなかったのである。だから試験勉強にも身が入らず、点数は低くなった。

だが語学など一般科目は幼年学校時代と変わらず優等だったし、柔道と剣術、銃剣術に体操、馬術などもよくできた。さらに視力がいいこともあって射撃は優秀な成績をおさめた。総合してみると真ん中あたりの席次になっていたのである。

操縦訓練を志願した理由を、周囲には「飛行機という新しい技術が将来、きっと軍の役に立つから」と説明していた。しかしそれは建前だと自分でもわかっていた。地を這《は》うような工兵の軍務が面白くない、というのも大きな理由ではあるが、それればかりでも

ない。

　当初は自分でもはっきり言葉にできなかったが、飛行訓練を重ねるうちに、本当の理由が見えてきていた。

　つまるところ、冒険をしたいのだ。刺激が欲しいのだ。

　はじめて飛行機なるものの存在を知ったのは士官学校にいたころで、明治四十一、二年だったと憶《おぼ》えている。新聞紙上に、「人類ついに空を飛ぶ」という見出しとともに、アンリ・ファルマン機に似た複葉機が空に浮かんでいる写真が出ていた。

　ライト兄弟が初飛行に成功したのはその数年前だったが、当初は特許が未取得だったこともあって、彼らは自分たちの偉業を積極的に世に知らせようとしなかった。特許が認められたあと、公開飛行などをして広報に力を入れはじめたのが、明治四十一、二年だった。

　ただ、その当時は新聞記事を読んでも、

「なるほど、文明がすすめば人は空も飛べるのだな」

と思っただけだった。おどろきまた感心したが、自分が飛べるとは思っていなかった。

　空を飛びたいと痛切に感じたのは、士官学校を卒業して二年目、工兵少尉として演習をしていたときだった。

　その日は演習地の端から数百メートル先の敵陣をめがけて、坑道を掘っていた。敵陣地の真下まで掘り進んでそこに爆薬をしかけ、地中から敵陣地を吹き飛ばす、という戦法である。日露戦争では旅順《りよじゅん》要塞を落とすのに効果があったという。兵たちが穴を掘るのを督励しつつ、進行方向が正しいかどうか確かめ、強度を計算して支柱の数と配置を決め、と将校は暗い地中でもやることは山ほどある。

演習が終わって坑道を出たのは、夕方だった。夏のことで坑道の中は蒸し暑かった。汗まみれとなった体に夕風が心地よい。

ふと空を見上げると、背が黒く腹が白い小さな鳥が飛んでいる。尾の形から燕《つばめ》だとわかった。巣に帰るのかと思って見ていると、空中に弧を描いたり斜め下に飛んだりと、自在に飛び回っている。

そこへもう一羽があらわれた。二羽はじゃれ合うように互いのまわりを飛びかわす。ひとときの空中ダンスを踊り終えると、つれだって高空へと飛び去っていった。

——ちくしょう、いいなあ。

と、立ち尽くして見とれていた英彦は思った。空を飛べるとは、あんなにも優雅で自由なものなのか。それにくらべると、地に縛り付けられている自分たちは、なんと惨めなことか。

ひとりで大空を自在に飛び回れたら、どんなに爽快だろうか。しかも敵地上空を飛ぶなど、刺激的だ。きっと毎日が冒険で、退屈せずにすむだろう。そう思ったのがまことの志望動機だった。軍内で飛行機の操縦将校が募集されると聞き、一も二もなく応募したのだった。

ほかの連中も、似たような経緯で応募してきたと思われる。要するに訓練生たちは、軍内のはみ出し者の集団だ。

そうして訓練を重ねつつも、不満がつもる日々を過ごす英彦たちに変化が訪れたのは、八月半ばだった。

新しい教官がやってきたのだ。

三

「このグノーム式発動機というのは、ちょっと変わった構造になっている」

その新しい教官は、訓練生たちをファルマン機の横に立たせて、発動機を指さしながら言った。

「気筒が七つ、星形についているだろう。このひとつひとつにピストンがあり、中央のクランク軸につながっている。ああ、発動機ってのは、この気筒の中で爆発が起きてピストンが上下動し、その動きでクランク軸を回す仕組みになっている。それは習ったかな」

教官の問いかけに、訓練生たちは硬い表情でうなずいた。教官はつづけた。

「ふつうの発動機はこの気筒が固定されているのに、グノーム式はこの気筒が回転するようになっている。回転しながらバランスをとって、ついでに冷やすようになっているんだな。発動機の気筒ってのは、中で連続して爆発が起きるから、熱をもつ。だからどうしても冷やさないといけない」

教官はそう言いながら、いとおしむように発動機に触れた。

「十分に工夫されてるんだ。飛行機といい発動機といい、工夫の塊だよ」

うっとりした表情になる。軍務にあってはあまり見たことのない表情である。

「で、冷却効率がいいから、性能もいい。そして五十馬力と力が強いわりには軽い。だから飛行機につける発動機としては、世界でも首位にある」

ほう、と声があがる。はじめて知った。少なくとも徳川大尉は教えてくれなかった。

「でも、気筒が回るってのは、ちょっと無理がある。仕組みが複雑になるから、整備が大変だ。そのうちにこの仕組みはすたれるんじゃないかな。気筒を固定した発動機がいずれは主体になっていくと、ぼくは思うよ」

と話をむすんだ教官は、

「じゃあつぎに補助翼の説明をしようか」

と言い、主翼のほうへ顔をむけた。

新しい教官は滋野清武《しげのきよたけ》という。

目立つほどの長身で、頭が小さく手足も長い。その日本人離れした体にグレーの半ズボンをはき、白の開襟シャツを着ている。

服装が示すように、新しい教官は軍人ではない。しかしフランスで飛行術を習い、万国飛行免許を得ている。すでに百時間以上も飛行しているという。

徳川大尉も万国飛行免許をもっているが、フランスでの飛行時間は合わせて一時間ほど、日本でもここまで十五時間程度だというから、おそらくこの滋野清武氏が、現時点ではもっとも飛行に慣れた日本人ということになるだろう。

そこを見込まれて、軍用気球研究会に迎えられたのである。といっても厚遇されているわけではなく、「御用掛《ごようがかり》」という待遇だった。かわりに自ら設計した飛行機——フランスで製作し、海路輸入した。「わか鳥号」と名付けている——を所沢の飛行場におき、滑走路を使うことを許されていた。

軍人でもなく、私費でフランスまで行って飛行術を習い、しかも自作の飛行機までもっているとは、いったい何者かとみな興味をもっていた。

講義の合間に聞いてみると、どうやら生家が男爵位をもつ名家で資産家なので、そうしたことができたようだ。なるほどと思っていると、滋野男爵はさらに意外なことを言った。

「フランスへは、はじめは音楽の勉強に行ったのですがね、行ってみると向こうでは飛行機が盛んで……」

そこに引っかかった武田少尉が、

「え？　音楽でありますか」

と頓狂な声でたずねると、

「ええ。ぼくは東京音楽学校（現在の東京藝術大学の前身のひとつ）を出ていましてね、だから職業は音楽家ということになりますか。専門はコルネットという、ま、ラッパですよ。ラッパ吹きの勉強をしようとフランスへ行ったところが、飛行機に魅せられてしまいましてね、のめり込んじゃったんですよ」

と言って滋野男爵は笑っているが、訓練生たちは啞然《あぜん》として聞いていた。

軍があつかっているのだから、飛行機は兵器の一種である。その兵器の使い方を、音楽家という軟弱な人種に教えてもらうとは、どうも違和感がぬぐえない。

しかし滋野男爵は飄々《ひょうひょう》としている。そしてフランスで訓練を重ねて自信があるのか、飛行機に関する説明は堂に入ったものだった。今日も前もって、

「まずは飛行機の各部分のはたらきと仕組みをざっと説明しよう。操縦方法は、またつぎの時間だね」

と言い、訓練生たちをファルマン機の前につれてきたのだ。滋野男爵の教え方は、座学でもなく実技でもなく、実物についての説明から始まったのである。

これは新鮮だった。

座学は数式をふくむ理論が主体でむずかしいばかりだったし、飛行機の実物とのつながりもよくわからない。

また徳川大尉の実技は、だまって見て触れて覚えろといった硬直した教え方だったから、なかなか身につかない。

そこへゆくと滋野男爵は、実物に触れながらそのはたらきと特徴、あつかい方をやさ

しい言葉で教えてくれた。

これは理論と実技のあいだの隙間を埋める形となり、訓練生たちの頭に染みこんでいった。教えがわかりやすいのは、自分が体で覚えたことだけを、自分の言葉で伝えようとするからだろうと英彦は思った。

ファルマン機に同乗しての飛行訓練でも、滋野男爵は徳川大尉より口数が多く、丁寧に教えてくれた。

「ええ、たしかにフランスでもこうやって教えていましたよ。体で会得するには、これがいいんでしょうね」

飛行中に操縦桿に手を添えるやり方についてたずねると、男爵の回答は明快だった。

「で、飛行中に大切なのは、常に五感をはたらかせることです」

男爵はつづけた。

「耳は発動機の音を聞き、異常がないか注意し、鼻も、焦げ付きや油漏れがないかどうか、異常を感知するのに役立てる。それなら同乗していてもできるでしょう」

なるほど、と英彦はうなずく。

「目は四方八方に配って、風や霧、雲のようすをいち早くつかむ。地上の木の枝のなびきようを見れば、風の方向がわかります。舌はさすがに役に立ちませんが、体の平衡感覚で機体の傾きを感知する。ただ操縦桿の動きだけを覚えるのでなく、そうしたことを、いまのうちに会得してください」

こうして数日のあいだ同乗飛行をつづけた。すると英彦をはじめ訓練生たちはみな、滋野男爵の腕前の確かさに気づき、感心することとなった。

まず、飛び方がなめらかだった。上昇や下降をするときでも旋回するときでも、とにかくなめらかに加速し、なめらかに減速する。がくがくとした段差がない。がたんと急降下したり、ぐいっと急上昇しておどろかされることもない。飛行中の機体は安定していて、左右にぶれることも少ない。

男爵の着陸は、着地直前に機体を垂直にすとんと落とすようなやり方で、機体は一度も跳ねることなく、すんなりと減速して止まる。フランスで百時間以上飛行した、という経験は、伊達《だて》ではないのである。

それにくらべると、徳川大尉の飛行は荒かった。上昇も下降もぎくしゃくしており、水平飛行中でも機体が上下左右にぶれる。着陸のときも、着地後に機体が跳ね上がることがしょっちゅうある。

「男爵を目録認可とすると、大尉は初伝を得たか得ないか、といった腕前だな」

と木村中尉などは剣術にたとえて評する。

「もっともおれたちは、まだ素振りもおぼつかぬ初心者だが」

そうして訓練を重ねてゆくうちに、ついにその日がきた。

朝、課業をはじめる前に、男爵は訓練生たちにいつもと変わらぬ調子で言った。

「じゃあ、今日はあなたがたに操縦してもらいましょう」

聞いた訓練生たちの口から「おっ」という声が漏れた。

とうとう自力で飛行する日がきたのである。うなずいて白い歯を見せる者や、腕まくりする者もいる。

「ええ、徳川大尉とも話して、そろそろいいだろうってことになりましてね。今日は風も穏やかだし。ぼくがうしろに乗りますから、指示に従ってください。もちろん緊急時は、ぼくがうしろから操作します」

秋の日射《ひざ》しが柔らかく滑走路を照らしている。風はなく、観測所の上に立つ吹き流しは垂れたままだ。

すでにファルマン機は格納庫から引き出されている。整備員たちは点検に余念がない。

「じゃあ、飛行前の点検からやってください。すべてよければ、飛びましょう」

最初に飛ぶことになった英彦は、教えられたとおりに主翼から胴体、プロペラ、尾翼まで点検し、機体にゆがみや破損がないか、張線が切れていないかを見た。ついで操縦席に乗って操縦桿を動かし、補助翼が操作どおりに動くかどうか確かめた。そしてガソリンや潤滑油の量を点検し、

「機体、すべて異常なし！」

と勢い込んで報告した。男爵がうなずく。

「つぎは発動機だ。機体を押さえよ」

と命ずると、整備員六人が機体にとりつく。

英彦は操縦席に乗ったまま、

「発動機、始動！」

と声をかけた。

英彦の背後で爆音が起きる。最初は不規則だったその音が、やがて連続した一定の調子になってゆく。

「よさそうだね。では行きましょうか」

と、滋野男爵が背後の席に乗りこんできて言う。

いよいよ自力で空を飛ぶのだ。

ひとつ深呼吸をすると、英彦は左手をあげた。整備員たちが機体をはなし、脇へ飛びのく。

ファルマン機は前進をはじめた。速度があがってゆく。景色がうしろに飛んでゆき、興奮で熱くなった顔に風圧を感じる。胸の鼓動は大きくなり、こめかみに響くほどだ。

「それ、このあたりだ」

五十メートルほど滑走したところで、操縦桿を引いた。

だが機体はそのまま前進してゆく。

——上がらない！

ひやりとした。操作を間違えたのか。

だめだ、やりなおしだ。発動機を切らねば……。

と思ったとき、機体がふわりと浮いた。そのまま上昇してゆく。

「ああ、ちょっと早かった。今日は風がないから、もう少し滑走して速度をあげてからでしたね。いまは偶然、向かい風が吹いたのかな。あとで、揚力を得るための相対速度を勉強し直しですねえ」

うしろからそんな声が聞こえる。まるで日常のあいさつのようなゆったりした調子だったので、英彦も落ち着きをとりもどした。

——ここまで訓練を繰り返したんだ。うまくいくに決まっているぜ。

上昇をつづけると、眼下に見える滑走路が小さくなってゆく。

「そろそろ操縦桿をもどして。今日はそれほど高く昇らないほうがいいでしょう」

と男爵の声。英彦は操縦桿を中立にもどした。高度は五十メートルほどか。

「さて、つぎは水平飛行ですね。高さを保ったまままっすぐ行きましょう」

英彦は「はっ」と返事をし、操縦桿を保持する。

まっすぐに飛行するくらい簡単だと思っていたが、そうでもなかった。上空には風があり、いまは右に押されている。また機体はほうっておくとなぜか左に行きがちだし、だんだんと上がってゆくようだ。少しずつ操縦桿を動かす必要があった。

考えてみれば、翼には迎え角がついているから、前進する限り揚力がはたらいて上に昇ろうとするのだ。まっすぐ飛ぶためには、迎え角を殺すよう、少し機首を下げなければいけない。

「そうそう。少しずつ、小刻みに。決して大きく動かさないで。大きな動きに耐えられるような機体じゃないですからね」

と男爵は不気味なことを言う。英彦は機体の反応をたしかめつつ、どきどきしながら操縦桿をあやつった。

ここまできて、やっと周囲を見まわす余裕ができた。うしろに流れてゆく下界を見るのは快感だった。

「おお、飛んでいる。自力で飛んでいる！」

念願を果たし、空中を自在に飛んでいる。人類が数千年、いや数万年のあいだ、夢を見ながらも果たせなかった空を飛ぶという行為を、自分はいまこの手で行っているのだ！

かなりの時間、飛んだように思えたが、実際はせいぜい二、三分だろうか。男爵が、

「じゃあ、そろそろもどりますか。左旋回はできますか」

と言う。英彦は操縦桿を左に倒した。機体が少し傾き、同時に左に向かってゆく。なぜかこれまで、旋回は左へしかしていない。飛行機は左曲がりしかできないようだ。

「おっと、そのあたりでもどして。曲がりきったあとで操縦桿をもどしたのじゃあ、遅すぎますよ。半ばまで曲がったら、少しずつもどしていく」

男爵の指示にしたがって、英彦は操縦桿をゆっくりともどしていった。おかげでほぼ正確にU字型に旋回できた。

あとは滑走路にもどり、着陸するまでだ。

滑走路が前方に見えてきた。その横にある観測所の上に立つ吹き流しを見ると、右方向に小さく泳いでいる。少し風があるようだ。

飛行術の中では一番むずかしく、事故が起きる可能性も一番大きいといわれている着陸である。英彦は額と首筋に汗を感じた。

「はい、このあたりから降下して。そうです。スロットルを絞って。発動機を止めちゃいけません。何かで着陸をやめて、ふたたび舞いあがることになるかもしれませんからね。絞って、だんだん速度を落として」

滑走路が迫ってくる。

「そろそろ操縦桿をもどして。そう、小さくもどして。あとは水平に。おっと、もどしすぎだ！」

という言葉のとおり、ファルマン機の尾部が先に滑走路についた。いやな音がしてがくんと衝撃があり、英彦は前にのめる。そのあとで主車輪が着地した。

「こりゃあ、機体を少々傷めたかな」

男爵が困ったように言うので、英彦もあせった。機体が止まってから見てみると、上翼と下翼をつなぐ張線が幾本か切れていた。これは張り替えねばならない。だがほかに損傷はないようだ。英彦はほっとした。

整備員が鉄線をもってきた。張り替え作業をながめながら、英彦ははじめての飛行を頭の奥でふり返っていた。

――これでいいのかねえ。

ともあれ自力で飛行をやり遂げたのだが、感激の一方、なぜか不満が残っている。

空を飛ぶという行為は、こんなものではないはずだ、もっと心が震えるような素晴らしい体験のはずだと思う。

滑走路の上で整備員たちに修理されているファルマン機を見ながら、英彦は不満を解消するためにも、もっともっと飛ばねばならないと思っていた。

四

陸軍は毎年秋に、国内の一カ所をえらんで特別大演習をおこなう。

大正元年秋の特別大演習は、天皇陛下を大元帥として埼玉県川越町の仮設大本営にお迎えし、近衛《このえ》、第一師団などを南軍、第十三、第十四師団などを北軍として実施された。

第一師団などの南軍は相模《さがみ》方面から北上し、第十三師団などの北軍は加茂《かも》の宮《みや》、粕壁《かすかべ》の線に防備をかためている、との設定で、川越、所沢、立川《たちかわ》を会戦地として、合わせて五万人ほどの兵で攻守を競うのである。

研究会の飛行機をこの大演習に参加させるかどうかは、上層部の中でかなりもめたようだった。

手持ちの飛行機はあるが、どこまで飛べるかは心許《こころもと》ない。飛ばしたのはいいが、多くの参加者たちの見ている前で墜落などしたら大恥をかくこととなり、その後の飛行機の普及に障害となる。

それに、もし天皇陛下のご覧になる前で墜落などしたら、それこそ大ごとだ。当分、飛行機は日の目を見なくなるだろう……。

上層部の中には時期尚早だとする慎重論者が多かったが、気球研究会の中に積極論者がいて、結局はその強硬な意見がとおり、飛行機は大演習に参加することとなった。

「そりゃまあ、もちろん出るのがいいに決まってますよ。金ばかり食って役立たずだと思われちゃ、困りますからね」

と武田少尉が言うように、訓練生たちは参加に積極的だった。ここまで数カ月訓練してきて、みな自力で飛べるようになり、自信らしきものも芽生えていたからだ。

それに、演習となれば両軍に分かれるから、当然、飛行機も最低二機は参加するはずだ。一機は徳川大尉が乗るとして、もう一機には訓練生の誰かが乗ることとなる。

大演習での史上初の飛行機乗りになるという功名心が、誰の胸にもある。

英彦も自分こそは、と期待を抱いていたが、演習開始の一週間前に徳川大尉が指名したのは、八の字髭の木村中尉だった。

腕前は自分の方が上だと思っていたが、徳川大尉の目にはそうは映っていなかったようだ。がっかりした。

「光栄であります。何としても任務を完遂してみせます！」

と木村中尉は張り切っている。考えてみれば木村中尉は訓練生の中では最先任で、練習も講義も取り組む態度は真面目そのもの。徳川大尉にも従順な優等生だったから、選ばれても不思議はない。

徳川大尉はブレリオという単葉機に乗り、木村中尉は会式機を使うことになった。

ブレリオ機はフランス製の飛行機で、ファルマン機や会式機とちがって主翼が一枚の単葉機である。そして発動機とプロペラが機首についていた。会式機より格好がいいので訓練生たちには人気だ。

演習の当日は、所沢の飛行場のほか、入間川《いるまがわ》の河原と谷保村《やぼむら》に仮飛行場をもうけて、飛行機が発着できるようになっていた。

木村中尉以外の訓練生と整備員は、その三カ所にわかれてひかえ、飛行機の整備に万全を期すよう命じられた。

演習一日目の昼下がり、英彦は入間川の河原に出張していた。木村中尉の飛行機を援護、すなわち、所沢から飛んでくる飛行機にはガソリンと潤滑油を、操縦者には水とおにぎりを供給する役割である。

この近くには天皇陛下の御野立所《おのだてしよ》（野外での視察所）がある。陛下に飛行機の勇姿をご覧いただこうという魂胆もあって、仮飛行場をもうけたのだった。

援護役は、飛行機が来なければすることがない。近くにあった枝ぶりのいい松で、英彦は懸垂をはじめた。

体力があり余っているせいか、ついどこでも運動をしてしまう。他人の目が気にならなくもないが、軍人なのだから体を鍛えるのは当たり前だ、と胸の内で言い訳をしている。

「よくやるな」

と案の定、徳田中尉がぎょろりとした目を細めて冷やかす。英彦は応えた。

「いっしょにやりませんか」

「いや、遠慮しとく。変人に思われたくないからな」

「なに、これくらい大丈夫ですよ。懸垂、得意でしょう」

徳田中尉はがっしりした体をしており、柔道も得意だった。夏に隊の中で行われた武道対抗戦で、気球班との試合では先鋒《せんぽう》をつとめ、背負い投げ一本勝ちでひとりを抜き、ふたり目で引き分けた。副将で出て三角絞《さんかくじ》めで一勝をあげた英彦とともに、勝利の立役者となったのである。

「うーん、しばらくやってないが……」

と腕組みをして迷う風情だ。

「競争しましょう。じゃあまずは私から」

英彦はさっさと松の枝に両手をかけ、二十二回までかぞえて力尽きた。すでに三十回ほどやっていたから、実際は五十回以上となる。

「よし、長州《ちょうしゅう》男児の心意気を見せちゃる」

ら落ちた。

　というと徳田中尉は松の枝にぶらさがり、苦しげに二十三回をかぞえたところで枝か
「武士の情けだ。これで許してやる」

と、はあはあと息をつきながら言った。

　二時半になると、そろそろ見えるころだと、訓練生は仮飛行場に出て空をあおいだ。所沢を出発したときに電話があり、到着予定時刻が知らされていたのである。

　青く晴れあがった空には、高いところに筋雲がかかっているだけ。これなら遠くまで見える。

「お、来た来た」

と最初に声をあげたのは、英彦だった。青い空の中にぽつんと豆粒ほどの機体が見えたのだ。

「どこだ」

と徳田中尉に問われた。あそこだ、と指をさすと、徳田中尉は目を細めたが、

「見えんぞ。本当に来たのか」

などと言う。英彦にはもう、複葉機がやや前下がりの姿勢で飛んでいることまで見えている。

「ちげえねえ。会式機だ」

　視力には自信がある。三百メートル先の的を狙う小銃の射撃演習では、的は胡麻粒《ごまつぶ》ほ

どの大きさにしか見えないが、そのどこに弾が当たったたか、裸眼ではっきりわかるほどだ。

士官たちは厳しい身体検査をくぐり抜けて士官学校へ入ってきているので、概して目のいい者が多いが、その中でも英彦は群を抜いていた。

聞き覚えのある爆音が響いてきたころになって、徳田中尉にもやっと見えたらしい。

「おお、無事に飛んでいるな」

などと言っている。

いまだに、実際に飛んでいる姿を見るとほっとする。会式機に対する信頼度は、その程度である。

そもそも会式機というのは、さほど飛行経験とてない徳川大尉が、ファルマン機を真《ま》似《ね》て藁半紙《わらばんし》に定規をつかって描いた図面が基になっている。所沢飛行場の格納庫の片隅で、兵たちとともに大工の手を借りて機体を作り、そこにフランスから輸入したグノーム式発動機をつけたという、まさに手作りの飛行機なのである。

布張りの翼を中から支えるための小骨は木の板から切り出したのだが、その材木を徳川大尉自身が本所《ほんじょ》の木場《きば》まで行って選んできたとか、曲線を描くその部品をのこぎりで切り出すのがむずかしかったとか、苦労話はいろいろと聞かされた。だがそれだけにいかにも素人細工であり、聞けば聞くほど、本当に安全に空を飛べる仕上がりになっているのかと、不安になるのだった。

高度を下げた機は、着地したかと思うと二、三度跳躍した。危なっかしい着陸だが、それでもちゃんと滑走路上に止まった。

「よし、点検と整備だ」

と、英彦は整備員たちと機体に駆け寄ってゆく。

機体からは、木村中尉より先に、後席に乗っていた大柄な将校が下りてきた。そして駆け寄ってくる整備員たちには見向きもせず、司令所のある建物へと駆けていった。

ここでの飛行機の役目は、偵察だった。

操縦者と別に養成された偵察将校をのせて敵陣の上空まで飛行し、四、五百メートルの高さから目視で敵のようすを観察する。そしてその内容を文書にして通信筒に入れて投下するか、着陸後に口頭で司令部に報告する、という手はずになっていた。

駆けていった将校は、司令所にある電話で、偵察内容を本部に報告するのだろう。

「どうですか、敵陣の上を飛んだ気分は」

と英彦は、会式機から下りてきた木村中尉に問いかけた。

「別に。練習飛行と変わらん」

差し出された水筒の水を飲みつつ、木村中尉はぶっきらぼうに答えた。

何が不満かと不思議に思ってさらに聞くと、後席の偵察将校に、もっと下がれだの右へ行けだのと命令された上に、思うように操縦できないと罵声を浴びせられたという。

「飛行機乗りといっても、これじゃあ馬車の御者と変わらん。面白くないな」

とこぼすのだった。

「そりゃ気分悪いですねえ」

と英彦も同情したが、はっとするところもあった。

「空を飛ぶといっても、所詮は飛行機もただの乗り物ってことですかね」

「今のところはな。お客を乗せて飛ぶだけだ」

自力で飛行をしてもどこか不満を感じていたのは、その点だったのかもしれない。

飛行機は馬車や自動車とはちがって、移動するばかりでなく、なにか別の可能性のあるものだと思っていたのだが、現実に兵器として見ると、使い方は限られるということだ。

そんなことを考えていると、

「飛行機を偵察だけに使うのは、もったいないと思う」

と木村中尉は髭を撫《な》でつつ言う。

「おれは敵軍の上空を飛んだのだ。つまり、敵陣に入ったわけだ。しかも上空からなら敵の居場所もはっきりわかるし、敵兵や砲も上空への備えなどない。砲弾をもっていって、上空から落としてやったらよく当たるのに、と思ったな」

砲兵出身らしいことを言うな、と英彦が思っていると、

「おお、そりゃいい」

と徳田中尉も賛成する。

「おれは飛行機に機関銃をつけたいな。上空からなら塹壕《ざんごう》にひそむ敵でも撃てるから、味方の兵が突撃をする時に助けになると思う」

こちらは歩兵出身だけに、また違ったことを考えている。

「なるほど。ただの乗り物じゃなくって、武器にもなるってことだ」

ふたりの考えを、英彦は新鮮な響きとして聞いた。

「そんなことをしたら、地上から撃たれるぞ。あの行灯飛行機じゃあ、すぐに撃ち落とされそうだ」

とおなじ訓練生の岡楢《おかなら》之助《のすけ》中尉が言う。こちらは騎兵出身である。

「それに砲弾も機銃も重いぞ。積めるのか。ファルマンも会式機も、人がふたり乗っただけであっぷあっぷしているじゃないか」

「ああ、発動機をもっと強力なやつにしないと、厳しいな」

「いずれにしても、偵察だけが飛行機の役目ってことはない。そのうちいろいろとやるようになるさ」

と木村中尉が言って、話を締めくくった。

仲間たちの話にうなずきながら英彦は、

――いや、それだけでなく、まだほかに何かある。

という気がしていた。飛行機にはもっと大きな可能性がある。それが何かはまだわからないが。

大演習の中、飛行機は何度も偵察飛行をしたが、三日目に事故が起きた。

木村中尉の会式機が谷保村の仮飛行場から飛び立ち、所沢へ帰る途中、あと少しで飛行場が見えるというところで、発動機が止まってしまったのだ。

機が失速する中、機体はしっかりしていたので、木村中尉は惰力で滑空しつつ不時着できそうな平地をさがした。だが広い平坦《へいたん》地まで行き着けず、畑に着陸はしたものの、すぐには止まれなくて林に突っ込んでしまった。

木の幹にぶつかった機体は大きく損傷したが、幸いなことに操縦者、後席の偵察員ともに大きな怪我《けが》はなかった。

——起こるべくして起きた事故だな。

と英彦は思っていた。訓練中でも、発動機はしょっちゅう不調になっていたのだ。やはり飛行機は危険な乗り物なのである。

「大切な機体を壊してしまい、申しわけありません」

と木村中尉は悲愴な顔をしていたが、徳川大尉と上層部は、

「ま、これくらいならよしとしたものだ」

とおおらかな態度で許容していた。

人員にも民間にも被害がなかったこともあるが、それより大きく目立つような場所での事故でなく、世間からの非難もなかったことが、上層部を安心させたらしい。

大演習は、北軍が防衛線を維持し、攻撃側の南軍が撤退する形で、予定通りに四日間

で終わった。

木村中尉や英彦らの不満はあっても、飛行機からの偵察の結果は、軍の上層部に高く評価された。

これまで偵察といえば、騎兵が敵に近寄ってようすを窺《うかが》うのが主流だった。馬の背の上から見渡せる範囲はせまいため、ひとりの騎兵が得られる情報は限られている。そのため戦場全体の偵察には多くの騎兵が必要だった。

ところが飛行機を使えば、上空から広い範囲を見渡せる。一度に敵の情勢が明らかになる上、偵察者はひとりでよい。さらにそのひとりを将校にすれば、兵や下士官よりも的確で深い偵察ができる。つまり偵察の効率と確度が、一気に高まるのである。

「これからの戦争には、飛行機が欠かせなくなるぞ」

と、軍の上層部の者から言われたほどだった。操縦者たちの思いとは別のところで、飛行機の評価は高まっていた。

五

明けて大正二（一九一三）年の正月――。

英彦は亜希子とともに、年賀のため麻布《あざぶ》の実家を訪れていた。

「しかし飛行機ちゅうのは、危なくないか」

床の間を背にした父が、ほぼ真っ白になった鼻の下のカイゼル髭をひねりつつ問う。英彦は答えた。

「危ないといえば危ないのですが、そこはなんとか注意を払って乗り切るしかないです。機体と発動機の整備を念入りにやって、気象の悪いときには無理に飛ばないようにすれば、そこまで危険なものではありません」

「お天気次第ってことか。それでいくさに使えるのか？」

「はあ。上層部では、これからは飛行機なしには戦えぬ、との評価のようで。なにしろ敵陣の上空まで飛んでいけるので、偵察に重宝するのです」

ふうん、と父はまだ納得がいかない顔だ。盃《さかずき》を手に、英彦をにらんでいる。

父は退役軍人で、東京市麻布区の高台の広い家にひとりで住んでいた。市電の停留所が遠いのが少々難だが、閑静で住みやすい町中である。

妻を先に亡くしてひとり身といっても、通いの家政婦が掃除から食事の世話までやってくれるし、芝《しば》の別宅には英彦の母がいる。母はもともと向島《むこうじま》の芸妓《げいぎ》で、二十歳で父の妾《めかけ》になった。以来、別宅に暮らしている。英彦も別宅で生まれ、育ったのである。

いまの中佐や大佐が妾をもつなどあり得ないが、父の時代は可能だったようだ。

英彦にとっては異母姉となる姉たちもかわるがわるようすを見に来るので、暮らしに不自由はない。父もひとり身を楽しんでいるようだ。

「偵察の役に立つのはいいが、いくさにならぬうちに落っこちて死んでしもうては、なにもならぬ。考え直したほうがよくはないか」

「新しいことをやってみたいのです。工兵将校は何百人といますが、飛行機を操縦できる将校となると、いま十人もいませんので」

「新しいことか……。そうか。そちらで出世しようと思っているのか」

「……はあ、まあそんなところで」

はじめて得心がいったというように、父は深くうなずいた。

「危険と出世を、天秤《てんびん》にかけたってことか。仕方がないやつだな」

父は長州藩士の家に生まれ、二十歳のときに長州征伐の幕軍と戦い、はじめて戦火をくぐった。その後、長州藩兵として、あるいは官軍兵士として戊辰《ぼしん》の戦いを生き抜いた。維新ののちは陸軍に奉職し、佐賀の乱では大尉として、また西南戦争のときは少佐として歩兵中隊をひきい、勲功をたてて中佐に昇進したという経歴をもつ。

しかしその後、実戦がなくなると昇進がとまり、大佐に昇進した直後に予備役《よびえき》に編入された。戦いには勇敢にのぞむ男だったが、軍政や軍人教育といった平時の仕事は苦手だったようだ。

将官と佐官とでは退役後のあつかいもかなりちがうようで、軍内で出世した者の中には、爵位を得た者も少なくないという。

父は、華やかな世界にあと一歩およばなかった自身の人生に不満があるらしい。酔うと出世した同僚や後輩の悪口が出てくることで、それが察せられる。

そこで英彦に軍人としての出世を期待しているようなのだ。幼年学校へ入ったのも、父の命令である。逆らうことは許されなかった。

結局、二時間ほどで居づらくなって、英彦たちはすぐに実家を出た。すると亜希子は、

「わたしは、目白へまいります」

と言い、英彦の返事も聞かずに歩き出した。少々遠いが、狸穴町《まみあなちょう》の市電停車場へゆくつもりだろう。チンチン電車で青山《あおやま》へ。そこで乗り換えて目白まで。距離はけっこうあるが、二時間はかからない。

亜希子は、家を出たときからひと言も話さなかった。最初で最後のひと言が、これだ。こうなることは予期していたので、英彦は止めもしなかった。むしろせいせいすると感じたほどだった。

英彦は英彦で、行く場所がある。実母がいる芝の別宅だ。

――親孝行しろとは言われるものの……。

軍務があるので、母には盆暮れに顔を見せるくらいしかできない。いまのうちにせいぜい顔を出しておくかと思いつつ、大通りに出て人力車をひろった。

別宅はこぢんまりとした貸家だが庭と門があり、玄関と客間もそなえている。門前に松が飾られていた。なつかしい、いつもの正月がそこにあった。

「おや、元気かい」

と英彦を見た母はさっぱりした口調で言った。丸髷《まるまげ》を結っているのは昔と変わらない。

黒の紋付きを着ているのは、年賀の挨拶回りからもどったばかりだからだと言う。

近所の娘さんたちに三味線を教えている以外、母は仕事としていないはずだが、それでも付き合いの範囲は広いようだ。

「あんたは正月なのに軍服たあ、色気がないね。それでなきゃ駄目なのかい」

黒衿《くろえり》のついた銘仙の着物に着替え、居間の長火鉢の前にすわった母は言う。

「これがおれたちの正装だからね。正月だからこそ軍服だよ」

口は悪いが、内心で喜んでいることは顔つきでわかる。居間にすわって、久しぶりに母子ふたり水入らずの正月となった。

「ま、おせちでも食べておゆき」

今夜は泊まるつもりだったので、早めの夕食を母と摂《と》ることにした。数は少ないながら、ちゃんとおせち料理も用意されている。

「どうだい。空を飛ぶのも慣れたかい」

「毎日飛んでるよ。それが仕事だからね」

「高いところを飛ぶなんて、危ないだろ。いい加減、よしたらどうだい」

「みんなそう言うけど、それほど危なくもないよ。ときどき不時着したりはするけど、いまのところ仲間の誰も怪我はしてねえし」

「そうかい。危なく見えるけどね」

「飛行機ってのはうんと工夫して作られているからね。危なく見えて、それなりに落ちないようになっている。ま、腕前の良《よ》し悪《あ》しもあるけどね」

母はまだなにか言いたそうだったが、

「いまじゃもう、土の上を這いずり回る軍務なんて、できないね」

と英彦が言うと、あきらめたようだった。

「あんたは子供のころから危ないことばかりやってたからね。屋根の上に登って叱られたり、大きな船を見たいってだけでひとりで横浜まで出かけたり、親に心配かけといて平気な顔してたよ。大人になっても変わんないどころか、ますますひどくなるねえ」

英彦が何も言えないでいると、

「ところで亜希子さんは？」

と探索の矛先を変えてきた。

「いまごろは目白行きの電車の中さ。最近はよく実家に帰っているよ」

所沢へ行ってからのことは母にもあまり話していないだけに、驚いたようだった。

「嫁が実家へよく帰るってのは、あんまり外聞がよくないねえ。大丈夫かい」

そんなことを言って憂い顔になっている。

「大丈夫だよ。心配ないって。夫婦って、そう簡単には壊れないから」

「ま、こんな家だし、来てくれとは言わないけれど、お年賀くらいは聞きたかったね。そろそろ孫の顔も見たいから、子作りのおまじないも教えてあげたいしねえ」

はあ、とため息をつく。

「ごめんよ。三が日のうちには、つれてくるから」

母がかわいそうになり、つい、できるかどうかわからない約束をしてしまった。

「気をつかわなくていいよ。元気でいれば、そのうち顔も見られるだろうし。それより、あんた」

と母は真剣な顔になって言った。

「女房が足枷《あしかせ》になるような生き方をしなさんな。どっちも不幸になるからね。別れるなんて、とんでもないよ。わかってるね」

今度は英彦が驚く番だった。内心を見透かされているようで、ちょっと怖くなった。

「軍人なんて、いくさに出て死ぬのでなけりゃ、一生食いっぱぐれのないいい商売なんだから、せいぜい出世して女房を喜ばせてあげな」

母はそう言って、数の子を口に入れた。

英彦は居間の鴨居《かもい》が気になっていた。子供のころ、あそこで懸垂をしたものだ。さすがに母の前では大人げないと言われそうでできないが、母が寝たらやってみよう、と思っていた。

六

桜がちらほらと咲きはじめた三月二十八日、英彦たちは朝六時に滑走路前に並んでいた。

「用意はよいか」

飛行服に身をかためた徳川大尉が、英彦たちを見ながら声をかける。英彦たちは真っ先に駆け出そうと、右足を半歩前に出していた。

滑走路には、すでに点検を終えた会式機二機とブレリオ機が置かれ、整備員たちがまわりを取り巻いている。

「では、かかれ！」

大尉の声で、英彦と八の字髭の木村中尉がまず駆け出した。徳田中尉と武田少尉がそれにつづく。

競争のはじまりだ。

英彦は会式機の二号機に飛び乗る。待機していた整備員が、武田少尉が後席に乗ったのを確認してからプロペラを回した。その横では木村中尉と徳田中尉が乗るブレリオ機、そして後方では徳川大尉の会式機三号機が、それぞれ轟音《ごうおん》をあげはじめている。

「よし、発進！」

英彦が手をあげる。機体を押さえていた整備員たちが横に飛びのく。

会式機の機体が前進をはじめた。左手のスロットルは全開に近い。

「離陸する！」

十分な速度になったところで操縦桿を引く。反応した機体はふわりと浮き上がり、機首を上にして上空へと駆けのぼってゆく。

ちらりと横を見る。木村中尉のブレリオ機も、ほぼ同時に離陸していた。

百メートルほど上昇すると、水平飛行に移った。

めざすはここから東へおよそ三十キロの、東京市内にある青山練兵場。

そこで今日、飛行機の見学会が催されることになっていた。軍が「航空思想の普及」、すなわち飛行機の必要性を広く世間に認知してもらうために、春の議会が終わる日程に合わせて、議員や政府高官たちに対して飛行機を見せようとしているのだ。

そのために所沢から飛んでゆくのだが、ただ飛ぶだけではもったいないと、競争することになった。英彦が提案したのだ。

「誰が一番速く飛べるか、訓練生のあいだで勝負しましょう。速いってのは武器にもなりますからね」

「貴様が言いそうなことだな。何かと勝負したがるやつだ」

徳田中尉がからかうが、反対する者はいなかった。ふだんは規律にうるさい徳川大尉も、そうしたこともたまにはいいだろうと許容する態度だったので、話はすんなりと進んだ。

まずは全員で予選をした。

ひとりずつ好きな飛行機に乗り、所沢を離陸してまっすぐ南へ飛んで十キロほどのところにある谷保天満宮をめざす。拝殿の大屋根を越えたら旋回し、所沢へもどって着陸する。かかった時間を計り、上位ふたりが今日の競争にのぞむ。

一位は十七分三十二秒で、会式機に乗った英彦だった。

「貴様は目いっぱいにふかすからな」

とみなに言われた。たしかに英彦は発動機の調子にかまわず、直線飛行ではスロットルを開きつづける。少しでも速く飛びたいと思うのだ。他の者は速さへの恐怖もあってか、少しは遠慮があるのに、英彦にはそれがなかった。

十七秒差でブレリオ機の木村中尉が二位となった。あまり飛ばす性格ではないが、真面目で最先任であり、訓練生のトップは自分だという自覚をもっているので、こうしたことでも負けられないと頑張ったのだろう。

ふたりが操縦して、青山練兵場まで競争することになった。どちらの機もふたり乗りとし、後席に乗る者が進路を教える役目を果たす。

英彦は張り切っていた。勝っても賞品は何も出ないが、競争はやはり血が騒ぐ。

「やっこさんは、まだ上昇してますよ！」

うしろから武田少尉が怒鳴る。眼《め》の上にブレリオ機が見える。木村中尉は高度五百メートルほどで飛ぶつもりらしい。

英彦は高く上昇せずに、百メートルほどの上空を一散に東へと向かう。

会式機は発動機の馬力が不足していてゆるい角度でしか上昇できないので、高空に昇るには時間がかかる。それだけ前進が遅れるのだ。

しかし高空のほうが気流が安定していて安全に飛べる。低いと地上から思わぬ上昇気流が吹き上がってきたりするので、危険だった。

　ブレリオ機の木村中尉は優等生らしく基本に忠実に安全策をえらび、英彦は安定を捨てて早めに距離を稼ぐ作戦に出たのだ。

「なあに、三十キロくらいなら、低いほうが速いさ」

　英彦は言った。まっすぐ飛べば二十分ほどの距離だ。上昇と下降にかかる時間は馬鹿にならない。とは言うものの、実際に青山まで飛んだことはないので、先行きはわからない。

「おお、先行していますよ」

　と武田少尉。ブレリオ機が後方上空に見えるという。

「差は五百メートルってところですかね。けっこう開いてます」

「よし。まかせろ。このまま逃げ切るぞ」

　あとはまっすぐに飛ぶだけだ。少々風があるものの、雲は少なくて青空が広がり、視界もよい。

　眼下には武蔵野の畑と林がひろがっている。東京市内までは高い山も谷もない。ただのっぺりとした野があるだけだ。

　しかしそれでも、風が吹き上がってくるところはある。深い森のへりや川の上空などだ。英彦は、そうしたところをなるべく避けて飛んだ。

「少し流されてます。左寄りに飛んで」

と、後席で地図を見ている武田少尉が言う。北風で押し流されているようだ。

機上には方角を示す機材などなにもないので、地図と地上のようすを照らし合わせて航路を決めている。いまは清瀬《きよせ》の町を目印にして飛んでいた。

晴れてはいるものの、ときどき強い風が吹いて機体がゆらぐ。そのたびに航路がずれて、修正しなければならない。

「ま、横風が吹くのは上空もおなじみたいですね。それ、やっこさんもゆれてる」

と武田少尉。ブレリオ機はあいかわらず後方に見えるという。差は開きも縮まりもしていないようだ。

石神井《しゃくじい》の町をすぎると人家が多くなった。見物人も多いから下手な飛行はできない。

ふわっと機体が浮いたのは、中野駅の上空だった。目の前の景色がゆれ、体が座席に押しつけられた。

「気をつけろ！」

と叫んだのは、つぎの動きを予期したからだ。上昇のつぎに来るのは……。

だが機はゆれもせず、水平に飛行している。

「来ないな」

英彦はつぶやいていた。上昇気流があると、そのあとでしばしば下降気流に遭遇するものだ。そしてこれが危ないのである。とくに着陸寸前に強い下降気流に見舞われると、墜落しなくとも、機体が傷むほど強く下方に押しつけられて冷や汗をかくことになる。

ほっと気をゆるめたとき、それは来た。

がくんと機体が押し下げられ、体が浮いた。そして機首が下がり、右側から地面に向かって落ちてゆく。

武田少尉の悲鳴を聞きながら、英彦はスロットルをゆるめ、操縦桿を強く手前に引いた。そのあいだにかなり高度が下がり、翼端が木の梢《こずえ》に接しそうになった。

落ちた機体は、いやいやをするように時間をかけて上昇にうつる。すぐにスロットルを開き、速度をもどした。

方角も乱れ、本来の航路へもどるためにかなり迂回《うかい》することになった。

「もうちょっと高度をあげてくださいよ。危なくて仕方がない」

と武田少尉が声を荒らげる。

「なあに、これで十分だ」

英彦は落ち着いていた。危険は承知の上で勝負しているのだ。

ふと気づくと、上方に機影が見えた。

風に翻弄された隙に、木村中尉に追いつかれたようだ。作戦が裏目に出たか。

「いかん。急ぐぞ」

スロットルを目いっぱいに開いた。背後で発動機の音が高まり、武田少尉の声が聞こえなくなる。

ほぼ頭上にある木村中尉のブレリオ機をにらみつつ、低空を驀進《ばくしん》する。だが木村中尉も速度を落とさないので、差は広がらない。

新宿の駅をすぎた。ゴールは近い。

ブレリオ機が降下をはじめた。上昇のときとちがって、降下するのは重力の助けもあるので、速い。

ここで勝負、と英彦は全速で前進をつづける。広大な原っぱが目の前に広がる。青山練兵場だ。

ブレリオ機が少し前に出た。

「抜かれましたよ」

と武田少尉が叫ぶ。

「うるさい、まかせておけ」

英彦には自信があった。下降時にも発動機をふかしっぱなしにして動力降下することはできるが、着陸を前にして速度を出すのは自殺行為だ。木村中尉は出力を絞りつつ降下するしかない。

低空を飛ぶ英彦は、わずかに降下しつつも速度をゆるめない。

ついにブレリオ機を出し抜いた。

そのまま着陸態勢にはいる。

「わあ、速すぎる。絞ってください」

と武田少尉に言われるまでもなく、突っ込みすぎなのはわかっていた。だがここまできて負けたくはない。

横にも前にもブレリオ機が見えないことを確かめ、高度十数メートルでやっとスロットルをもどした。発動機の音が低くなるとともに、地面が近づいてくる。速すぎると思ったが、それでも機体を降下させた。ここで負けてなるかと思う。

着地した途端、機体が弾んだ。

地面で跳ね返った機体は、また数メートル浮いた。暴れ馬を押さえつけるように、また降下する。ふたたび跳ね返って、また降下。

通常は三十メートルほどの滑走で止まるのだが、もう五十メートルは走っているのにまだ止まらない。

百メートルほども走って、ようやく機体は止まった。

すぐに左右を見まわす。かなり離れたところに木村中尉のブレリオ機が着陸するのが見えた。

「勝った！」

英彦は喜びの声をあげたが、賛同の声はない。ふり返ると、後席の武田少尉は青い顔でぐったりしており、

「ああ、勝ちましたね。無事でよかった」

と小声で言うだけだった。

この練兵場は、なんといっても広い。むこうの端が霞《かす》んで見えるほどだ。東西の幅は信濃町《しなのまち》駅から千駄ヶ谷《せんだがや》駅に届くほどで、南北はそれ以上にある。昨年はここで明治天皇の大喪の礼が行われた。いくつか兵舎があり、ところどころに目印のように木が立っているほかは、だだっぴろい原っぱとなっていた。

その原っぱを臨時の滑走路として、会式機が二機、それにブレリオ式の一機を合わせて三機の飛行機がならんでいる。

それぞれの飛行機には、多くの人があつまっていた。軍服姿の若い陸軍将校より、背広にシルクハット姿の年寄りたちのほうが多く見られる。

背広の者たちは、衆議院や貴族院の議員たちだった。議員たちばかりでなく一般人も多く詰めかけて、遠くから飛行機と操縦者たちをながめている。

所沢から飛んできた英彦たち訓練生は、ここで説明要員をつとめることになっていた。陸軍の中で飛行機について話せる者は、いまのところ英彦たち以外にいないのだから、当然である。

「ええ、飛行の原理を説明いたします」

と英彦は会式機を前に説明している。

「そうそう。原理から教えてもらいたいね。こんなものが空を飛ぶなんて、まったく不思議だ。バテレンの魔術としか思えないね」

議員のひとりが冷やかすような顔で言う。

「飛ぶためには、揚力というものが大切なのであります。揚力とは揚げる力、であります。まずこちらをご覧ください」

説明係の英彦は、会式機の主翼の付け根を指で示した。

「いくらか前上がりに傾いております。この傾きを迎え角と申します。そして翼の断面は、上側に盛りあがった蒲鉾《かまぼこ》のような形をしております。キャンバーと申しますが、この迎え角とキャンバー、つまり翼の傾きと盛りあがりが、揚力を発生させるのであります」

議員はさかんに目を瞬いている。まるで理解できない、という顔つきだ。

「ええ、翼がこう傾いたまま前にすすめば、翼に上向きの力が発生するのは、直感的におわかりかと思います」

少々わかりにくかったかと思い、英彦は掌《てのひら》をいくらか斜めにして、前に動かして見せた。議員は言った。

「斜めになっていれば、下の面にあたる空気が翼を押し上げる、ということかな。単純な話だな」

議員は少しだけ理解を示す。英彦はうなずいた。

「その通り、単純な話であります。そして翼にキャンバーと呼ばれる盛りあがりがあると、翼の上と下で流れる空気の速度がちがってきます。上の方が速く、下が遅く流れます。すると上の方の気圧が低くなるので、翼は上に吸い上げられます。迎え角による押し上げる力と、キャンバーによる吸い上げる力。このふたつの作用が揚力となるのであります」

　議員は眉間に皺《しわ》をよせ、考え込むようだ。英彦はかまわずつづけた。

「ええと、このあたりの理屈は、前世紀の半ばごろに欧米で発見されたのであります。鳥のようにはばたかなくても、迎え角とキャンバーさえあれば空中に浮く力、すなわち揚力は得られる、という発見が飛行機を産んだといえましょう」

「ふむふむ。前世紀半ばとは、最近だな」

「はい。ただ、揚力を発生する翼を作れても、それを空の上に押し上げる動力がありませんでした。だから十数年前までは、グライダーで滑空はできても、動力飛行はできなかったのであります」

　訓練生として所沢で学んだことを、英彦は受け売りしているだけだが、議員は初めて聞く話のようで、感心した顔で耳をかたむけはじめた。

「動力となると、人力では弱すぎて駄目ですし、蒸気機関では重すぎて、空を飛ぶには不適でした。実際、蒸気機関をつけた飛行機が試作されましたが、大きすぎ、重すぎて飛べませんでした」

「なるほど。蒸気機関はたしかに武骨で大きいからな」

「ところが技術の進歩は目を瞠《みは》るものがありまして、おなじく前世紀の後半に、ガソリンを使う発動機が発明されたのであります。これなら軽くて十分な力が出せます。そこで翼に発動機をつけたところ、見事に飛行ができたのであります」

「ははあ、揚力の発見とガソリン式発動機の発明。このふたつを合わせてようやく空を飛べた、ということかな」

「まさにその通りであります。ふたつの技術の進歩によって、鳥のように空を飛びたいという人類の長年の夢が、つい十年ほど前にかなったのであります」

　議員は深くうなずいた。しかし別の議員はまだ首をかしげたままだ。

「理屈は通っている気がするが、まだ納得がいかん。そもそもこの飛行機だって相当重いだろう」

「ええ。およそ七百キログラムあります」

　英彦は答えた。議員は突っ込んでくる。

「それが空に浮くとは、どうにも解せんね。風船や凧じゃないんだから。七百キロといったら、相当なもんじゃないか」

「はあ。もっともな疑問であります」

「だろ。だったらもっと納得できる説明をしたまえよ」

　居丈高になった議員に、英彦はちょっと戸惑ったが、すぐに笑顔になって言った。

「ええ、ではこう考えてください。空気というのは、思っているよりも重いのだと」

「空気が重い、だと」

「そうです。空気は重くて硬いから、七百キロのものを支えられるのです」

「…………」

「大気圧というのをご存じかと思います。それはつまり、この地表から空のうんと高いところまで積み上がった空気の重さによる圧力、と考えられますが、その重さは一平方メートルあたりおよそ十トン、と計算されております。われわれはふだんから大気中で暮らしているので気づきませんが、実はそれほど空気は重いのであります。その中だったら、七百キロくらいのものは軽い、凧みたいに浮いても不思議はない、と思われませんか」

　議員は目をくるくると動かしている。思いもかけぬ話を聞かされて、理解するのに苦しんでいるようだ。

　空気が重いというのは直感的には納得しがたいが、実際に七百キロのアンリ・ファルマン機が空中に浮いているのだから、そのように解釈するしかない。翼で浮くのも、プロペラを回して前進するのも、すべて重くて硬い空気と機体とのあいだで作用・反作用が生じて起きる現象である。

「……なるほど少しわかった気がする。それで、わが国でも飛行機を作りはじめたのかな」

　納得したのか理解をあきらめたのか、議員は話の方向を変えた。

「は。これは会式機と呼んでおりますが、所沢でわれらの上官が作ったものであります」

「おお、立派なものじゃないか。すでに国産機があるとは、心強いね」

国産といっても大工に作らせた木と布の機体に、外国から輸入した発動機を載せただけで、あまり威張れたものではない。しかし議員の興奮に水を差すことはないと思い、そのあたりは説明しなかった。すると別の議員が、

「以前、ライト兄弟の初飛行を写真で見たことがあるが、この飛行機はそれと似ているな。十年ほど前の初飛行とおなじような機体とは、国産機はあまり進歩していないのじゃないかね」

と会式機を指さして言う。

たしかにアンリ・ファルマン機、およびそれを模した会式機は、複葉でプロペラがうしろ向きについており、機首に昇降舵がある点で、人類初の飛行機であるライト兄弟のフライヤー号と似ている。

「ええ、揚力の大きさは翼の面積に比例するので、主翼が二枚あったほうが安心して飛べるのであります。一枚だと、かなりの速度を出しても失速する危険がありますので。初の国産機は安全を重視したと思われます」

適当なことを言ってあたりを見まわすと、徳川大尉は革製の飛行服を着て、軍の上官とともに、議員の中でも大物とみられる人物に説明をしている。

また滋野男爵は、知り合いらしい議員と楽しそうに談笑していた。

滋野男爵は、いずれ貴族院議員になるともうわさされていたので、そのための運動かもしれない、と英彦は思った。男爵ならば、仲間うちの互選で貴族院議員になることができるのだ。

音楽家で飛行家で、しかも貴族院議員を狙うとは、行動の桁が外れている。しかも飄々として、まったく偉ぶるところがない。なんとも得体の知れない人物である。

朝からはじめて、さまざまな人に説明しているうちに昼前となった。

見上げると空に雲がふえ、また風も出てきていた。所沢からもってきた風速計は、風速三ノットを指している。

三ノットならいいが、風があまり強くなると飛行が困難になり、所沢に帰れなくなる。

「そろそろ撤収しますか」

ということになり、訓練生たちが乗った三機は順番に飛び立っていった。見物人たちの歓声をあびて練兵場の上空を一周してから、西の方角に飛び去ってゆく。

木村中尉と徳田中尉は、

「やい錦織、憶えてろ、つぎは負けねえぞ」

と言いながら笑顔でブレリオ機に乗っていった。

風の強さを心配しつつ、英彦らは汽車で所沢飛行場へ向かった。三機の飛行機には六人しか乗れないから、英彦は遠慮したのだ。

英彦ら陸路を帰った者たちは、夕方近くに飛行場に着いた。

しかし、なにやら門前のようすがおかしい。多くの人が詰めかけており、その警備のためか、警官が入り口付近に立っていた。

あやしみつつ門を入ってみると、三階建ての観測所のまわりには、ふだんより多くの人が歩いている。憲兵と思われる軍人も数名いた。

「おい、なにがあったんだ」

留守番だった整備員にたずねると青い顔を向けて、

「一機が墜落しました」

というではないか。

「どの機だ！」

思わず聞き返すと、ブレリオ機だという。

その機は木村中尉が操縦し、徳田中尉が同乗していたはずだ。

「ふたりはどうなった。無事だっただろうな！」

「それが……」

整備員は下を向く。

英彦たちは息をのみ、兵舎に駆けつけた。

ふだん会議室として使われている一室に、ふたりは白布をかけられて横たわっていた。

「おい、うそだろう！」

英彦といっしょにもどってきた岡中尉が、悲鳴のような声をあげた。

「ついさっきまで元気でいたじゃないか。いくさでもないのに……」

英彦は無言で、ふたりの遺体を見下ろしていた。

観測所の屋上から目撃した者の話によると、木村中尉操縦のブレリオ機は、十一時五十分には飛行場の東方約三キロの地点まできていた。

さらに近づいて約一キロの地点で、滑走路に入るために左旋回をしたところ、左翼が途中から折れた。

突風に煽《あお》られたようだという。

そのため機体は回転して上面が下向きになり、さらにねじれるように前頭部が下がり、ほとんど垂直に降下していった。

その過程で折れた左翼が飛び散り、右翼も折れた。翼を失った機体は速度を増し、弾丸のような速さで地面に墜落していった。

飛行場から急いで救護員を派遣したが、木村中尉は頭蓋骨の複雑骨折、徳田中尉は頭部と胸を強打して、すでに絶命していたという。

殉職である。

遺体を前にして英彦にできることは、静かに手を合わせることだけだった。そして胸の内でつぶやいた。

「これが飛行機乗りだ。空を飛べるといっても、いつも墜落死の危険と隣り合わせなんだ」

厳しい現実を突きつけられて、自分の踏み込んだ道が修羅道だとやっと腹に落ちた。

木村中尉のように真面目に熱心に訓練に取り組み、教えられた通りに基本に忠実な操縦をしていても、魔の一瞬は訪れる。飛行機乗りは一見華やかに見えて、じつは前触れもなくあっさりと命を奪われる職業なのだ。

それは飛行訓練を志願したときからわかっていたはずだが、覚悟ができていたかと問われると、首を縦にはふれない。実際、そこまで突き詰めて考えてはいなかった。空を飛べることに浮かれていたのだ。

――おい、本当にこの道を進むつもりか？　危なすぎるぞ。後悔しないか？

英彦は自分に問いかけてみた。そして人々でごった返す兵舎を出て、滑走路に出た。答はすぐに出た。

――冒険なんだから、危険はつきものさ。

いくら危険でも、空を飛ぶ魅力のほうがまさっている。この魅力には抗《あらが》えない。

気がつくと、曇った空をあおぎつつ、胸のざわめきを抑えるためか、拳を強くにぎっていた。

第二章　青島空中戦

一

大正三（一九一四）年九月下旬――。

けたたましく電話が鳴った。

中華民国山東《さんとう》省の一角、即墨《そくぼく》という地に設けられた飛行場の、格納庫がわりに張られた天幕の中である。

当番兵が出ると、軍司令部からだった。徳川大尉がかわった。

「いやな予感がするな」

と武田少尉が言い、小さめの鼻をうごめかせた。天幕の中では、英彦たち飛行隊員が運ばれてきた荷を片付けつつ、徳川大尉の応答に耳をそばだてていた。

徳川大尉は二度、三度とうなずき、「了解、直ちに対処いたします」と言ってから受話器をおいた。すぐにこちらをふり向き、

「おい、上空のルンプラーを追い払えとよ」

と言う。

「そう言われても……」

天幕の外へ出た武田少尉が空を仰いで言う。

「相当高いところを飛んでますよ。まず二千はあるな。いまからじゃ届きませんよ」

英彦も外へ出て、目を細めて上空を見た。青空の中を、鳩《はと》の形をした灰色の飛行機がゆったりと飛んでいる。ここから見ると親指くらいの大きさだが、発動機の爆音だけは一人前に大きく響き、地上を圧《お》している。

「ぐずぐず言うな。おい錦織中尉、操縦しろ」

「はっ、直ちに出撃します！」

武田少尉は軽機をもってうしろに乗れ」

「うぇっ、軽機って、手持ちで撃つんですか」

「小銃や拳銃じゃあ落とせんだろう。ほかに手があるか。司令部からの命令だぞ」

「うーん、まいったな。わかりました。軽機、軽機と」

武田少尉は身軽に天幕を出て、軽機関銃を据えてある銃座へ駆け出した。

英彦はすでに飛行服を着ていたので、飛行帽とゴーグルを手にして滑走路へ向かった。

「おーい、出撃だ。出せ！」

格納庫がわりの天幕にいる整備員たちに怒鳴った。モーリス・ファルマン機——アンリ・ファルマンの弟が設計製作した飛行機で、形もよく似ている——に整備員たちがわらわらと駆け寄り、機体を滑走路へ押してゆく。

英彦は急いで機体に目を光らせる。いくら緊急時とはいえ、飛行前の点検は欠かせない。

「ひゃあ、重い重い」

ぶつぶつ言いながら、武田少尉が肩に軽機関銃をかついで走ってくる。

ルイス式軽機関銃は英国製で、銃身の上にお皿のような弾倉をのせており、弾丸も合わせれば重さ十五キロほどだろう。ふつうは二脚架で地上に固定して撃つのだが、飛行機の上ではどうなるか。

「慣れないからといって、うしろからおれを撃たないでくれよ」

操縦席にすわる英彦は、軽機関銃を抱えて窮屈そうに後席にすわる武田少尉に言った。

「は。気をつけますが、なにせ初めてですから、間違えたらごめんなさい。平にご容赦」

「容赦できるか。発動機、回せ！」

プロペラが回る。爆音が一定に落ち着いたら、左手をあげて合図する。機体を押さえていた整備員たちがさっと離れ、機体が前進をはじめるところは、アンリ・ファルマン機といっしょだ。

アンリ・ファルマン機とモーリス・ファルマン機のちがいというと、主翼が幅広くなって機体の造りが頑丈になり、発動機がルノー七十馬力に替わって速度と上昇限度が向上したことだろうか。アンリ・ファルマン機はせいぜい時速六十〜七十キロしか出なかったが、モーリス・ファルマン機は時速九十キロ近くまで出せる。

青山練兵場からの帰途、ブレリオ機が墜落して木村、徳田両中尉の殉職事故が起きてから一年半がすぎていた。

　事故は新聞でも大きく報道されるなどひと騒動となったが、それで飛行機の研究をやめるわけにもいかない。事故原因が綿密に調べられ、機体の強化など対策を講じつつ、軍用気球研究会は活動をつづけた。

　その後は英彦ら訓練生一期の生き残りが講師となって二期生、三期生を育成し、飛行士をふやしていった。

　飛行機も、フランスから最新のモーリス・ファルマン機四機とニューポール機二機を輸入し、保有機数が一挙に二倍以上となった。いま飛行隊の主力はモーリス・ファルマン機である。

　そうした飛行機や研究会の変化よりも、さらに大きな変化を見せたのは国際社会、なかでも欧州だった。

　大正三（一九一四）年六月二十八日、サラエボという中欧の都市で、オーストリア・ハンガリー帝国の皇太子がセルビア民族主義者によって暗殺された。

　これがきっかけとなって、八月一日にはドイツがロシアに宣戦布告をし、三日にはフランスにも宣戦布告。六日にはイギリスが陸軍の大陸派遣を決定と、欧州は一気に大戦争になだれ込んでゆく。

　日本もドイツに宣戦布告した。大正三年八月二十三日のことだった。

　表向きは、日英同盟のよしみで英国から参戦依頼があったからとなっているが、それよりアジア太平洋地域におけるドイツ利権――山東省のドイツの租借地、膠州湾《こうしゅうわん》一帯と山東の鉄道利権――の奪取が目的だった。

日本軍部はドイツの軍事拠点、膠州湾に面した青島《チンタオ》要塞を攻略しようとした。久留米《くるめ》の第十八師団を中心に、和歌山、東京、広島などの部隊をまじえ、兵員五万人以上の独立混成師団が編成された。司令官は第十八師団長の神尾《かみお》中将である。

気球研究会の航空隊も参戦を命じられたので、飛行機を青島要塞近くまで運ばねばならなかったが、これが大仕事だった。

飛んで行くことができればいいのだが、これまで最長の飛行記録は、所沢から名古屋までである。海を渡って大陸まで飛ぶなど、とても考えられない。

そこですべての飛行機を解体して木箱に詰め、汽車と船で現地まで運ぶことになった。所沢の飛行場で梱包《こんぽう》して、大きな木箱を牛車で駅までそろそろと運び、汽車に乗せたのが八月二十四日。

二十八日に宇品《うじな》港を出航、九月二日に山東半島の北側、青島の裏手にある龍口《りゅうこう》に到着、上陸した。その陣容は飛行機四機のほか、飛行将校と整備の下士官、兵を合わせて三十名ほど。

龍口では上陸したものの暴風雨にたたられ、陸揚げした飛行機の組み立てもままならず、数日は泥まみれの滑走路と格闘しなければならなかった。

青島に近い即墨に滑走路を設営し、山東半島を横断して龍口から飛行機を送り込んだのは、九月二十一日のことだった。

滑走路の近くに神尾中将の司令部があるが、ここへ青島要塞から敵機が飛んでくる。当然ドイツ製で、ルンプラー・タウベという単葉機である。さきほどこれが飛んできたので、ちょうど到着したばかりの陸軍飛行隊に対して司令部から、飛行機を使って追い払えとの命令が出たのだ。

英彦のモーリス・ファルマン機が離陸し、ルンプラーめがけて上昇をはじめた。

「うーん、まだまだ遠いな」

後席の武田少尉が、トンボほどの大きさのルンプラーを見てのんびりとした声を出す。

英彦は言った。

「高度二千メートルか。昇るまで敵さんが待っててくれるかな」

「おれなら逃げますね。待っていたってろくなことはないし、第一、偵察するだけなら十分もかからないでしょ」

「だったらあれが逃げないよう、祈れ」

操縦席の前についている高度計を見た。まだ三百ほどだ。

技術の進歩はここにもあって、ヨーロッパから輸入した高度計が、いまやすべての機に取りつけられている。試したところ、このモーリス・ファルマン機は三千メートル以上まで上昇できた。ただ、そこまで達するには一時間以上かかったのだが。

飛行服も、革製の専用のものを使うようになっていた。

高度数百メートルまでならばさほどでもないが、高度二千メートルとなると、気温は地上より十数度は低くなる。その上、搭乗員は時速数十キロから百キロで移動する機上で吹きさらしになるので、布製の軍服などでは寒くてとても長時間乗っていられない。風を通さない革製の衣服に、頭と顔をすっぽりと覆う飛行帽、風や飛来物から目を保護するゴーグルが、いまや飛行には必需品となっている。

「ちょっと近づいたかな。やあ、ルンプラー・タウベだ。なつかしや」

「本当に鳩だな」

敵機は主翼端を後方に曲げ、尾翼は左右に三角形に張り出していて、下から見るとまったく鳩が翼を広げたような姿をしている。

ルンプラーというのは製造会社の名で、タウベはドイツ語で鳩を意味する。その名のとおり鳩形飛行機だ。

しかしこれが侮れない性能をもっている。発動機はメルセデス百馬力と強力で、最高時速は百二十キロに達する。しかも非常にあつかいやすいというので、世界中で好評価を得ていた。

日本の民間組織、帝国飛行協会もタウベを二機を保有していて、開戦前に陸軍はこれを買い上げ、武田少尉に飛行訓練を命じていた。それで武田少尉は飛行協会の磯部《いそべ》鉄吉《おのきち》という技師——元海軍機関少佐である——の指導の下、これに乗ったことがあった。だからなつかしいと言うのである。

買い上げた飛行協会のタウベは、磯部技師が解体梱包してこちらに運んでくる手はずになっているが、いまはまだ到着していない。

「あ、去っていきますよ」

モーリス・ファルマン機がやっと八百メートルに達したところで、ルンプラー機は上空を旋回するのをやめ、要塞のある方角へと去っていった。偵察が終わったらしい。

英彦はしばらくその方向へ機首を向けて追ってみたが、敵機影は小さくなるばかりだ。

「くそっ、速いな。逃げていきやがる」

機体の性能がちがうのだ。あきらめざるを得ない。英彦は機首を飛行場に向けた。

「この機関銃、どうしようかな」

武田少尉が迷ったような声を出す。

「せっかくだから撃ってみたらどうだ。これからは使うこともあるだろうし。ただし前に向けるなよ」

「それもそうですね。しかしあつかいにくいなあ」

背後でかちゃかちゃと安全装置をはずす音がしたと思ったら、だだ、だだだと発砲音がつづいた。硝煙の臭いが漂ってくる。

「いやあ、撃ちにくい。横か斜めうしろしか撃てない。しかも二脚架を支持する土台がないから、銃口が暴れて弾がどこへ飛んでいくかわからない。これ、相当敵に近づかないと当たりませんよ」

「ふん。軽機ごときを手持ちで撃てないとは、日ごろの腕立て伏せと懸垂が足りんぞ」

「いや、そういう問題ではないと思いますが」

「そういう問題だ。軍では腕力がほとんどの問題を解決する」

「お言葉ですが、その認識は大きな欠陥があると思います。やはり機関銃を抱えて飛行機にもちこんでも使い物にならない、という結論しか思い浮かびません」

滑走路に着陸し、モーリス・ファルマン機を整備員たちにまかせて天幕にもどってみると、徳川大尉が渋い顔で迎えてくれた。

「逃がしてしまいました。すみません」

英彦と武田少尉は頭を下げた。それでも形の上では追い払ったことになるから、よもや叱責はされまいと思っていた。

「さっき司令部から電話があった」

徳川大尉は言う。

「なんと言われたと思う」

「お褒めのお言葉でも」

雰囲気を察知し、予防線を張った武田少尉の言葉に、徳川大尉は首をふった。

「いいか。『なぜ垂直に上昇せんのだ、馬鹿者！』だとよ」

これには英彦も呆《あき》れて物が言えなかった。軍司令部は、飛行機が打ちあげ花火のようにまっすぐ天に向かって上昇できるものと思っているようだ。

「航空思想の普及が足りてませんねえ。特にウチの上の方には」

武田少尉がぼそりと言った。

二

日本の西南にあり、黄海《こうかい》と渤海《ぼっかい》を隔てるように、大陸から東に向かってくちばしのごとく突き出しているのが山東半島である。

青島という地はそのくちばしの付け根近くの南側にあり、東に労山《ろうざん》湾、西に膠州湾を抱える。内湖のような膠州湾が良好な港になるのに着目して、ドイツは清国《しんこく》よりこの地を租借し、東洋艦隊の根拠地にしていた。

青島の市街と要塞は、膠州湾に向かって突き出した半島状の地形の先端にある。そうした地形が、日露戦争の激戦地となった旅順要塞とそっくりだった。

その旅順要塞を攻略するために日本軍は多大な犠牲を払ったから、この青島要塞もおなじように日本軍に犠牲を強いるだろう。世間はそういう見方をしていた。

そんな地に英彦が出征するというのに、所沢の家を出るとき、妻の亜希子は冷静で、

「家はしっかり守りますから、お国のために頑張ってください」

と言っただけだった。泣かれるのも困るが、ここまで冷静だとかちんとくる。厄介払いしてせいせいしたいのか、と言いたくなる。

亜希子との仲はもはや諦めていたが、じつに不愉快な気分のまま出征してきたのだっ

た。

所沢を出てからは寝るのも雑魚寝、冷えた糧食、船酔い、悪臭、洪水と泥の海など、戦地の苦労をたっぷりと味わってきた。幸い、飛行機は順調に飛んだし、先日、敵機にもまみえて実戦を経験したから、自分はもう一人前の軍人だという気に英彦はなっている。

一方、飛行隊としては、即墨で敵ルンプラー機のお出迎えをうけて、新しい任務を考えざるを得なくなっていた。

それは、敵に対する攻撃である。

ここまで飛行隊の任務は、偵察だけに限定されていた。なにしろ安定して飛行するだけでも大仕事だったので、それ以上のことは考えられなかったのだ。

少し前まで、飛行機は左旋回しかできないものと思われていた。だがモーリス・ファルマン機は右旋回もできたので、初めて右旋回の困難さが発動機の回転方向による一種の癖だったとわかった。それほど飛行機の動きは不自由で、操縦も大変だったのである。

だがいざ実戦となって敵飛行機の活動に出会うと、これに対抗しなければならなくなった。実際、高空を飛ぶ飛行機には、地上から射撃してもなかなか弾は当たらない。飛行機には飛行機でなければ対抗できないのだ。

まずは敵機を迎え撃ち、追い払うこと。

とりあえず馬力に比較的余裕のあるニューポール機に、機関銃を据え付けることにした。

後席の上部に主翼への張線の支柱があったので、その頂上に支点をとりつけ、銃身をのせるようにした。

これで前上方九十度ほどの角度を撃てるようになった。

モーリス・ファルマン機にも銃架を設けたかったが、どう考えてもそうした場所がない。後席の者が手持ちで撃つしかなかった。

しかも前方には操縦者が、後方にはプロペラがあるので、横か上方にしか撃てない。そんなことで効果があるのかと、みなで首をひねるありさまだった。

空中で迎え撃てないとなれば、敵の飛行場まで押しかけていって、敵機が地上にいるうちに破壊するという手がある。砲弾を空から落とせば、砲撃とおなじ効果があるはずだ。

昨年の名古屋での大演習で、飛行機から模擬爆弾投下も試していた。しかし爆弾についてはまだ研究途上で、十分に実験もなされていなかった。

内地から大急ぎでとりよせた爆弾は、砲弾に半球状の風船をとりつけたもので、風船によって弾頭をつねに下向きにして落下させようという——弾頭から着地しなければ爆発しないので——狙いだった。

狙いはいいが、これを飛行機からどうやって落とすかまでは考えていなかった。

後席から落とすとしても、後席下方には脚と車輪があるし、張線も多い。前方からの風圧は大きいし、モーリス・ファルマン機だとすぐうしろでプロペラがまわっている。下手に落とすと風船がどこかに引っかかって、大変なことになりそうだ。

考えた末にブリキで円筒をつくり、座席の側方につけてみた。この円筒の中に、信管の安全栓を抜いた爆弾を頭を下にして入れ、機体下方まですべらせて落とそうというのだ。

実際にやってみると、機体にひっかからずに落ちたものの、風船に吊《つ》られた爆弾は落下中、ぶらぶらと左右にゆれている。着地したときは横倒しになり、爆発しなかった。

じつにいらいらする展開である。

「ははあ、航空思想の普及だけでなく、研究も足りないようですな」

武田少尉は、いつもひとこと多い。徳川大尉にじろりとにらまれていた。

——飛行機には可能性があるが、可能性を現実に役立つものにするのはむずかしい、ってことだな。

と思わざるを得ない。

とにかく急ぐ。これでは駄目だというので、現地で工夫することにした。

聞いてみると、海軍はすでに何度も敵地を爆撃しているという。

飛行機を梱包して上陸させた陸軍とちがって、海軍は若宮丸《わかみやまる》という貨物船を母艦とし、水上機——車輪のかわりにフロートをつけ、水上を滑走して飛び上がる——をそのまま積み込んで労山湾にまで出張ってきた。そしてクレーンで水上機を海の上に下ろし、発進させたという。

だから飛行機を組み立てたり滑走路を造る手間がない。到着した翌日から悠々と飛行機を飛ばしていた。

爆弾のほうも研究が進んでおり、砲弾のお尻に矢羽根をつけていた。これで弾頭から落ちるようになったので、後席の側方に紐でしばって吊《つる》しておいて、いざ投下というときにはナイフで紐を切るのだと。

陸軍飛行隊でも、さっそく砲弾に矢羽根をつけることにした。

ガソリンの空罐《あきかん》を切って矢羽根を作り、これを砲弾のお尻にハンダ付けした。

「うわ、おっかねえ。爆薬が詰まってるのにハンダ付けですか」

と武田少尉がひきつった顔で言うそばで、飛行隊の整備員たちは黙々と作業していた。爆発しないように、それなりの工夫があるようだった。

これで爆弾と投下装置ができた。実際に落としてみると、爆弾はちゃんと着地して爆発する。まずは成功だが、つぎには爆撃の精度が問題となった。目測で、このくらいだろうと思ってえいやと投下しても、目標にはまるで当たらない。

飛行機の速度と高度、それに投下する爆弾の空気抵抗や現場の風など、爆弾の投下軌道に影響する要素が多すぎて、搭乗員の勘だけではとても当てるまでにはいかないのだ。照準器を工夫しなければならなかった。

ここで砲兵出身の将校が活躍した。

まず操縦者の足許から前面の床の板をはがし、地上が見えるようにセルロイド板を張る。そのセルロイド板にaからdまでの横線を引く。そして飛行機の高度と速度、爆弾の種類を関係させて計算し、一覧表にしておく。

操縦者は飛びつつ一覧表を見て、いまの速度と高度ならばaからdまでの横線のどこに目標が見えたら投下すればいいか、を確認しておく。そして目標がそこに入ったら、後席の者に投下を命ずるのだ。

これでなんとか爆弾は目標の近くに落ちるようになったが、命中とまでは、なかなかいかない。爆弾を正確に地上の目標に当てるには、もっと綿密な研究が必要なのだろう。

――乗り越えるべき山は多いな。

そうして苦闘しているところに、司令部から命令が下った。

九月二十七日をもってわが軍は敵の前進基地を攻撃する。飛行隊は二十七日未明より膠州湾内にひそむ敵の巡洋艦駆逐艦等に爆弾を投下し、さらに敵の背面を偵察すべし。

これは日本陸軍にとって初めての爆撃命令だった。

ドイツ軍の前進基地は青島要塞より数キロほど北にある。膠州湾岸なので、そこを攻撃する日本軍は、進撃するとその側面をドイツ軍の艦艇から砲撃されるおそれがあった。

事実、二十六日の攻撃で、黒見《くろみ》という地のドイツ軍基地を攻撃したときに日本軍は、湾内のオーストリア軍巡洋艦カイゼリン・エリザベスと駆逐艦S90、イルチスという砲艦から砲撃を受けて苦戦したのである。

さらに敵の軍艦をほうっておくと、湾を出て日本の輸送船を攻撃するかもしれない。日本海軍の艦隊が湾を封鎖しているが、万全ではない。

動く艦艇を陸上から砲撃して撃破するのはむずかしい。だから長駆膠州湾まで飛んでゆける飛行機に攻撃させよう、というのだ。

出番が来たことをみな素直に喜んだが、それでも問題はある。

「やあ、司令部でもやっと航空思想が普及したようですね。でも爆弾を投下しても、当たるかなあ」

「当たらんよ。これまで演習でも当たっておらんのに、実戦でいきなり当たるわけがない」

「ま、やってみなきゃわからん。当たらずとも至近弾くらいにはなるだろう」

武田少尉ら飛行隊の将校たちがこもごもに言う。

「集中すれば何ごとかならざらん、だ。とにかく飛んでいって一発、ぶちこんでやる」

と勇ましい英彦の言葉にうなずく者が多い。

モーリス・ファルマン機のうち一機は破損して使えなくなっていたので、ニューポール機とモーリス・ファルマン二機、都合三機で出撃することになった。各機にはそれぞれ爆弾を三個ずつ積んでゆく。

二十七日の払暁、英彦はモーリス・ファルマン機に乗って出撃した。後席に乗るのは武田少尉だ。

三機は雁行《がんこう》陣形となって膠州湾へ向かう。

まずは高度千二百メートルまで上昇した。敵地上空を飛ぶので、対空砲火を避けるためである。

膠州湾へは即墨からおよそ三十分ほどで到達する。

膠州湾頭に、敵艦が漂泊しているのが見えた。接岸してはおらず、動ける状態だ。

「向こうさんも用心しているようだな」

こちらが爆撃の演習をしていたのは、ドイツ軍にも見えていたのだろう。

「降りるぞ」

と武田少尉に声をかけ、機首を下げて高度を落としてゆく。

千百メートル、千メートル、と高度計の針が下がってゆく。

そのとき頭上で、ぽん、という音がした。見上げると黒煙が丸く広がっていた。

それをきっかけにしたように、上下左右で黒煙が広がる。敵は、空にむけて時限信管の榴弾《りゅうだん》を撃っているのだ。

「へっ、当たるもんか」

と武田少尉がうそぶく。たしかに、時速百キロ近い速度で動く飛行機を大砲で狙い撃つのは、むずかしいはずだ。

高度が八百メートルになった。すると、ひゅんひゅん、と風の音とはちがう鋭い音が聞こえてきた。

「機関銃だ。やたらと撃ってきている」

見下ろすと、狙っている敵艦の上からだけでなく、海岸線のあちこちから閃光《せんこう》がこちらに向かってきている。

背筋が少々涼しくなった。自分に言い聞かせるように言った。

「まだまだ。八百や七百で当たるものか」

地上の射撃でも、八百メートルも隔たっていてはなかなか当たらない。ましてや、速く移動している飛行機には当たらないだろう。

と思っていると、右側の主翼で鈍い音がした。見れば布地に穴があいている。銃弾が貫いていったらしい。

「穴だらけにならないうちに、早く爆弾を落としましょうよ」

武田少尉が言うが、うろたえているわけではなく、声は落ち着いている。

「そろそろかな。爆弾投下、用意せよ」

「爆弾投下、用意よし！」

英彦は高度計を見、スロットル・レバーの位置と風圧の強さから速度を時速八十キロ程度と推定し、一覧表を確認した。横線bを越えたところで投下すればよいとわかった。

床下を見た。セルロイド板越しに敵艦が見える。艦影の大きいほうがカイゼリン・エリザベスだろう。

まっすぐに進む。カイゼリン・エリザベスがセルロイド板の横線bにかかった。

「爆弾、投下だ」

「爆弾、投下！」

少尉の復唱を聞きつつ、黒い小さなものが落ちてゆくのをセルロイド板越しに見る。

いったん機関銃弾から逃れようと、英彦は機を上昇させた。途中、後席から声がする。

「おー、水しぶきだ。残念、はずれた。三十メートル後方、五十メートルほど左だった」

「左か。横風でも吹いているのか」

海面近くの風は、上空からはわからない。爆撃はむずかしいと思う。

英彦は機を旋回させた。上空で円を描くともう一度、カイゼリン・エリザベスの艦尾方向から近づいてゆく。

「今度はもう少し高度を下げる。ちょっと右側から落としてみよう」

爆弾はあと二発ある。砲撃でも最初の一、二発は捨て弾だ。あせることはない。

敵艦の右側へと近づいてゆく。高度を七百メートルに落とし、水平飛行にはいる。一覧表を見て、投下点は横線cとdのあいだあたりと見当をつけた。

この高さだと敵艦がかなり大きく見える。甲板にいる乗組員の姿もよくわかる。うろたえて走り回っている者、こちらを指さしている者……。

それだけに機関銃の射撃も激しい。ときどき曳光弾《えいこう》が機体の近くを通りすぎてゆくのが見える。

敵艦の艦橋がセルロイド板の横線ｃにかかった。英彦は叫んだ。

「爆弾、投下！」

黒いものが落ちてゆくのを見てから、上昇にうつる。

「またはずれた。今度は五十メートル前方だ。左右はよし」

「こんちくしょう。むずかしいな。どうもコツがわからん」

また旋回する。最後の一発をなんとか当てたい。

今度は二度目とおなじ高度と速度、おなじ方向から近づいてゆく。横線ｃの少し手前で落とせば、五十メートルほどの誤差を修正できるだろうという計算だ。

だが風もあって、まったくおなじ航路とはいかない。速度も体感で測るしかないだけに、おなじかどうかわからない。対空砲火も激しくなっている。それでもセルロイド板をじっと見て、武田少尉に命じた。

「投下！」

「ええい、当たってくれ！」

武田少尉の声とともに、最後の爆弾が落ちてゆく。

「うわっ」

上昇してゆく途中に、武田少尉が声をあげた。

「あぶねえ。機関銃弾が下から突き抜けていった」

床に穴があいたようだ。

「それより、当たったか」

「だめです。三十メートル後方、三十メートル右、ってところですか。やはり急ごしらえの照準装置じゃ、きついな」

あらためて湾頭を旋回し、海上をながめてみた。三機で爆撃したはずだが、損傷している敵艦はないようだった。合わせて九発の爆弾は、みなはずれたのだ。武田少尉が言う。

「戦果なし、か。爆撃は航空思想の普及よりむずかしいですな」

その後の敵情偵察は、ニューポール機がすることになっている。長居は無用だ。英彦はモーリス・ファルマン機の高度をあげると帰途についた。

三

二十七日の日本軍の攻勢によって、ドイツ軍は前進基地をうち捨て、要塞の中へ立てこもった。

といっても算を乱して敗走したわけではなく、ドイツ軍としては予定どおりの行動と見えた。強固な要塞を頼りに、人的損耗をできるだけ避けるつもりだろう。

日本軍は、敵軍の退却をニューポール機の偵察によって知った。

そこで孤山《こざん》と浮山《ふざん》という、青島要塞の防御戦から五、六キロほど北東にある山をむすぶ線まで兵をすすめた。二十八日のことである。そして司令部をその背後の李村《りそん》という、四方から街道が交わる村においた。

飛行隊も、李村の後方、狗塔阜《くとうふ》というところまで飛行場を前進させた。

十月に入ると、飛行隊に偵察命令が下った。孤山・浮山ラインから先の敵の構え、および要塞内の敵情をさぐれという。

ここから先は騎兵も入り込んでいけないので、敵情は飛行機で探るしかないのだ。

徳川大尉は、みなを整列させて告げた。

「われわれ飛行隊の出番である」

期するものがあるのか、顔が紅潮している。

「いいな、みな怠りなく励め」

言われなくともみな張り切っている。命令にしたがい、飛行隊は早朝から飛び立ち、要塞の方角へ向かった。

偵察が主目的だが、行きがけの駄賃ということで、爆弾も積んでいる。

日本軍が陣をしいた孤山・浮山ラインは高台になっており、六十五高地、ワルデルゼー高地などと呼ばれる丘がつらなっていて、海側の一段低い青島要塞を見下ろす形になっていた。

そこから要塞のある西南方向にすすむと、まず大鉄条網帯が見えてくる。幅は約十メートル。その後方に外濠《そとぼり》があり、花崗岩《かこうがん》を積みあげた高さ六、七メートルの外壁がそびえる。これが東南の海から西北の海まで四キロあまりにわたって切れ目なくつづき、要塞への侵入を拒んでいた。

その後方に六つの堡塁《ほうるい》がある。

それぞれの堡塁の中央にトーチカがあり、機関銃と探照灯を配置してある。トーチカ外にも隠蔽銃座がもうけられ、また空き地には地雷が埋めてあると思われた。

さらにその後方、イルチス、ビスマルク、モルトケと名付けられた三つの山に砲台があった。開鑿《かいさく》された頂上や山腹に、ところどころ白いコンクリートの掩蓋《えんがい》が見え、その下から砲身が突き出ている。

これらの砲は毎日さかんに日本軍陣地へ砲弾を送り込み、日本の陣地構築作業をさまたげていた。

砲台となっている山の背後、海を望む平地に青島市街がある。

上空から見ると市街はよく整備されており、建物はすべて石造りのヨーロッパ風だった。海岸近くの工場からもくもくと煙が出ていて、いまも生活が営まれているのがわかる。

ここはドイツが多額の資金を投下して造りあげたアジアの拠点で、一大都市なのだ。

市街の北側に面する膠州湾に港があり、数隻の軍艦が停泊している。そして南側の黄海には日本海軍の第二艦隊が遊弋《ゆうよく》し、ドイツ艦隊をせまい膠州湾内に封じ籠めていた。

数回の上空からの偵察によって、防衛線の実情を地図に書き入れ、司令部に報告した。

「よしよし、まずは飛行隊の面目は立った」

と徳川大尉は喜んでいた。敵情が詳細にわかったので、司令部からお褒めの言葉をいただいたのだそうだ。英彦も気分よく聞いた。

「しかし爆弾は当たりませんね」

と武田少尉は喜びに水を差す。

「いろいろやっても、本当に一発も当たらないんだから、がっかりしますよ」

無理もない。欧米でも、まだ飛行機による爆撃や銃撃を本格的に行っている国はないのだ。飛行機は飛ばすだけで精一杯、というのが日本だけでなく、開戦前の世界の実情だったのである。

だが、これからはそれでは済まないだろう。爆撃にしろ銃撃にしろ、いったんできるとわかったら、どんどん進化してゆくはずだ。

「でも、そうなったら」

と武田少尉が問うてくる。

「おれたち操縦者は、どうなるんですかね」

「どうもなにも」

と英彦は答える。

「飛行機の操縦だけでなく、爆撃と銃撃の腕を磨くだけだ。おれたちにしか、できねえんだからな」

「なるほど。腕を磨く、か。するとそのうちに爆撃の名人とか、銃撃の神さまがでてくるかもしれませんね」

「神さまか。言われてみたいもんだな」

「爆撃の神さま、錦織中尉。いいですね」

「銃撃の名人、武田少尉だ。あはは」

たしかに今後はそういう方向にすすむだろう、いいじゃないか、と英彦は思った。


十月七日には青島要塞の偵察もほぼ終わり、陸上部隊は陣地の構築にかかったので、飛行隊はしばし暇ができた。

飛行機を格納した天幕のすみで、英彦がいつものように腕立て伏せをしていると、武田少尉が寄ってきて、

「今度は、なかなか突撃しないようですね」

と不満そうに言う。

「乃木《のぎ》将軍だったら、とっくに突撃を命じているだろうになあ」

日露戦争で旅順要塞を攻略した将軍の名をだして、暗に司令官を批判している。

「従軍記者らのあいだじゃ、『神尾の慎重作戦』と不評のようですが」

「ふん。言わせておけばいいさ。やつらは派手な記事を書きたいだけで、どうやって要塞を落とすかを考えているわけじゃねえからな。工兵の目から見ると、慎重に準備する

のは要塞攻撃に必須だと思うぞ」

要塞の攻略法はともかく、とりあえず飛行隊にとってこの戦場で必要なのは、早く高空へ上昇する技術だった。

しばらく姿を見せなかったドイツ軍のルンプラー機が、十月に入ってからまた飛んでくるようになっていた。

これが日本軍の悩みの種となっている。

いま、軽便鉄道で大砲をはじめとする資材がどんどん前線に運び込まれていた。野戦重砲は地面を掘り下げ、土嚢《どのう》を積んだ陣地に配置するし、二十八センチ榴弾砲は穴を掘って据えつけ、周囲をベトンで固めるという作業が必要で、時間と手間がかかる。

そうして陣地を設営中のところへ、鳩のお化けのような飛行機が飛んできて、高空から悠然とこちらの陣地を偵察し、要塞へもどってゆく。するとそのあと、要塞から正確な砲撃がくるのだ。

すでに二十年ほどこの地を支配しているドイツ軍は詳細な地図をもち、一帯を碁盤状に区分けして、どの地点と決まれば正確に砲弾を送り込めるようにしてあるらしい。

日本軍としては、未完成の陣地を砲撃されるのだからたまらない。

せめて人員に被害がでないようにと、ルンプラー機がくると、将兵はこそこそと逃げ隠れしなければならない状態だった。

地上から機関銃を撃っても、ルンプラー機は二千メートル以上の高空を飛んでくるので、届かない。大砲ならば届くはずだが、そんな高い角度を撃てる砲の手持ちはない。

やはり飛行機には飛行機で対抗するしかないのだが、こちらの飛行機で追い払おうとしても、ルンプラー機が見えてから飛び上がるのでは、とても間に合わない。離陸して上昇しているうちにルンプラー機は逃げていってしまう。

いまのところ、高度一千メートルに達するのに十五分から二十分かかっている。なんとか素早く上昇する手立てはないものか、と英彦は考えていた。

「そりゃもう、やってみるしかないでしょう」

と武田少尉は言う。どこまで急角度で上昇できるか試してみようと望むところである。

「よし、やってみよう。限界に挑戦だ」

翌朝、徳川大尉が乗るニューポール機とともに、モーリス・ファルマン機で出撃したときに、英彦はさっそく試してみた。

離陸から高度三百メートルまではふつうに操縦し、そこから試行をはじめた。スロットルを押し込み、発動機の回転をあげる。速度があがったところで操縦桿を大きく引く。

機首があがって地上が見えなくなり、前方は雲と青空ばかりになる。急角度で上昇しているのだ。

だがすぐに速度が落ちてくる。失速する予兆だ。

英彦は操縦桿を元にもどした。水平飛行に近くなり、速度があがる。するとまた操縦桿を引く。急角度で上昇するが、速度が落ちてくる。今度は少しだけ操縦桿をもどす。そうして、上昇しても速度が落ちないぎりぎりの角度をさぐった。

「うーん、このくらいか。もっと出来そうだが、機体がもつかどうか」

幾度か試してみて、速度と角度のもっとも効率的な関係をつかんだと思った。それはこれまで教えられ、日常的に使ってきた上昇角度よりかなり大きい。

気がつくと、徳川大尉のニューポール機がはるか下方に見えた。

「千メートルまで上昇するのに十二分程度ですか。けっこう縮めましたね」

と後席にのる武田少尉が言う。

「でもおっかなかった。上昇のたびに主翼がたわむんですよ。ああ、張線がいくつか切れてます」

「進歩は犠牲なしにはありえん。張線ぐらい、仕方なかろう」

「いや、張線だけならいいですけど……」

あとは声が小さくて聞こえなかった。

その日は要塞を越えて青島の市街まで飛行したが、工場をねらった爆弾はやはり当たらなかった。

飛行場にもどってしばらくすると、徳川大尉に呼び出された。

「おい、貴様、ちと操縦が荒くなっているぞ。あの上昇の仕方はなんだ。三機しかない飛行機を壊す気か」

さっそくの叱責である。英彦のモーリス・ファルマン機を飛行場で点検したところ、張線が数本切れていたほか、主翼の肋材《ろくざい》にはずれかけていたものがあったという。英彦の操縦は、それだけ機体に負担をかけたのだ。

「いえ、ルンプラーを迎え撃つためにも、急上昇をしなければと思い、上昇角度を試してみたのであります」

「勝手にやるな。必要ならばおれが命令する。飛行機は大切に使え。戦場で飛行機が使えなくなっては、われわれの役目が果たせんだろうが」

「……しかし、急上昇ができなければ、敵機迎撃の役目が果たせません」

「なんだと。口答えするな！　これは命令だ。急上昇のテストなどするな」

「するとルンプラーをあのままにしておくのですか。それでは飛行隊の名折れです」

徳川大尉としても、飛行隊の幹部としての立場があるのだろうとは思ったが、それでは戦えない。ここは譲れないと思った。

だが徳川大尉も無為なままではなかった。

「敵のルンプラーについてはな、海軍さんとも相談しておる。まかせておけ」

その言葉が意味するところは、数日後に明らかとなる。

四

十月十三日、午前六時。

飛行隊の電話が鳴った。

「了解。すぐ出撃します」

乱暴に受話器をおくと徳川大尉は、

「貴様ら、三機とも出撃だ。ルンプラーがくるぞ」

と隊員たちに怒鳴った。

すでに手はずは聞かされていた。英彦たちは滑走路に駆け出した。

英彦は武田少尉とともにモーリス・ファルマン機に乗った。後席の武田少尉はルイス式軽機関銃を抱えている。ニューポール機には機関銃が据え付けられているし、もう一機のモーリス・ファルマン機は機関銃のかわりに爆弾を積んだ。

三機は滑走路から舞いあがると、ひたすら上空をめざして上昇してゆく。やや風がある上に南の方に黒雲が見え、上空のところどころに白い雲が浮いているのが気になるが、頭上の大部分は青く澄んでいる。

ドイツ軍のルンプラー機が見えてきた。日本軍の右翼にある孤山西方の海上から飛来たり、日本軍の前線にそって左翼の浮山のほうへと向かっている。高度は徐々に下がってきている。低空からじっくりと日本の陣地を偵察しようという腹だろう。

英彦は機体のようすを見つつ、大きな角度で上昇してゆく。

降下していたルンプラー機が、弾かれたように上昇にうつった。近づいてくる日本の三機を見つけたようだ。

英彦たちはルンプラー機を追った。

ルンプラー機は高度をあげつつ、左翼の浮山方面へ逃げる。なおも追ってゆくと、ルンプラー機は浮山を越えて海上へでた。

すると、その前方には車輪のかわりにフロートをつけたモーリス・ファルマン機が飛んでいた。

海軍機である。

徳川大尉は海軍航空隊と示し合わせ、ルンプラー機がきたら海軍にも一報し、海軍機も同時に離陸すると取り決めたのだ。陣地上から海上へ追い出し、挟み撃ちにして撃墜しようという作戦だった。

ルンプラー機は以前、海軍の工作船関東丸《かんとうまる》にも爆弾を投下していた。それは当たらず被害はなかったが、海軍にとっても憎き敵なのである。

といっても海軍機は爆撃はするものの機関銃などはそなえておらず、搭乗員がモーゼル拳銃をもっているだけだった。しかしルンプラー機は海軍機にも攻撃されると思ったのか、大きく左へと旋回し、また日本軍陣地のほうへともどってきた。

英彦ら陸軍機も左に旋回してこれを追う。逃すものかと思う。

「おい、右側に機関銃を出せ。やつの横につけるからな、近づいたら撃て」

と英彦は武田少尉に命じた。

武田少尉が抱える機関銃は機体の横方向にしか撃てないが、ルンプラー機が旋回したため、うまく飛んでゆけばやがて横に並ぶことができるだろうと計算したのだ。

「そのときに一掃射で仕留めろ。いいな」

「はあ。なるべく近づいてください。窮屈な上に支点がないんで、うまく撃てないんですよ。よほど近寄らないと、当てる自信がありません」

と武田少尉は頼りないことを言う。

「よし、まかせておけ。思いっきり近づいてやる」

英彦はルンプラー機の飛び方から、こちらの方向へ来そうだという位置を想定し、先回りする形で飛んでいた。

そもそもルンプラー機は単葉の一人乗りなので、複葉二人乗りのモーリス・ファルマン機にくらべて軽快で、速く飛べる。うしろから追いかけているかぎり、攻撃をかけるのはむずかしい。

互いに手で合図しつつ、四機は包囲網を作った。海軍機とニューポール機はルンプラー機の後方から、そして二機のモーリス・ファルマン機はルンプラー機の前途をさえぎるように飛んだ。

果たして、旋回したルンプラー機は英彦たちに近づいてきた。

「よし、撃ち方、用意！」

「撃ち方、用意よし！」

安全装置をはずす音と武田少尉の返事を聞きながら、英彦は機体をルンプラー機に近づけていった。

ルンプラー機が大きく見えてくる。空中でこれほど飛行機に近づいたのは初めてだ。

――いまおれたちは、空中で戦っている。

日本軍史上、初めての戦い方だ。自分が歴史を開いたのだと思うと、心臓が高鳴る。

ルンプラー機の操縦者がこちらを向いた。飛行帽にゴーグルをつけているので顔はわからないが、口をあけたところを見ると、おどろいているようだ。いい気味だと思う。

「ここか！」

横並びになろうとして左旋回にはいった。

「わあ、見えない」

武田少尉が悲鳴をあげた。旋回するとどうしても機体がかたむくので、ルンプラー機にこちらの腹を向ける形になる。これでは機関銃は撃てない。

旋回が終わり、機体が水平になったときには、ルンプラー機はかなり前方に進んでいた。

「撃て。これ以上近づくのは無理だ」

「了解！」

背後で機関銃が吠《ほ》えた。だがすぐに止《や》んだ。

「だめだ。斜め前は撃てません。こっちの主翼の支柱を撃っちまう」

「ええい、面倒なやつだな。待っていろ」

スロットル・レバーを押し込んで加速した。追いかけてもルンプラー機のほうが速いので、横並びになるのはむずかしい。なんとか追いつこうとあせっていると、ニューポール機が後方から追い抜いていった。そして主翼の上に据え付けた機関銃で盛んにルンプラー機を撃っている。

「いいなあ。あれなら前を撃てる」

武田少尉が言う。しかしルンプラー機まではかなり距離があり、銃弾が当たっているようには見えない。

ルンプラー機はさらに高度をあげ、高空に逃れようとした。日本の四機も、追いかけて高度をあげる。

「ええい、こうなったら……、おい、おれの頭の上から撃てないか」

「ええっ、頭の上ですか」

「そうすりゃ前が撃てる。やってみろ」

機関銃の銃口近くの音はものすごいし、煙硝が飛び散る。衝撃波もある。顔はもちろん、体を近づけるのは危険だが、この際、やむを得ない。

「でも、立たないと撃てません。つかまるところもないし、ちょっとゆれたら落ちますよ」

「ええい、立て。立って撃て。落ちたら落ちたときだ」

「そんなあ……」

高度二千メートルを飛行する機体の上で仁王立ちするのは、武田少尉も恐《こわ》いだろう。

「もう、どうなっても知りませんよ」

武田少尉が後席で立ちあがる気配があった。すぐに英彦の頭上に機関銃の銃身が突き出てきた。

「なるべく穏やかに撃ってくれよ」

背を丸めて頭を低くした。ルンプラー機は真っ正面にあり、鳩の尾のような尾翼が見える。その距離、およそ七百メートル。

「撃ちます！　頭、気をつけてください」

頭のすぐ上で発砲音が響き、耳がじんとする。吐き出された空の薬莢《やっきょう》が機体にあたる音がして、白煙がうしろに流れてゆく。

「あんまり気持ちのいいもんじゃねえな。鉄兜《てつかぶと》をかぶってこりゃよかった」

「やっぱり当たらない。もっと近づいてください」

前方は撃てるが、銃口がふらつくから、よほど近寄らないと当てるのは無理のようだ。

「これでいっぱいいっぱいだ」

ちらりと高度計を見た。二千メートルを超えている。

「旋回するときは予告してください。振り落とされたくないんで」

武田少尉にしても、前方からの風圧で立っているのがやっとだろうと思う。

しかし、やはりルンプラー機のほうが速く、距離は開いてゆくばかりだ。上昇性能も高いらしく、どんどん高空へのぼってゆく。

と、機体がぐらりとゆれた。背後で「ぎゃあ」と悲鳴があがる。

「おい、すわれ。ゆれるぞ」

上昇するにつれ、気流が悪くなるようだ。機体が翻弄されて上下左右に動揺する。

「ひゃあ、おっかねえ。まったくおかしなことを考えるお人のおかげで……」

武田少尉が恨み言をこぼすが、英彦は無視した。

さらに雲もでてきた。霧のような白い幕が前方に立ちこめている。

「やつは雲に隠れる気だ」

予想したとおりルンプラー機は白い雲の中にまぎれこみ、見えなくなった。追ってゆくが、雲の中は白い帳《とばり》が垂れ込めていてなにも見えない。しかも気流が悪いのか、揺れがひどい。

「これはだめだな。降りるぞ」

見えない中で飛びつづけてもいいことはない。英彦は機体を雲の下まで降下させた。

「逃がしましたか」

「なに、まだ終わってない。要塞まで飛ぶぞ」

「そうか、その手があったか」

陸軍の三機は、一列になって青島要塞へと向かった。

速度と上昇性能で日本機を上回るルンプラー機も、いずれ要塞の中に着陸する。そこをねらって銃撃し、また爆弾を落として機体を破壊しようというのだ。この際、邪魔なルンプラー機を二度と飛べないようにしてしまいたい。

だが風がしだいに強くなり、要塞の上空に着いたころには、雲も低く垂れ込めてきた。

「くそ、地上が見えない」

「やっこさん、運が強いですねえ」

八百メートルまで降りてみたが、霧のような雲がかかり、また強風で機体がゆれて危険だ。いつものように対空砲火も始まった。

やむなく帰投することにした。爆弾を抱えたもう一機のモーリス・ファルマン機は、イルチス砲台の上から爆弾をすべて投下した。

着陸してみると、飛行場にはいつになく人が多かった。司令部からだけでなく、従軍記者があつまっていた。

「いやあ、見ものだった。飛行機五機が頭上で追いつ追われつとは、初めて見た。壮烈なもんだな」

と司令部から駆けつけてきた参謀が言う。

五機の爆音が地上に降りそそぎ、おまけに機関銃の音まで響く。みな気をとられて空を見上げていたという。

「お手柄だ。わが軍初、つまり本邦開闢《かいびやく》以来の、初の空中戦闘だからな。で、敵さんはどうした。地上からだと雲にまぎれて見えなかったが」

との問いに、結局見失ったと素直に答えると、参謀の表情がちょっとくもった。

「ま、仕方がありません。追い払っただけでも手柄ですよ。敵機に偵察も爆撃もさせませんでしたからね」

徳川大尉が横から口をはさみ、助けてくれる。その上でにこにこ顔で言った。

「これから記者会見があるんだ。なにしろあの空中戦闘をみんなが見ていたからな。首尾を説明しなきゃならん。概要を教えてくれ」

「ええ。それはですね……」

追いかけて上昇してから帰投するまでの一部始終を、英彦は語った。

「すると撃つには撃ったが、敵のほうが速くて追いつけなかった、気流が悪くて爆撃もままならなかった、ということか」

「ま、簡単に言えばそうです」

徳川大尉もむずかしい顔になった。新聞記者たちの前で大戦果を発表したかったのだろうが、現実はそうはいかない。

「よし。まずは休め。それとあまりこのへんでうろちょろするな。記者につかまるぞ」

それだけ言い残して、徳川大尉は去っていった。

残された英彦たちは、ほっとひと息ついた。

「あんまり褒められていないようですね」

と武田少尉が言う。

「撃墜できなかったからな。あんまり大きな顔はできねえな」

と英彦は言ったが、敵機を追いかけた空中戦闘の記憶がまだ鮮明に残っていて、興奮がなかなか収まらなかった。

空中で飛行機を自在にあやつり、敵と格闘する。そこに上官はいない。いったん戦闘にはいれば、誰からも命じられずに自分の判断だけで戦うことになる。

これぞ自分が望んだことではないか。

「よし、つぎこそルンプラーを撃ち落としてやる」

気負って言う英彦に、武田少尉は気の抜けたような声で応えた。

「はあ。やりましょう。つぎは鉄兜をかぶって乗ってください」

張り切っていた英彦だったが、翌々日から暴風雨が吹き荒れて、飛行どころではなくなってしまった。

河川が増水して陣地が水浸しになり、せっかく敷設した軽便鉄道も濁流に流されるなどした上に、兵たちが村落の家々に避難すると見越してか、青島要塞から村の中心部に砲撃があった。あちこちに被害がでて、陣地の構築作業も停滞した。

飛行隊のにわか造りの格納庫も吹き飛ばされそうで、はらはらしたものだった。

天候が回復すると、またルンプラー機が飛来するようになったが、前回にこりてか、陸軍機を見ると一目散に要塞のほうへ帰っていってしまい、空中戦にならない。

「いまや敵さんにとっては、飛行機が唯一の偵察手段だからな、あれを撃ち落とせば戦功第一だ」

という徳川大尉の言葉も、敵が逃げ回るのではむなしい。

そのうちに内地から高射砲が届けられ、陣地に据え付けも終わった。これなら機関銃弾が届かない高空も撃てる。油断しているところに砲弾を浴びせ、撃ち落としてやろうと待ちかまえていた。

しかし、そのころからばったりとルンプラー機が姿を見せなくなった。その理由はわからない。

「出てこないのなら、誘い出してやろうじゃないか」

という徳川大尉の命令で、モーリス・ファルマン機に乗って月光を利用して夜間に要塞まで飛行し、市街と司令部に爆弾を落としたあと、飛行場の上空を何度も旋回してみせたりもした。

夜間飛行は、昨年名古屋での大演習で試したことがあったので、さほど不安なく実行できたのである。

だが、それでもルンプラー機は飛来してこなかった。

このあいだ要塞からは連日、日本陣地へ砲撃があったが、陸軍の主力は応戦せず、黙々と陣地を構築しつづけ、ついに重砲を四カ所に配置し終えた。二十八センチ榴弾砲のみは設置が遅れていたが、それも間もなく終わる目途がついた。

　歩兵部隊は突撃路ともなる塹壕を掘り、要塞へと徐々に近づいていった。

　英彦たちは毎日偵察に飛んだが、上空から見ると、ジグザグに掘られた日本軍の塹壕が要塞の鉄条線網の直前まで達し、ドイツ軍の塹壕線に近づいているのがよくわかった。

　十月二十六日より艦隊の砲撃がはじまった。

　日本海軍からは戦艦丹後《たんご》——日露戦争の際、旅順港で捕獲したロシアの戦艦ポルタワである——、周防《すおう》——おなじく捕獲したロシアの戦艦ポベータ——、石見《いわみ》——日本海海戦で降伏したロシアの戦艦アリヨール——が参加した。

　そして同盟国イギリスの戦艦トライアンフも加わり、南の海岸近くにあるイルチス砲台とその前の堡塁に対して二十五〜三十センチ主砲の巨弾を送り込み、徐々に地形を変えていった。

　二十九日には司令部も前線にうつり、構築の終わった重砲陣地からは、ビスマルク、モルトケなど要塞の各砲台に数発の試射弾が送られた。

　陣地の構築にかかってからほぼひと月がすぎ、ようやく攻城の準備がととのったのである。

　三十一日の天長節に総攻撃が開始された。

　午前六時から陣地の重砲が射撃をはじめ、要塞の各砲台、堡塁をめがけて絶え間なく砲撃がつづく。昼をすぎ、夜になっても砲撃はおさまらず、翌日までつづいて二日間で合計一万八千発もの重砲弾を送り込んだ。

この間、歩兵は塹壕を掘りすすみ、要塞の堡塁まで数百メートルに迫った。

十一月二日、三日にはまたしても嵐がきた。

暴風雨の中、雲が低く垂れ込めて視界が悪くなり、敵の砲台も見えない。歩兵たちの塹壕は水浸しとなり、排水に大わらわとなった。

砲撃も間歇的になったが、その中の一弾が市街の発電所に命中し、発電を不能にした。そのため夜になっても青島市街は暗闇に沈んだままだった。

十一月五日。ようやく嵐が去って青空がひろがり、風も穏やかになった。

日本軍の砲撃はつづく。重砲隊の中には正確に砲撃しようと、陣地を前進させるところもあった。対照的に要塞からの砲撃は弱まり、市街から黒煙が立ちのぼるのも見えた。

歩兵部隊は塹壕を掘りすすんでいた。もっとも近いところでは、敵前数十メートルまで迫っている。

英彦は早朝、モーリス・ファルマン機で偵察飛行に出た。

上空から見ると各砲台も堡塁も、砲撃によって大きく形が変わっているのが見てとれた。ことに六つの堡塁は、どれもトーチカ付近に数多くの弾孔が見られ、コンクリートの掩蓋がかなり傷んでいるのがわかった。

「あれじゃもう、中もずたずたでしょう」

と言うのは後席にすわる武田少尉だ。重砲の集中射撃の威力はすさまじいものだった。

敵兵も意気消沈したのか、対空砲火もほとんどなかった。

この日、久々にルンプラー機が日本の陣地に飛んできた。それとばかりに高射砲や機関銃で対空砲火を浴びせたところ、その勢いにおどろいたのか、ルンプラー機はすぐに要塞のほうへもどっていってしまった。英彦たちが飛び上がろうとしたときには、もう影もなかった。

ルンプラー機は翌十一月六日にドイツ軍総督から重要書類を託され、上海《シャンハイ》に向けて脱出した、とはのちにわかったことである。

「これは落城間近ですね。敵さんの士気が落ちている」

と武田少尉が言う。英彦もそう感じていた。

「どうやらわれわれの初陣は、勝ちいくさで終わりそうだな。めでたいことだ」

戦争といっても案外、危なくないものだと思った。

日本軍の砲撃はさらにつづく。要塞の砲台は多くが沈黙し、撃ち返してもこなくなった。わずかに一部の堡塁より、近づいている日本軍の塹壕に軽砲が浴びせられるだけだった。

日本の工兵隊は鉄条網を破る作業にかかり、塹壕線はさらに近づいていった。

十一月七日の黎明《れいめい》より日本軍が歩兵による総突撃を敢行すると、もはや大きな抵抗もなく、その日のうちに青島要塞は陥落した。ドイツ兵の多くが降参した。

総攻撃開始から一週間で四万発、千六百トンもの砲弾を送り込んだ日本軍の砲撃により、青島要塞の防衛線は破壊されて無力化していたのである。

英彦たち飛行隊の役目もこれで終わった。

最後の仕事は、十一月十六日に行われた日本軍の入城式において、分列行進する各部隊の上空を祝賀するように三機で飛行してみせたことである。あとは来たとき同様に飛行機を分解して船に積み、横浜港《よこはまこう》をめざした。

飛行隊にとって初の実戦だったが、どの飛行機も銃砲弾を浴びたものの、大きな損害も故障もなく、搭乗員もみな無事で乗り切ったことになる。

「へえ、いくさに出ても、なかなか死なないもんだな」

と武田少尉は軽く言うが、これはめずらしいほどの僥倖《ぎょうこう》に恵まれた結果なのだと、英彦はあとになって知ることになる。

第三章　フランスの青い空

一

大正四（一九一五）年の正月元日に、陸軍臨時飛行隊は所沢へ凱旋《がいせん》した。

町は祝勝ムード一色で、隊員の乗る汽車が駅につくと盛大に花火があがった。隊員たちは小学生の音楽隊に先導され、沿道の家々に提灯《ちょうちん》が灯《とも》される中を飛行場まで行進した。飛行場で町長の祝辞に隊長が答辞を返すあいだにも、旗行列が町を練り歩くという、まさにお祭り騒ぎだった。

「いくさに勝つってのは、いいもんだな」

と隊員たちは言い合ったものだった。

そののち休暇をもらって羽根を休めた隊員は、正月明けには通常勤務にもどり、また訓練と教育の日々を送りはじめた。

しかしここで英彦は、徳川大尉ら幹部たちと言い争うことになった。

「今後は、爆撃と銃撃を主とすべきであります。青島ではずいぶん苦労しました」

と主張する英彦に対し、幹部らは、

「飛行機の主任務は偵察だ。爆撃はなかなか標的に当たらず効果を計算できないし、銃撃にいたっては適当な機材がないではないか」

と言うのである。英彦も言い返す。

「当たらないからこそ、照準器を工夫して当たるようにすべきでしょう。銃撃にしても機体の適当なところに機銃を取りつければ、敵の飛行機を撃ち落とすことができます」

青島で苦しい空中戦を演じた身としては、まずは機材をそろえてくれと声を大にして要求したかった。

だが幹部たちは消極的だった。第一に予算がない、という。さらには、下手に機体を改造して飛べなくなったりしたら、それこそ懲罰ものだ、と。

「陛下からお預かりしている大切な飛行機を、見通しもなく改造するわけにはいかん」

という幹部たちは、新しいことに興味を示さず、とにかくこれまでの延長上の訓練を推しすすめたがって、声の大きい英彦は煙たがられがちだった。

そして帰国後にひかえる最大の行事が、所沢・大阪間の長距離飛行だった。

およそ五百キロの距離をひとつの機体で飛ぶ試みは、たしかにこれまでやったことがない。長距離を安定して飛ぶのは、飛行隊にとって必要な能力でもあるし、同時に世間に陸軍の飛行隊を披露することにもなる。「航空思想の普及」にももってこいである。

昨年から企画されていたが、青島への出征によって延期されていたということもあり、幹部たちは前のめりになっていた。日々の訓練も長時間の飛行に重点がおかれた。

「それはそれとして、銃撃や爆撃の訓練もすべきでしょう」

と訴えても、うるさがられるばかりだ。

やむなく英彦は、長距離飛行の訓練をすると言って飛び上がっては、秩父《ちちぶ》方面の山奥へ向かった。飛行場から見えないところまでくると、上昇や降下、旋回といった空中戦を想定した飛び方を繰り返し試行した。

飛行機と飛行機の戦いとなれば、逃げる敵機を追うために素早い動きが必要になる、と思ったのだ。

——本当は二機でやってみたいが。

相手がいないと、どれほど効果的な飛び方をしているのかわからない。虚《むな》しさを感じることもあった。とにかく新しく、実用的なことをしてみたくてたまらないが、部隊ではそうしたことは冒険として嫌われるようだ。

そうして一月がすぎていった。二月にはいったある日の朝、飛行場へ出勤してみると、同僚たちが控え室の机のまわりにあつまってにぎやかに話していた。

「よう、どうした」

と声をかけると、みな机の上にある新聞を指さすではないか。

「男爵ですよ。ほれ、滋野男爵。フランスですって」

と武田中尉——少尉から昇進していた——が教えてくれたが、それだけでは何のことやらわからない。英彦は新聞をのぞきこんだ。

「なんだこれは！」

記事を読んだ英彦は、思わず声をあげた。そこには、

飛行家滋野男爵　仏国陸軍大尉となる　異域に匂う大和桜《やまとざくら》の勇姿よ

とあった。滋野男爵が、フランスで従軍したというのだ。もちろん飛行機乗りとして、である。

「なぜ日本じゃなくてフランスなんだ。なんで民間じゃなくて軍なんだ！」

話があさっての方角に飛びすぎていて、わけがわからない。

「男爵はフランスになじみがあるし、あちらはまだ戦争がつづいていて、しかもドイツに攻め込まれているから大変だ。従軍してくれるのなら、誰でもいいのでしょう。しかも男爵は飛行機乗りとしての腕前は抜群だし」

と武田中尉は言う。そうかもしれないが、はたしてフランスでは誰でも軍隊に入れるのか。日本では考えられない。首をひねるばかりだ。

滋野男爵は、青島攻略戦がはじまる前に研究会の御用掛を辞していた。

自由の身になって民間の飛行会社を立ち上げるとの話だったが、徳川大尉にうるさがられて辞めざるを得なくなった、とも言われている。徳川大尉としては、自分よりはるかに技量が上で、しかも操縦訓練生たちのうけもいい男爵がいては、指導者としてやりにくいだろうと英彦も感じていたから、そのうわさに納得したものだった。

「まあ、あの人のことだから、何があっても不思議ではないがな」

「そうですよ。音楽家で飛行機乗り、しかも軍人に教えるほどの腕前。なおかつ男爵で、貴族院に立候補しようかという器量の持ち主ですからね」

そもそも常識では測れない男なのだ。

「おい、なにをしている。演習をはじめるぞ」

と徳川大尉が控え室に乗りこんできたので、操縦将校たちは部屋を出て滑走路に向かい、滋野男爵の話題はそのままになった。

英彦は、やはり上昇、降下、旋回の練習をつづける。そして地上にもどると、モーリス・ファルマン機に機関銃をつけようと、改造の図面をひく作業にかかった。

すでに一機のモーリス・ファルマン機には、機首の方向舵を取りはらって銃手座をもうけ、ルイス式機関銃一丁がとりつけてある。青島の実戦で得た教訓を取り入れて改造したものである。

たしかに機関銃が撃てる機体だが、これでは二人乗りになる。青島でルンプラー機とやりあった経験から、敵の飛行機と戦うには一人乗りのほうが有利だとわかっていた。だから一人乗りで、なおかつ前方に機関銃が撃てるよう、主翼の上か操縦席の脇に機関銃を据えつけられないかと、英彦は機体の構造を調べていった。

一方で所沢から大阪までの長距離飛行計画も、着々と実施に向かっていた。

五百キロの距離を一気に飛ぶのは無理なので、一日目は静岡の練兵場まで飛んで休憩、給油して名古屋まで飛び、やはり練兵場に着陸する。

そこで一泊すると二日目に名古屋を発《た》って大阪に至る。そして帰路もおなじ航路をたどるが、操縦手は替わる。

出発は二月二十三日と決められた。使う機体はモーリス・ファルマン二機である。

英彦は当然、自分も操縦手に選ばれると思っていた。徳川大尉をのぞけば英彦は陸軍の中でもっとも飛行時間が長い操縦手になっていたからだ。そして今回、徳川大尉は指揮官になって操縦はしない。

だが、徳川大尉が発表した操縦手の中に、英彦の名はなかった。

「往路は沢田《さわだ》と阪元《さかもと》、帰路は真壁《まかべ》と武田だ。成功を祈る」

とだけ言われて、英彦は呆然《ぼうぜん》とするしかなかった。

なぜはずされた？

爆撃と銃撃の訓練を主張して、幹部連中に逆らったためか？

それくらいのことで敬遠されるのか。今後の飛行隊のためを思って提言したのに……。

そこへ武田中尉が寄ってきてささやいた。

「気をつけたほうがいいですよ。研究会から追い出されるかもしれませんよ」

「なんだと！」

「いや、徳川大尉が上の方と話し合っているらしいです。操縦将校もかなりふえてきたので、少し整理が必要だと。飛行機はふえないのに、人ばかりふえても仕方がないって」

「それで、おれが出されるのか」

「いや、一期生はみな危ないみたいで。お互いに気をつけましょう」

英彦は目を見開いたまま、返事もできなかった。

二

初夏の日射しに灼《や》かれながら、英彦は演習場を見渡していた。

遠景には、蒼《あお》くそびえる富士《ふじ》山。頂上には白いものが見える。

裾野には暗緑色の樹海がひろがり、目先一キロほどまでつづいている。そこから足許まで、黒い土に岩と草がまじる原野になっていた。

「中尉どの！」

兵のひとりが駆け寄ってきて報告する。

「第二区画の掘り方が終わりました。検分を願います」

「おう」

カーキ色の軍服に制帽、膝から下を革ゲートルでかためた英彦は、兵の案内で作業場に向かった。

第一師団工兵第一大隊は、ここ富士の裾野にある駒門《こまかど》に野営演習にきていた。原野に建てられたバラックに一週間ほど寝泊まりして、毎日朝から晩まで実戦を想定した演習をするのだ。

今日の演習は、築城である。といっても本格的な要塞を築くのではなく、司令本部の野戦陣地を築け、と命じられていた。

掘り下げた穴の中では兵たちが、円匙《えんぴ》（シャベル）をつかって地面をならしている。地上にはバラックを建て、土嚢で防護し、ついで砲撃されたときに避難するための地下壕を掘る、という手順だ。英彦は穴の中におりてゆき、図面を手に、兵たちが掘り下げた深さと奥行きを検分していった。

「よし。図面どおりだ。支柱設置にかかれ」

兵たちに指示しておいて穴から出ると、

「よお、錦織よ。久しぶりだな」

と大隊本部付の小山《こやま》大尉が歩み寄ってきた。英彦は敬礼した。

「ご無沙汰しております。先日、もどってまいりました」

「おう、聞いてる。どうだ、鳥からモグラにもどった気分は」

小山大尉は悪い人ではない。親しみを込めて言っているのはわかっているが、それでも胸に痛みが走る。

二月末の所沢大阪間の長距離飛行は、予定どおりに実施されて成功裡《り》におわった。新聞にも大々的にとりあげられ、操縦者の四人は一躍ヒーローとなった。

英彦は陸上の支援部隊にまわされ、静岡でひかえていた。そして成功の熱狂が去った三月、研究会員を解職し、原隊にもどすという辞令をもらった。

「後進に道をゆずるということだな。また戦争がはじまって、操縦者が必要になったら呼び返すから、そのつもりでいてくれ」

と徳川大尉に言われたが、だまって敬礼をしただけで踵《きびす》を返した。人員整理のうわさは本当だった。

辞令とあれば拒否はできない。赤羽の工兵隊に帰るのだ。

——邪魔者あつかいされたか。

徳川大尉にとって英彦は、うるさくてあつかいにくい部下だったのだろう。

考えてみればこれまでも、研究会の立ち上げ時に期待された博識の日野大尉が、たいした理由もなく福岡に飛ばされている。昨年には滋野男爵もいなくなった。

徳川大尉と対立したり並び立ったりすると、研究会から消えるようだ。徳川大尉は、ここまで実直に飛行機と作戦に向き合っていたのでそうは見えないが、実はたいした政治力の持ち主なのだと、いまさらながらに気づいた。

赤羽の工兵大隊にもどると、三日とたたぬうちに野営演習に出された。もちろん以前から決まっていた予定どおりで、別に英彦の原隊復帰とは関係ないのだが。

「やはりモグラは暑いですね。鳥のときは、逆に寒さに震えて飛んでましたが」

上空二千メートルまであがると、夏でも寒いのだ。だがその寒さが、いまではなつかしく感じられる。

「軍人は要領を本分とすべし、だ。上に逆らって意見具申などしたら、よく思われるわけがない。ま、おまえらしいがな」

小山大尉は、みなわかっている、という表情をしてみせた。せまい世界だけに、いろいろうわさが飛んでいるのだろう。同情されていると思うと、英彦は切ない気持ちになった。

夕方になると作業を切りあげ、バラックにもどる。中央に土間があり、左右に板敷きの床がもうけられた粗末な住居は、将校といえど兵とかわらない。

野営演習のあいだは新聞も読めず、世間から切り離される。飲み屋はもちろん酒保もないから、夕飯を食べたあとは静かに寝るしかない。日課の腕立て伏せや懸垂をいつもの二倍やってみても、時間はあまる。

それが英彦には苦痛だった。どうしても飛行機のことを思い出してしまうのだ。

自力で操縦して空に舞いあがったときの爽快さは、忘れられるものではない。気がつくと布団の上で、そこにはないスロットルと操縦桿を操作しているのだった。

――徳川大尉がいるかぎり、飛行隊にはもどれないだろうな。

目を閉じてから、そんなことを考える。

気球研究会はそろそろ発展的に解消され、正式な飛行隊になる――青島に出征したのは「臨時」飛行隊だった――とうわさされていた。一期生で古株の英彦も初代飛行隊長の候補にあげられていたはずだが、いなくなってしまえば、隊長は徳川大尉で決まりだろう。

ヨーロッパではいまだに戦争がつづいているが、アジアは静かなものだった。今後しばらくは、戦争が起きて飛行隊に呼びもどされるとも思えない。

つまり当分のあいだ、自分は空を飛べないのだ。いや、もう一生飛べないかもしれない。

となれば工兵将校として一生を送るのか。

その人生を想像してみた。

陣地を造り、戦場で橋を架け、あるいは敵の要塞を爆破する。

一般のサラリーマンや商売人にくらべれば、十分に刺激的な仕事だ。世間体もよい。

だがそれでも、と思う。

「退屈すぎる。とても耐えられん」

空を飛ぶ面白さを知ってしまった以上、ほかのどんな仕事も刺激がなさすぎて、色褪《いろあ》せて見える。地面の上で、ただ意味もなくのたうちまわっているとしか感じられない。

空を飛びたい。

といっても、飛行隊からはじき出されてしまった以上、飛びたくても飛べない。

英彦はため息をつくしかなかった。

野営演習からもどると、また赤羽の本部での勤務となった。近くの官舎から毎朝、出勤する。

仕事は多かったが、どれもこれも退屈なものばかりだった。

兵たちの教育と作業の監督、勤務評価、つぎの演習計画の策定、自分自身に出される演習課題の回答作成。そして将校仲間での銃剣術や柔道の稽古、それが終わったあとの飲み会……。生ぬるくよどんだ川の中に浮いていて、ただ流れに身をまかせている、という感じがした。

英彦と対照的に、妻の亜希子は実家が近くなって喜んでいた。いまや頻繁に実家に帰っているが、そのせいか亜希子は機嫌がよく、夫婦のあいだがいくらか円満になってきたように思える。

一方、ヨーロッパでは戦争がつづいていた。

昨年八月、開戦と同時に怒濤《どとう》のごとくフランスに攻め込んだドイツ軍は、ひと月もしないうちにパリの近くまで迫ったが、マルヌの会戦で敗れて快進撃はとまった。いまやドイツと英仏両軍は、互いに長大な塹壕陣地を築いてにらみあっている。

ドイツの東部ではロシアと戦いがはじまっており、そこにトルコも加わって複雑な様相を見せるなど、昨年八月の開戦当初、年末には終わるとみられていたヨーロッパでの戦争は、いまやいつ終わるとも知れない消耗戦に突入していた。

青島での戦いのあと、アジアでは戦乱の芽はどこにもなかった。日本が中国に対して二十一箇条の要求を出して紛糾していたが、それもそろそろ解決しそうだ。

こうした動きは新聞で毎日のように報道されていたが、その中で英彦はとくに飛行機の記事をさがしては丹念に読んでいた。

今年にはいってから、ドイツのツェッペリン飛行船がイギリス本土を爆撃した、という記事が目につくようになっていた。

——飛行船など、飛行機から機関銃を撃ちこめば、簡単に落とせるのではないか。と思っていたが、どうやら飛行機が上昇できないほど高い空を飛んでくるらしい。ドイツの手にかかると、飛行船も高度な兵器になるのだと感心するばかりだった。

五月の末には、フランスの飛行機十八機が戦線から二百キロも後方のドイツの都市を爆撃した、との記事が出た。

「てえことは、往復で四百キロもの距離を一気に飛んだのか。しかも爆弾を抱えて！」

英彦はうなっていた。やはり飛行機の技術は日進月歩なのだ。とくにヨーロッパは戦争の必要に駆られて、飛行機がどんどん進化している。偵察だけでよしとする日本は、技術進歩から置いていかれてしまうのではないか。

心配したところで、工兵にもどった英彦にはどうすることもできない。

もどかしい思いを抱えたまま、英彦は勤務をつづけていた。それでも、やはり空を飛びたいという思いは消えない。思いあまって、

——いっそ軍をやめて、民間の飛行家になろうか。

とも考えた。操縦者として雇ってくれるところがないだろうか。

しかしいまのところ民間では金持ちの個人がヨーロッパから飛行機を輸入して乗って

いるばかりで、飛行機の用途は道楽の域を出ていない。

帝国飛行協会というものができて、懸賞飛行競技大会などを開いていたが、出場者はみな個人で飛行機をもっている者ばかりだった。念のため調べてみたが、日本には英彦を雇ってくれるような民間の飛行会社はない。

「航空思想は、いまだ世間に普及していないようだな」

と嘆くしかなかったが、そこでふと思い出した。

「待てよ。だれだったか、民間の飛行会社を作ると言ってた人がいたな」

だれだったたか。たしかにそんな話を聞いたはずだ。

しばし頭をひねってから、思い出した。

「滋野男爵だ！」

たしか気球研究会をやめたあと、大阪で飛行会社を作ろうとした、と聞いた。しかし、飛行機を買い付けにいったフランスで、何を思ったのか従軍してしまったのだ。

だから、滋野男爵はいまフランスにいて、やはり日本に民間の飛行会社はないのだ。

がっかりしたが、そこで思わず、

「おっ」

と声をあげてしまった。

閃《ひらめ》いたのだ。

「だったら、真似をすればいいんじゃねえか」

フランスへ渡って、滋野男爵とおなじように陸軍に志願する。飛行時間が百五十時間以上あると申告すれば、飛行隊にまわしてくれるにちがいない。そうなれば、また空を飛べる。

英彦自身も、いまでは昔の滋野男爵とおなじほどの腕前になっている。十分にフランスで通用するのではないか。

フランスで従軍するとなれば真っ先に必要になるのはフランス語だが、さいわい幼年学校と士官学校で勉強している。会話もそこそこできる。フランスでも、なんとか意志を通じさせることくらいできるだろう。

道が見えた、と思った。

だがつぎの瞬間、さまざまな障害があることに気づいた。

そもそも、日本陸軍をやめてフランス陸軍に入るなど、できるのか？

軍の将校は終身官とされ、一度将校となったら死ぬまで軍籍を離れることはできない。あるのは現役と予備役の別だけだ。現役を離れて民間人になっても予備役とされ、必要となれば呼び返されて軍に復帰しなければならない。

そんな日本軍の予備役将校が、フランス陸軍に入隊できるのか。

滋野男爵はもともと民間人だったから、そのへんはもう少し単純だっただろうが、自分の場合は？

そして妻はどうする？　日本においてゆくのか？　また父や母は何と言うだろうか。

問題は山積している。

しかしそれで、と英彦は自問した。

困難だからやめるのか。飛ぶことをあきらめるのか？

答は明らかだった。

「あきらめられるわきゃあねえ。何としても飛びたい。いや、飛んでやる！」

もしあきらめてしまったら、いま胸にくすぶっている熾火《おきび》が燃えあがり、いずれこの身は焦がれて死ぬだろう。自分はじっとしていられない性格だ、とわかっていた。どうしても冒険を求めてしまうのだ。

いま行動に出るしかない。

「よし。腹は決まったぞ」

道は見えている。あとは進んでゆくのみだった。

三

雲の多い空の下、薩摩丸《さつままる》はゆっくりとマルセイユ港に向かっている。

——着いたか。長かったたな。

英彦は、船窓から港の景色を眺めた。

横浜からフランスのマルセイユまでは、日本郵船の定期便が二週に一便の割で出ている。ほぼ一カ月半の航海である。

一万トンを超える大きな貨客船はゆれも少なく、当初は快適な船旅だったが、さすがにインド洋を渡る際の暑さには閉口した。白くそびえるブリッジから船尾へとつづく客室のうち、一階の一室が二等船客である英彦の部屋だが、窓を全開にしても、吹き込んでくる風からして熱いのだ。

地中海《ちちゆうかい》にはいり、イタリア半島をかわしてからは涼しくなったが、それでも日本の冬にくらべれば温暖という感じはした。

そしていよいよフランスの玄関口、マルセイユに着いたのだ。

およそ半年前、フランス軍に入って飛行機乗りになろうと決意してから、英彦は精力的に動いた。

まずはフランス大使館に出向いて、フランスで軍に入れるかどうかと質問してみた。

答はウィ、だった。外国人義勇兵も歓迎しているという。飛行機の操縦という特殊技能の持ち主なら、断られることはないと太鼓判を押された。さらに、英彦の前にも何人かおなじ問い合わせをしてきた者がいるという。

「磯部という方、知ってますか。もともと海軍の方だというのですが、陸軍にも飛行機の乗り方を教えたと言ってましたが」

英彦はおどろいた。磯部といえば青島要塞攻略のとき、帝国飛行協会の技師として武田少尉にルンプラー機の飛行指導をした人だ。戦闘には間に合わなかったが、磯部自身、ルンプラー機をもって李村の飛行場まで出征してきた。当然、英彦とも顔見知りだ。

その磯部も、英彦とおなじくフランスで従軍すべく、八月には出国するという。

それを聞いて、自分のように飛ぶことに取り憑《つ》かれた人間がいると知り、苦笑するとともに、やはりフランスでの従軍は夢物語ではないのだと意を強くした。

ついで陸軍の辞め方をさぐった。単に辞表を出せばよいのかどうか、不安だったのだ。まず心やすく話せる小山大尉に相談してみた。すると、

「そりゃ壮挙だな。なに、心配することはない。辞めるというなら、止められはしないさ」

とあっさり言われ、拍子抜けする思いだった。

どうやら英彦の前後に士官学校を出た将校は人数が多いので、将来のポストが足りなくなると軍の上層部では頭を抱えているらしい。だから退役希望者は、表向き歓迎とまではいかないが、すんなり認められるはずだという。

たしかに英彦の一年前の十九期は、卒業生が千人を超えている。英彦の二十期は三百人足らずだが、十九期は一般中学卒業者、二十期は幼年学校卒業者と分かれているだけで、実際はおなじ期とみられていたから、この二期だけは他の期の二倍以上の人数がいることになる。

「だから辞表を出せばすんなり受け入れられるだろうよ。心配には及ばん」

英彦はほっとしたが、引き留められないのは寂しいものだと矛盾したことを思ったりもした。

「それにしてもフランス行きとは、おそれいったな。まあ、貴様は前々から隊内では浮いていたからな。ひとりだけ遠くを見ているようだった。貴様にはふさわしい道かもしれん」

という小山大尉の言葉が、自分に対するはなむけだと思えたのだった。

ともあれ、これでフランス軍入隊については見通しが立った。

あとは身内だ。

妻の亜希子には、フランスへ二、三年行ってくると言えばいいだろう。旦那がいなくなると、かえって喜ぶかもしれない。生活費は心配ない。ある程度の蓄えはあるし、なにより亜希子の実家は金持ちだ。

父には正直に打ち明けた。最初は目を剝《む》いていたが、

「異国の地で名をあげてきます。いずれ日本の新聞にもぼくの名が出るでしょう」

と滋野男爵の例をあげて強く言うと、

「お国のために死ぬならまだしも、異国のために戦って死ぬってのは、おかしくねえか」

とぶつぶつ言っていたが、

「飛行機ってそんなに落ちるものじゃないし、歩兵よりかえって死なないものですよ」

と青島要塞攻略戦のことを話すと、首をひねりながらも反対はしなかった。きっと飛行機の戦いが想像できなくて、危険性も判断できなかったのだろう。

明確に反対したのは、母ひとりだった。

「異国で死ぬ気かい。女房を泣かせるようなことはしなさんな」

ときつい眼差《まなざ》しでたしなめられた。

「空を飛ぶだけでも危ないのに、それで戦争に出るんだろう。お国のためというなら、軍隊でおまんまを食べている以上は仕方ないだろうけど、わざわざフランスに行ってまで危ないことをするなんて、気が知れないね。生きて帰れるのかい」

これには英彦も少し詰まったが、説得するだけの理屈は用意してあった。

「飛行機ってのは、そんなに危なくないよ。かえって歩兵のほうが危ない。敵陣に突っ込んでゆくと、いまは機関銃でダダダッとやられちゃうからね。そこへゆくと飛行機は高い空を飛んでいるから、撃たれることも稀《まれ》だし、撃たれても弾は当たらないよ」

そんな説明をしても母は納得しなかった。

「いまは珍しいから手こずっているだけで、そのうちに飛行機を撃つ専用の鉄砲がでてくるさ。そうなったらおしまいだよ」

ああ、たしかにそうなりつつある、と英彦も内心では認めたが、口にはしなかった。

「とにかくもう決めたから。今年中にはフランスへ渡る。そのうちに新聞でおれの名前を見るようになると思うよ」

と言い残して、有無を言わせず別れを告げた形になった。

実際に軍に辞表を出してみると、一応は慰留されたものの形ばかりで、ひと月ほどで待命の身となり、そののち三カ月ほどで予備役編入となった。フランスでの従軍についても、黙認という形をとると言われた。

「おお、自由だ。自由になったぞ！」

やりたいことがやれる喜びに、万歳をしたい気分だった。しかしすぐに、無収入で頼れるものもない身になった不安も押し寄せてきて、笑顔は消えた。

それから船便の手配をした。するとどこから聞きつけたのか、陸軍の旧友たちが壮行会をやってやると言ってきた。

ありがたく受けて出席したところ、工兵大隊の知り合いがほとんどの中、飛行訓練生の仲間たちも来ていた。

「しかしフランスで飛行機乗りになるとは、びっくりですよ。いやあ、ところ構わず懸垂をしたりと、ちょっと変わったところのあるお方だとは思ってはいましたが」

と言うのは武田中尉である。

「変わり者で悪かったな。おまえも飛行隊を追い出されないよう気をつけろ」

と酔いの回る中で言い合ったものである。

その後、秋半ばにひっそりと乗船した。横浜の桟橋に見送りにきたのは、亜希子と父母だけだった。

船室で荷造りを手早くすませ、デッキに出てみた。手すりにもたれて海の色を見、空の色をたしかめる。

地中海というからには、空はもっと強烈に青く染まっているのかと思っていたが、案に相違してやや白っぽく薄まった青色を呈している。海はともかく、空の色は日本もフランスも変わらないな、と英彦は思った。冬だからかもしれない。日本とは逆にこちらの冬は湿気が多いと聞く。

左舷に、岩壁の上に石造りの塔がいくつも建っている島が見えてきた。

「あれがイフ島、あの城は『モンテ・クリスト伯』で主人公が閉じ込められた監獄だそうですよ」

と背後から話しかけてきたのは、柳田《やなぎだ》だろう。ふり返ると、微笑《ほほえ》みをうかべた角張った顔が近づいてくるところだった。右手に煙草《たばこ》を燻《くゆ》らせている。

「もう下船の準備はお済みですかな」

「さほど荷物もありませんからね」

「下りたら、あとは一路パリへ、ですか」

「ええ。まずは大使館で武官と話をしないと。マルセイユからは汽車があるのでしょう」

「ひと晩がかりですがね」

柳田は煙草の灰を海に落とした。

「私はマルセイユで寄るところがあるのでご一緒できませんが、いずれパリに出ます。頃合いをみて会社に連絡してください。壮図を祝して一杯やりましょう」

「壮図か愚挙かわかりませんが、一杯やるのはいいですな」

そう答えると柳田は「じゃあ」と手を挙げ、離れていった。

この船の定員は二百名以上で、平時はヨーロッパへ勉学にゆく日本人が多く乗っているのだが、いまはヨーロッパが大戦の最中とあって、帰国する外国人のほかは大使館員や商社員など、戦火をものともしない連中しか乗っていなかった。

実際、日本を発してインド洋をわたるまでは平和なものだったが、紅海《こうかい》にはいってスエズ運河にさしかかる前には、魚雷をうけた時のために緊急で下船する訓練が行われたりもした。地中海でドイツ軍のUボート——潜水艦。今回の戦争から武器として使われるようになっていた——が攻撃してくるかもしれないというのだ。

そして地中海にはいると、Uボートの標的にならぬようにと、夜に明かりをつけることも禁じられた。

そんな船の中で、英彦はフランス人乗客に頼み込んで会話の練習をした。日本人のいない環境に飛び込むのだから、少しでも鍛えておこうと思ったのである。なんとも泥縄式だが、英彦としては必死だった。

うまくしたもので、日本でフランス語教師をしていた者が帰国のために乗船していて、手慣れた感じでレッスンをしてくれた。

努力の甲斐《かい》あってか、聞き取りも話すほうも、乗船当初にくらべればずいぶんと上達したものである。

そして船内では当然、日本人同士の交流もある。英彦も人並みのつき合いをしたが、中でも商社員の柳田と親しくなった。

柳田は駐在員としてフランスに長く居て、この夏から一時帰国していたが、休暇を終えてまたパリにもどるのだという。フランスの日本人社会に通じていて、英彦は現地の事情をいろいろと教えてもらった。

「フランス軍に入るのはいいですが、日本人は米と醬油《しょうゆ》がないと生きていけませんぜ。時々は休暇をもらって、日本食を食べにパリに出てくるのがいいでしょう。でないと長持ちしません」

と柳田は断言する。いまパリにいる日本人は百人程度で、密な連絡網があり、やりくりしながら日本食を融通し合っているという。

ははあ、しっかりしたものだな、と英彦は感心しながら聞いているばかりだった。

――なにしろ勇んで飛び出してきたからな。準備が足りないのは、仕方がない。

薩摩丸は、ゆっくりとマルセイユの港へはいってゆく。

岸壁には数多くの小さな船が見える。背後の町は小高い丘にあり、屋根の赤い石造りの家々が斜面を埋め尽くすように建っている。そして丘の頂上には高い塔をそなえた建物が見えた。教会だろうか。

まさに異国である。

飛行機に乗りたいという一心で、とうとう地球の反対側まできてしまった。

そんな自分は、おかしいのだろうか。

やはりドン・キホーテ並みに、ひどく滑稽な存在なのかもしれないと思う。

とはいえもうフランスに来てしまった以上、前に進むしかない。

「なあに、飛行機に乗れさえすりゃ、あとはどうでもいいさ。何とかなるにちげえねえ」

とつぶやいたとき、あたりの空気が震えた。

薩摩丸が汽笛を鳴らしたのだ。

低くむせぶようなその音が、大きな圧力で背後から体を突き抜けてゆくように英彦は感じた。

四

マルセイユに上陸した英彦は、つづいて夜汽車にのり、パリに向かった。

翌朝パリのリヨン駅に着くと、小雪がちらつく寒風の中で、大きなトランクを抱えて駅前広場を右往左往したのち、タクシーに乗った。フランス語が通じるかどうか心配だったが、タクシーの運転手は英彦の言葉を聞き返すこともなく、すぐに運転をはじめた。

宿は船中の評判を頼りに、日本人が多く寄宿しているというセーヌ川左岸にあるトゥーリエ街の下宿屋に決めていた。

到着した下宿屋でもちゃんと会話が成り立ち、無事に部屋を確保できた。

「よしよし、ちゃんと通じるぞ。勉強ってのは、しておくもんだあね」

新聞を見ても、内容はだいたい理解できる。英彦は自分のフランス語の能力に自信をもった。

翌日、日本大使館で滞在者として所定の手続きをし、同時に陸軍の駐在武官に面会を申し入れた。

少佐だという武官が出てきたので、仏陸軍に入隊するつもりだと話すと、武官は一瞬おどろいた顔をしたが、

「まあ海軍では磯部少佐の前例もあることだし、陸軍でもいずれそういう者が出てくるだろうとは思っていたよ」

と微笑しつつ理解してくれた。磯部少佐はすでに仏陸軍入隊の手続きを終えたという。

「仏陸軍のようす、とくに飛行隊のようすはどんなものでしょうか」

この際にと思って問うと、

「あまり振るわないようだな。ドイツ軍に押されておる。飛行隊も、ずいぶんと撃ち落とされたようだ。飛行機に関しては、どうもドイツのほうが数が多く、技術もすすんでいるらしい」

予想はしていたが、なかなか厳しい答が返ってくる。しかしそれが実情のようだ。

「パリも空襲があってな、いまはちょっと静かになったが、去年の冬あたりはかなり寝不足になった」

と言ってちらりと懐中時計を見た。そして最後は、

「仏陸軍となるとこちらはなんの手助けもできないが、時には武勇伝を聞かせに寄ってくれよ」

と冗談交じりで締めくくられ、大使館から送り出された。

英彦はその足でフランス陸軍省に向かい、入隊の志願票を出した。飛行機の操縦ができるというと、係官の表情が明るくなったから、断られることはないと安心した。

無事に受付がすんだので、あとは入隊の指示を待つだけとなる。

ここにいたって気が抜けたのか、英彦は重い疲労感におそわれた。立っているのもつらくて、下宿で二日間、こんこんと寝入る羽目になった。

「大丈夫ですか。おかゆでも作りましょうか」

と心配してくれたのは、同宿の日本人で、田川《たがわ》という画家だった。戦争がはじまる前に絵の勉強にパリにやってきて、そのまま居残っている男だ。世話好きなようで、明るく声をかけてくる。

「いや、それにはおよびません。旅の疲れでしょうから、寝ていれば治ります。飯も、パンとハムでなんとかなります」

「そうですか。ま、いよいよ重症になれば日本赤十字社《せきじゆうじ》が病院を開いていますから、そこにつれていってあげますよ。戦争は物騒ですが、おかげでありがたいものができました」

　フランスから日本政府への救護員派遣の要請にこたえる形で、この春、凱旋門にほど近いホテルを借り上げて、日赤《にっせき》病院が開設されていた。医師と看護婦らあわせて日本人二十九名が勤務しているという。

「ああ、そいつは日本で新聞で読みました。評判はどうですか」

「悪いわけないよ。それどころか戦時病院の模範だともちあげる筋もあるくらいだ」

「それは心強いですね」

　そんな話の中で、英彦はたずねてみた。

「ところで、滋野男爵をご存じないでしょうか。フランス陸軍に入隊したそうですが」

　あまり期待はしていなかったが、意外にも、

「男爵ですか。知ってますとも。来るときに一緒の船でしてね。パリでもたまに会っていますよ」

　との返事だった。

　あまりに簡単にツテが見つかっておどろいたが、考えてみればフランスの日本人社会はせまいから、知り合いが近くにいたからとてさほど不思議でもなさそうだ。

「男爵には陸軍で飛行術を教えてもらいました。フランス陸軍でも先輩になりますから、ぜひお目にかかりたいのですが」

「それならちょうどいい。男爵は少し前まで入院していましてね、いまパリにいます」

　入院とは何ごとかとぎょっとしたが、戦争で負傷したわけではなく、胃けいれんの療

養だという。いまはホテルから飛行場にかよっているとか。

さっそく連絡してもらうと、明日の晩にでも会おうという返事だった。

——まったく、なにからなにまでとんとん拍子だな。

気分がよかった。軍を辞めるときからここまで、障害らしい障害もなく物事が運んでいる。案ずるより産むが易《やす》し、か。それとも、情熱と決断の前には神仏の加護があって、おのずと運が開けてゆくのか。やはり思い切ってフランスへ来たのは、間違いではなかったと思った。

翌日、滋野男爵は田川の下宿にやってきた。

「やあお久しぶり。元気なようで、何より」

にこやかに言う男爵は、少々やせて顔色も悪くなっているように見える。

「ご活躍を聞いて、矢も楯《たて》もたまらずフランスまで追いかけてきてしまいました」

と正直に話すと、男爵は苦笑いしている。

「いったい日本の新聞にどんな書かれ方をしたのかな。ただこちらでピロット（操縦士）として戦っているだけなのに」

聞いてみると、男爵の活躍を聞いてフランスに駆けつけてきたのは、磯部元少佐のほかにも何人かいるという。英彦はちょっとおどろいた。

田川の部屋で、薄切りの牛肉と野菜を醤油で味付けしてすき焼きのようにした夕食に舌鼓を打ちながら、話はなごやかに進んでゆく。

「なるほど、ルンプラーを相手に日本初の空中戦ですか」

青島での陸軍飛行隊の活動を話すと、男爵はうなずきながら聞いていて、

「それが去年なんだ。いまの空中戦と隔世の感があるね」

と感想をのべる。

「そんなにちがうのですか」

英彦としては気になるところだ。

「こちらでは、もうどんな飛行機も機関銃を積んでいるし、爆弾も専用のものが造られているね。敵と出会ったら最後、どちらかが撃ち落とされるまで戦いがつづく」

「ああ、やはりそうなっていますか」

戦争が長引くあいだに、飛行機の戦いもずいぶんと激しくなっているのだ。

「飛行機もずいぶんと変わってる。ヴォワザン、モーリス・ファルマン機はもう練習用くらいしか使っていないんじゃないかな。コードロンも古くなりつつあるが、まだ偵察と爆撃なら使ってる。こちらであなたが最初に乗るのは、たぶんどちらかだ」

聞き慣れない飛行機の名を聞いて、英彦はとまどった。

男爵が言うには、フランスでは戦争の前後から飛行機製造会社が多数できて、それぞれに個性的な飛行機を造っているという。軍にもいろいろな飛行機が納入されていて、その名をとってコードロン中隊とかヴォワザン中隊というように呼ばれているとか。

「で、男爵はいまどんな隊に所属しておられるのですか」

「ぼくかい。いまはヴォワザン24中隊だ」

二人乗り複葉機のヴォワザンV型という機体で、入院するまで偵察と爆撃に出ていたという。

「こいつはファルマン機と見た目はさほど変わらないが、あつかいやすいし頑丈で、速度なども一段上だよ」

空中戦も何度も経験した。そして敵機を撃墜し、レジオン・ドヌール勲章も得たというから、英彦はおどろくばかりだった。やはりこの人はどこか普通ではない。

いまの飛行機の特徴や操縦法などを教えてもらううちに、夜が更けてゆく。

「それにしても、ここまで不思議にもほとんど困難にあわず、とんとん拍子で来ることができました」

と、男爵の話が一段落したとき、上機嫌になった英彦は告げた。

「フランスへ行こうと思い立ったときには、どんな困難が待ち受けているのかと胸がふさがる思いでしたが、いざ実行してみたら、どこの関門もすんなりと通れました。やはり信念をもってすれば、道は開けるのだと思いましたね」

聞いていた男爵はにやりと笑い、

「そりゃそうだよ。フランス軍が関門なんてもうけるはずがない」

と言う。

「だって日本人がフランスへきて飛行機乗りになったところで、何の利益もないからね。

むしろ持ち出しになるばかりだ」

その通りだ、と英彦はうなずく。

「なのに来てくれる。フランス軍は揉《も》み手《で》をして、いらっしゃいませ、と言っていればいい。奇特にも遠いところまできて、わざわざ命を差し出してくれてありがとう、と思っているだろうさ」

おや、そういうものかと苦笑しながら聞いていると、男爵は英彦を束《つか》の間《ま》見詰めて、突き放すように言った。

「覚悟しておくがいい。飛行隊で毎日どれだけの死人が出ているか。聞けばびっくりするよ。まあ、それでも飛びたいという者は跡を絶たないけどね」

フランス万歳、ドイツの豚野郎に死を、だ、と少し酔った男爵は大きな声を出した。

五

入隊の指示がきたのは一週間後だった。

いそいそと陸軍省に出向くと、まずは伍長《ごちょう》として歩兵隊にはいる、同時に陸軍飛行学校へ入校し、免許取得にはげむ。無事に陸軍の飛行免許を取得したら、少尉として飛行隊に配属される、との話だった。

「ムッシュー・ニシキオリは日本の将校ですし、フランス語が話せますから、飛行免許さえとればこちらでも将校として遇します。ただし、すぐには日本での階級だった中尉にはできませんがね」

と担当官は言う。もちろん英彦に異存はない。その場で入隊誓約書を提出した。

飛行学校の入校まで、さらに数日待たされた。そのあいだに英彦はパリ市内を見てまわり、また新聞やラジオで戦況を確認した。

石造りの建物が整然と建ちならぶ市街に感心し、メトロ（地下鉄）におどろく。まさにおのぼりさんである。ところどころで爆撃で破壊された建物を見かけたが、人々の暮らしはさほど戦争の影響を受けているようには見えない。

夜は田川と、踊り子のいる酒場に繰り出す。戦争の最中だというのに、踊り子は大胆に肌を見せるやらスカートをまくりあげて足を上げるやらで、パリの夜は明るく華麗で艶《あで》やか、かつ騒々しかった。

気になる戦況は、一進一退というより悪化しつつあった。

西部戦線、つまりドイツの西側でのフランスとの戦いは、フランス領内にドイツ軍が侵入したまま塹壕戦となり、どちらも動けずにいた。

しかし東部戦線――ドイツの東側での、主としてロシアとの戦い――は激しく動いていた。ドイツ・オーストリアの同盟軍がブルガリアを抱き込み、セルビアに攻勢をかけて進撃、またたくまにセルビアのほぼ全土を占領してしまったのだ。

英仏連合軍はギリシャのサロニカというところに部隊を送り込み、セルビアを支援しようとしたが時すでに遅く、セルビア軍と政府はコルフ島に逃れるしかなかった。大正四（一九一五）年は、ドイツが主軸の同盟軍の攻勢のうちに終わろうとしていた。

数日後、入校の指示がでたので、英彦はパリを引き払い、夜汽車にのって陸軍飛行学校のあるポーという町へ向かった。

ポーはフランスの南西部、スペインとの国境近くにある。パリからは一日がかりだ。着いてみると町には爆撃された跡もなく、人々ものんびりと歩いていて、戦争中だと思わせるものは何もなかった。しかしよく見ると、西の空に飛行機が何機も飛んでいるのだった。

馬車に乗って飛行学校へ行くと、遠くピレネー山脈の白い頂をのぞむ平原に広い滑走路があり、格納庫とバラックが整然と建ちならんでいた。

まずはその規模におどろいた。

——所沢の何倍あるかな。

敷地そのものは数倍、格納庫とバラックの数は十倍といったところだろうか。ということは飛行機と訓練生の数も、所沢の十倍なのだろう。

なんとも盛んだなと感嘆すると同時に、日本を飛び出してきてよかったと思った。

「いよいよ本場で飛行術を学べるんだ」

不安はあったが、期待のほうが大きい。英彦は勇んで門をくぐった。

英彦はここに年末から三月まで在籍した。

この学校で学んでいるのは、フランス陸軍で歩兵や騎兵、砲兵として一定期間従軍し、飛行兵に志願した上で適性試験をへて選抜された者が多かった。入学するだけですでに競争をくぐりぬけているのだが、飛行兵になるにはさらに試験を通らねばならぬという。

「飛行機という高価で最新鋭の兵器をまかせるのだから、厳しい選抜があるのは当然だ」

という考え方のようだった。

学生にはアジアや中東の人々もいた。フランスの植民地から来ているらしい。そのため黒い髪黒い目の日本人といっても、英彦は特別視されなかった。

教官が威張っていることは日本とおなじだが、それでも時には冗談を飛ばし、学生と笑い合ったりすることも多く、どこか余裕が感じられた。これがフランス流かと感心したものである。

最初にとまどったのは、操縦席に見慣れない計器がいくつかあることだった。

日本で操縦していたモーリス・ファルマン機にはせいぜい高度計と燃料の残量計がある程度だったが、飛行学校で使ったヴォワザン機にはそれに加えて発動機の回転計と、オイルパルサメーターという、発動機に流れ込むオイルの脈動を観察して発動機の調子をみる計器、機体の傾きを示す姿勢指示器、方位を示す磁気コンパス、それに速度計もついていた。

「そうだ。ここ一、二年で計器がうんとふえた。みな安全に飛ぶためだ」

と教官は言う。計器を見て発動機や機体の状態を知れば、無理をせずに飛ぶことができ、ひいては事故が防げるという理屈だった。

それは、事故で落ちる機体が多いという事実の裏返しでもある。日本では陸軍が運用している飛行機は数機だが、フランスでは毎日数百機が飛んでいるから、事故も数多く起きて不思議はない。

そうした計器にも、英彦はすぐに慣れた。慣れてしまうと離着陸と水平飛行、旋回といった基本的な飛行術は、日本でさんざんやっていたから難なくこなすことができた。

結果としてここで学んだのは、座学による飛行の理論や航法、とくに長距離を地図などを見ながら飛ぶ地文航法、そして軍の規則のほかは、主として偵察用カメラや爆撃用照準器、レール可動式の銃架をつかった機関銃――後方の席から前方を撃てる――といった、新しい機材の使い方である。

飛行術そのものは、水平飛行、旋回、離着陸といった基本的なことしかやらなかった。もっと最新の飛行術を学べるかと期待していたのだが、それはここでは教えないと言われた。

「飛行術は日々進化しているからな、そいつは前線の部隊で戦いながら学んでくれ」

という方針は、とにかく多数の操縦者を戦線へ送り出さねばならない飛行学校としては、無理のないことと思われた。

二月半ばに所定の課程を終えた英彦は、飛行免状の認定試験にのぞむこととなった。通れば、晴れて実戦部隊に配置されるのである。それだけに落ちる者も多く、合格するかどうかは半々だ、と言われていた。

「こんなところでくすぶっていられるか。一発で通らなきゃな」

と英彦は自分に発破をかけた。

試験は三種目に分かれている。

最初は水平飛行だった。ポーの飛行場のまわりを八十分間、規定の高度で飛びつづけるのである。

飛行高度は機体に備えつけの高度計に記録され、着陸後に検分される。八十分間飛びつづけて、高度の上下差が二百メートル以内ならば合格だ。

簡単なようだが、八十分という飛行時間は容易ではない。

——まずは機体を入念に点検して、万全の状態で飛ぶことだな。

その上で危険な雲を避け、乱気流に巻き込まれないこと。それだけ気をつければクリアできそうだ。

当日は雲が多くて風も強く、実施が危ぶまれたが、ぎりぎり規定の範囲内ということで試験がはじまった。

受験者は七名。つぎつぎに飛行場から飛び立ってゆく。

英彦も飛行帽をかぶって駐機場へ向かう。

英彦に割り当てられたヴォワザンV型機は、モーリス・ファルマンとおなじく推進式、つまり発動機とプロペラが座席のうしろにあり、空気を押して進む型の飛行機である。

複葉機であることもモーリス・ファルマン機とおなじだが、乳母車のように四つの車輪で踏ん張っているところと、発動機がサルムソンの百五十馬力と強力なところがちがう。

機体はすでにメカニシアン（整備技師）の点検を終えていたが、英彦は自身で点検にかかった。

まずは機首側から全体をながめる。機体のゆがみも支線の切れもないと確かめると、操縦席に乗りこんだ。

天気図や航空図などの書類を所定の位置に入れる。そして計器類をざっと見渡し、スイッチが切れていることを確認。燃料、オイルの量も目で見てたしかめる。

操縦席からおりると、今度は車輪、補助翼、方向舵などの動く部分を確認。さらにプロペラに傷がないか、布張りの翼にほころびがないか、と順々に見てゆく。飛び上がってからしまったと思っても遅いから、念を入れて点検しなければならない。

機体はやや古いが、飛ぶのに支障はないと見えた。

最後に、速度計の計測器であるピトー管の被《おお》いをはずす。

数人がかりで機体を押して滑走路へ出すと、ふたたび操縦席に乗りこみ、発動機を始動する。音を聞き、計器類のスイッチを入れて正常に動くか見る。

すべてよし。

合図をして、メカニシアンたちを離れさせた。スロットルを押し込み、発動機を全開にする。背後で発動機がうなり、機体が風を切って前進してゆく。

日本では離陸できる速度かどうかは勘に頼っていたが、いまは速度計がある。規定の速度を超えたところで操縦桿をひく。

地面に接していた車輪の音が消え、機体は静かに上昇してゆく。

高度計を見つつ二千五百メートルまで上昇し、そこで大きな円を描くような飛行にうつる。受験者にはそれぞれちがう高度が割り当てられているので、ぶつかることはない。

一度、大きな雲を避けて左に旋回したとき、気流の変化で機体が押し下げられ、大きく下降したことがあった。ひやりとしたが、それ以外はあわてることもなく、八十分の飛行を終えて着陸した。

高度計の記録を見た試験官は、

「一度だけ百五十メートル下降しているが、それ以外は数十メートルの差で、安定した飛行ぶりを示している。合格だ」

と告げた。英彦はほっとした。

この試験で二人が脱落した。ひとりは発動機の不調で引き返してきたのだった。運も試験の要素である。

翌日、二種目めの筆記試験をうけた。航空理論と飛行規定、気象、それに機体の整備に関するもので、この三カ月で学んだことばかりだったため、さほどむずかしいとは感じなかった。案の定、満点に近い成績で合格した。

受験者はここでまた一人が落ち、残るは四人となった。

三日目、最後の試験は三点間連絡飛行である。

ポーの飛行学校を出て東へ百五十キロほど離れたトゥールーズの飛行場へ飛び、そこから北西二百キロほどのボルドーへ、そしてボルドーからその日のうちにポーへもどってくるという、

「長い距離を飛ぶのはもちろん、航路と高度の選択、燃料の使い方、なじみのない飛行場での離着陸、そうした腕前が問われる」

との試験官の言葉だった。

たしかに二百キロ程度の飛行は訓練で経験しているが、トゥールーズとボルドーへ飛んだことはない。そして距離を考えると、無駄なく合理的な飛び方をしなければ、一日で回るのはむずかしいと思われた。まさに最後の難関である。

当日の天気図、航空図と行き先の飛行場でサインをもらうための書類をわたされた。好きな時間に出て、夜までにもどってこい、という。

すぐに出立するわけにはいかない。英彦は控え室にもどり、机に向かって天気図をひろげた。座学で教わったとおり、まずは気象の検討をする。

地中海上に高気圧があり、大西洋のビスケー湾付近に寒冷前線が走っているが、どちらもいまのところ、飛行の障害になるとは思えない。

飛行場の上には青空が見える。雲が空の三分の一ほどを覆っているが、視程は十キロ以上あり、雲底は千メートルとのこと。風は北西四ノット。

――天候は悪くない。おかしな雲に近づかなければ大丈夫だ。今日の敵は地形と機体の調子だな。

そう頭に入れると天気図をたたみ、今度は航空図をひろげた。

まずはポーからトゥールーズまでの航路を考える。

およそ真東に飛んでいけばよいのだが、そのためには地上に目印がほしい。

しかしトゥールーズまで直線を引くと、目立った山も湖もなく、低い丘と畑、そしてピレネー山脈を水源とする川が幾本も、南から北へと走っているばかりだ。目印がない。

一直線に飛んでゆくのはあきらめて、やや南寄りに点々とある町を目印に飛んでゆくことにした。多少遠回りになるが、迷うことなく安全である。航空図に鉛筆でその航路の線を引いてゆく。

そしてトゥールーズからボルドーへは、鉄道の線路沿いに飛べばよい。ガロンヌ川も走っているので、間違えはしないだろう。

問題は、ボルドーからポーへの最後の航路だ。この両都市のあいだは平原がつづいていて、大きな町もあまりない。のっぺりして目印のない畑や草原の中を、時おり見える集落を目当てに進むか、それともかなり遠回りになるが、西の海沿いを走る線路と町を目当てに飛ぶか、だ。どちらも苦労しそうだが、これはボルドーへ行ってから考えようと思う。

昨日も乗ったヴォワザンV型の機体を入念に点検したのち、英彦は離陸した。

八百メートルまで上昇すると、進路を南東にとった。まずは最初の目標であるタルプの町をめざす。

航空図と眼下の地形を照らし合わせ、自分の位置と向かっている方角を確かめる。いまのところ、むずかしい作業ではない。風に流されないよう、ときどき方向舵をきかせつつ東へ向かう。

十五分ほどでタルプの町をすぎ、しばらくするとラヌメザンの町も後方へ流れてゆく。ここまでは順調だ。

前面には低い雲はなく、高空に巻雲が見えるばかりだ。視程は十キロ以上で良好。気持ちのいい飛行だった。おそらく高気圧に向かって飛ぶ形になっているからだろう。

一時間ほどでサン・ゴーダンの町をすぎた。あとは銀色に光る川に沿って飛べば、トゥールーズに着く。

まずはなにごともなかったな、と安心したころ、発動機の音が乱れてきた。

スロットルは一定にしているのに、時々音が低くなる。回転計を見ると、左右にぶれている。

「おいおい、どこがおかしいんだ。焼け付きか。冗談じゃねえぞ」

長時間の飛行で、シリンダーのどれかが焼き付いたのではないかと思った。だがそれなら焦げ臭いにおいがするはずだが、その徴候はない。

オイルパルサメーターを見ると、脈動がおかしい。燃料がうまく流れていないのか。

発動機が止まってしまうのではないかと思うと、胸がざわつく。あせるうちに、トゥールーズの町が見えてきた。

「どこだ。飛行場はどこだ」

航空図と地形を交互に見て、町の南のほうをさがす。広い空き地と、三階建ての建物、吹き流しや旗が見えた。あれだろう。

発動機はますます乱れてきて、ぱすん、ぱすんと不発音が重なる。それにつれて速度も落ちてくる。

英彦は降下しながら左旋回をし、滑走路へ近づいてゆく。

「おい、もう少しだ。もってくれよ」

つい発動機に語りかけてしまった。あとは神に祈るしかない。

滑走路へ向けて降下してゆく最中に、とうとう発動機が止まった。がくんと速度が落ち、機体もすっと落ちてゆく。

あとは滑空するしかない。英彦は操縦桿を引き、機体をもちあげた。

「もう少しなんだから、失速しないでくれ！」

機体が滑走路上にきた。

降下してゆく機体の姿勢を保つことだけに注意を集中する。

地面が迫る。五メートル、三メートル、一メートル……。

どん、といつもより強い衝撃があり、一度は機体が跳ね上がった。しかし正常な姿勢で車輪から着地したので、再度着陸したあとはなんとかまっすぐに滑走路上を走っている。

止まった。無事に着陸できたのだ。

額には汗が浮き出ていた。英彦は大きな息をついた。

「まったくもう、なんて機体をよこしてくれたんだよ！」

機体をひとつ蹴飛ばしてから飛行場のメカニシアンに見てもらう。メカニシアンは一時間ほどかけてあちこちをチェックしたあと、

「こりゃ燃料タンクから発動機へつながるパイプが詰まっているな。古い機体ではままあることだよ」

と言う。修理と整備をたのんでおいて、英彦は濃いコーヒーを飲んで休息した。

「掃除しておいたから、もう大丈夫だ。少なくともポーへ帰るまでは詰まらないよ」

さらに一時間以上を費やして整備してくれたメカニシアンが言う。感謝の言葉をのべておいて、さてどうしようかと考えた。つぎの目的地、ボルドーへ向かうか、ここで中止するか。

発動機の修理と点検に二時間以上かかったので、予定よりかなり遅れてしまった。中止しても発動機の不調が理由だから、試験は不合格にはならず、延期になるだけだろう。

常識的に考えれば中止だろうが、それでは卒業が遅くなる。

「行ってみるさ。ぶっ飛ばせば時間は稼げるだろうよ」

発動機の故障など、ざらにあることだ。いちいち止まっていたら、戦場で使いものにならない。決断すると、飛行場の係官に試験続行を告げ、すぐに飛び立った。

高度は八百メートル。メカニシアンの腕がよかったのか、発動機は快調に動いている。頭上に雲はない。視程も十キロ以上あり、気流も良好。ただしめざすボルドーの方角には、灰色の雲が低くうずくまっている。

航路は容易に見つけられた。ガロンヌ川はほぼまっすぐボルドーに向かって流れているし、鉄道も川に沿って走っている。その上空を飛べば迷うことはない。

ボルドーが近づくと雲がふえ、視程も五キロ程度になってきた。ボルドー市街が見えたが、目の前には白い綿を積み重ねたような積雲が立ちふさがる。

雲を避けて降下した。雲底は六百メートルほどか。幸い、雨は降っていない。

低空を飛び、ボルドーの飛行場に着いたときには、午後三時をまわっていた。

係官に到着証明のサインをもらったあと、メカニシアンに点検と給油を頼んでおいて、管理官から当地の天気図を入手した。見ると、やはり寒冷前線が近づいている。まだビスケー湾上にあるが、おそらくもうすぐこのへんにも雨が降ってくるだろう。風は南東六ノットだが、南下すればもっと強くなりそうだ。

ほかの受験者の三機は、とっくにポーへ向けて飛び立っていったという。

このままポーへ飛ぶと、途中で雨や風にたたられ、しかも到着が夜になるかもしれない。続行するべきかどうか。

「発動機が不調で、修理に時間をとられて予定より遅れてしまいました。この場合、試験を続行すべきでしょうか」

　と係官に相談すると、

「気象と時間の判断をするのも試験のうちだから、口出しはできない」

　とすげなく断られてしまった。迷っているとメカニシアンから、

「本当に燃料を入れるのか。これからポーへ行くのはおすすめできないがね。雨が降るだろうし、夜になっちまうぞ」

　と言われた。そこまで言われたなら、ふつうは中止するところだろう。

　英彦は空を見上げた。雲がほぼ全天をおおっており、太陽のある西の方角だけが光っている。

　なにやら空に誘われている気がした。

「燃料、入れてください。すぐに出発します」

　と言うと、メカニシアンが顔色を変えた。

「おい、正気か。テスト生の腕前では無理だろう」

「いや、夜間着陸の訓練もやってるんでね」

　実際、所沢で何度か試みたことがある。ただし滑走路にずらりと灯《あか》りをならべたりと、万全の準備をしておいての話だが。ポーではそこまでしてくれないだろう。それでも不安はさほど感じず、行きたいと逸《はや》る心が勝っている。

「どうなっても知らんぞ」

メカニシアンは呆れ顔になりつつも、給油をするために駆けていった。

「幡随院《ばんずいいん》長兵衛《ちょうべえ》じゃねえが、恐がって逃げたとあっちゃあ、名折れになるからな。行くしかねえ」

とうそぶきつつ大急ぎで給油をし、パンとチーズをカフェオレで胃袋に流し込むと、ボルドーの飛行場をあとにした。

航路も、迷うところだった。ボルドーからポーまでの最短距離を飛ぼうとすると、そこは一面の平原で、代わり映えのしない畑と林ばかりがつづいていて目印に乏しい。一方、西の海岸寄りに飛べば線路があるが、かなり遠回りになる上、雨雲に近づいてしまう。降雨の中を飛びたくはない。

時間も考えて、最短距離を飛ぶことにした。磁気コンパスを頼りに方向を決め、わかりにくい小さな集落を目印にするしかない。

「ひとつぶっ飛ばしてやるか。あ、いや、落ち着いて飛ぶんだ。失敗は許されねえからな」

と機上で自分に言い聞かせた。日暮れまでにはまだ時間がある。計算通りに飛べば、薄暗い程度の時間にポーに着くはずだ。ただし少しでも遅れれば、夜間着陸というむずかしい技に挑戦しなければならなくなる。

相変わらず雲が低い。高度五百メートルを保って飛ぶ。眼下には畑と林ばかりが見える。

いくらめざす方角が正しくても、風があれば流されて、航路はだんだんとずれてゆく。修正しつつ飛ばねばならないが、風力がわからない。地上の木々のなびき方を見て推測するのだが、正しいという保証はない。

一時間半ほど飛ぶと、右手に積乱雲が迫ってきた。雨柱が立っているのが見える。あれには巻き込まれたくないと思った。

幸い、雨雲はさほど大きなものではなく、脇を通りすぎることができた。

そろそろ中間点にある大きな町、モン・ド・マルサンが見えるころだが、それらしいものはない。

風に流されて、想像以上に航路がずれているのか。それとも計算ほどには距離をかせいでいないのか。ひやりとした。

高度をあげて眺めたいが、雲が低くて上がれない。

思い切って、上が明るい東の方へ航路を変えてみた。南東の風に押されて、航路が西へ片寄っているように思えたからだ。同時に、これで高度があげられるようになったので、千二百まで上昇した。

さらに十分ほど飛んだところ、赤い屋根が重なる市街が見えてきた。モン・ド・マルサンか。

近づくと、ふたつの川の合流点に石造りの建物が密集しているのが確認できた。モン・ド・マルサンにちがいない。

航路が正しいことはわかったが、となると当初の計算よりざっと二十分以上遅れていることになる。

——風が思ったより強いようだな。

風に吹きもどされて、計算通りに距離を稼げていないのだ。

モン・ド・マルサンの上空を通過した。ポーまではあと五十キロほどだ。太陽は西の低いところにある。日没までは一時間ほどだ。

暗くならないうちに着陸したい。速度をあげた。

雲が多くなってきた。ヴォワザンV型機はちぎれ雲のあいだを縫うように飛ぶ。

「寒冷前線のお出ましか。ずいぶんと速く移動しているんだな」

ボルドーで見た天気図といまの気象は、かなりちがうようだ。やはり飛行を中止すべきだったかと思ったが、もう遅い。

「ええい、荒れるなら荒れやがれ」

でんと浮いている大きな積雲を避けて左に旋回し、また方向をもどす。と、前方に巨大な積乱雲が見えた。高さは一万メートル以上ありそうだ。底は数百メートルか。下のほうは暗く、雨が降っているらしい。

しまったと思った。ポーは、あの雲の下ではないか。

「くそっ、ひでえことになった」

飛行場に着陸するには雨の中を飛ぶことになるが、それはできれば避けたい。飛行機は雨が苦手だ。とくに雨の中の着陸はむずかしいとされる。英彦も経験がない。

「旋回しつつ、積乱雲が消えるか通りすぎるのを待つかね」

いや、それでは日が暮れる。それに燃料もそれほど残っていない。

ほかの飛行場へ回ろうかと考えたが、それでは試験に通らないだろう。自問した末に、

「ええい、しょうがねえ。逃げるわけにゃいかねえからな」

と腹を決めて雲の下に突っ込んでいった。

思ったとおり雨、それも大粒の雨が強く降っていた。

操縦席に降り込んできた冷たい雨で、たちまち全身濡《ぬ》れ鼠《ねずみ》になった。しかも気流が悪く、機体が上下に揺さぶられる。視程は三百メートルもあるだろうか。

雨で煙って地上が見えない。やむなく降下した。地上二百メートルでやっと畑や森が見えるようになった。

幸いなことにここまで来ると、練習でよく飛んだ場所だけに、モザイクのような畑のパターンや道路の通り具合が記憶にあった。

頭の中の地図を頼りに飛びつづける。あと五分ほどで飛行学校だ。

広い空き地が見えてきた。バラックが整然と並んでいる。

やっとたどり着いたとほっとしたが、まだ着陸という難物が残っている。

飛行場のまわりを一周してみた。当初は無人だったが、半周もしたころ、バラックか

ら人が出てくるのが見えた。雨の中を着陸しようとする機におどろいて出てきたのだろう。

雨は沛然《はいぜん》と降りつづき、すべてのものの姿をぼやけさせている。風に押される機体をあやつりながら、滑走路へ向かう。機体の高度が体感としてつかみづらい。

発動機を絞り、降下してゆく。川のようになっている滑走路が異様な速さで迫ってくる。どきりとした。雨で高度を読み誤ったようだ。もっとゆっくり降りなくては。あわてて操縦桿を引いた。が、遅かった。

「うわっ南無三宝、神さま仏さま！」

思わず叫んだのと同時に、機体はどすんと地面に落ちた。一度跳ね上がって、すぐにまた衝撃がきた。失敗したかとつぎにくる破壊的な衝撃を覚悟したが、それはなかった。

機体はしばらく滑走したのち、あっさりと止まった。

ヴォワザン機独特の乳母車のような配置の四つの車輪は頑丈で、無理な着陸の衝撃を受け止めてくれたのだ。

バラックの軒下から人が駆け寄ってくるのが見えた。

「ああ、こっちは大丈夫だ。ジュ・ヴェ・ビアン」

英彦は操縦席から手をふって、身の安全を伝えた。これで試験はクリアした。いよいよ戦場へ出られると思ったが、想像したほどには喜べなかった。ただ濡れて冷えた体をなんとかしたいとばかり考えていた。

第四章　ヴェルダンの吸血ポンプ

ポーの飛行学校で試験に合格した英彦は、その日のうちに免許状と、操縦士をあらわす星と羽の襟章をもらった。

数日後にはＶ18飛行中隊——ヴォワザンＶ型機を六機そなえ、敵陣の偵察と爆撃を任務とする——に配属が決まり、パリ東方二百キロほどにある、ヴェルダン要塞後方の飛行場に行くよう指示された。最前線でさっそく戦闘に加われというのだ。

一

一昨年九月、マルヌの会戦で敗れたドイツ軍が後退したあと、両軍は長い塹壕陣地を築いてにらみ合っていた。敵陣に攻めかけても犠牲を出すばかりで突破できないため、両軍とも動けずにいたのである。

そんな中、この二月にドイツ軍は突然、ヴェルダン要塞に攻めかけてきた。

千数百年の歴史をもつ古都ヴェルダンは、東西の陸路と地中海と北海をむすぶ水路が交わる交通の要衝で、フランスにとってはドイツとの国境を守る重要な要塞がある地でもある。このときも侵攻してきたドイツ軍の支配地に突出する形で、フランス軍の前線を支えていた。

当初はたがいに数個師団での戦いだったが、しだいに激戦となってゆく。三月以降は両軍とも数十万の兵士を投入するが、どちらも決定的な勝利を得られず、死傷者ばかりがふえる大いなる消耗戦となった。

あまりに多数の死傷者を生むので、「ヴェルダンの吸血ポンプ」とか「肉挽《にくひ》き機《き》」と呼ばれるほどだった。

昼前に飛行場に到着してみると、発動機の爆音も人々の声もなく、あたりは静かだった。

ポーの飛行学校の半分ほどの広さで、飛行機を格納する天幕も少ない。これが最前線かと拍子抜けする思いだったが、敵襲を受けることを考えると、前線の基地は小さくして分散するのが望ましいのだろうと思い至った。

本部に出頭すると、中隊長だというメナール大尉に引き合わされた。椅子から立ち上がった姿は、六尺豊かどころか七尺近くあるのではないか。見上げるほどの長身である。

「日本人の義勇兵だとは聞いていたが、なるほど、本当に東洋人だな」

と好奇心むき出しの青い目でじろじろと見られた末に、大きな掌で握手をもとめられる。握り返すと、

「フランスへの貢献に感謝する。ここでは敵前線の偵察が主任務だ。いま君の相棒となるクーディエ中尉がくる。ちょっと尖《とが》った野郎だが、優秀な男だからうまくやってくれ。ああ、小隊長はいま出撃中だから、帰ってきたら引き合わせる」

と言われた。その言葉が終わらないうちに背後で、

「中隊長、クーディエ中尉、出頭しました」

と声がした。ふり返ると、中背ながら胸板が厚く腕も太い男が敬礼していた。髪は茶色で、おなじ色の口髭が目につく。

「中尉、ご苦労。こちらが君の操縦士となるニシキオリ少尉だ。日本人義勇兵で、日本陸軍で飛行と従軍の経験があるというから、頼もしいじゃないか。明日からすぐ任務についてもらう。質問は？」

メナール大尉の言葉に、怒気を含んだ声が返ってきた。

「ああ？　東洋人ですか。フランス人じゃないんですか！」

英彦はおどろいた。なんと無遠慮な男なのか。

「そうだ。ポーの飛行学校を優秀な成績で出たばかりだ。腕前は信用できそうだ。問題はないだろう」

「大ありですよ。東洋人が飛行機を操縦するなんて、信じられない。おれはこいつに命を託すことになるんですよ。フランス人に替えてもらえませんか。いくらでもいるでしょう」

「操縦士はどこも足りないんだ。ひとり回してもらうだけでも大変だったんだぞ」

「頼みます。おれはちゃんと任務を果たしたいんですよ。操縦士が優秀じゃないと偵察はつとまらない。東洋人なんていやだ」

ふたりのやりとりは口論になっている。こいつはだだっ子かと英彦は思い、呆れて見ていた。

「仕方のないやつだな。あとはトッド中尉と相談しろ。下がってよろしい」

中隊長に厄介払いされた中尉は敬礼して下がっていったが、その際に敵意のこもった目で英彦を一瞥《いちべつ》していった。

「君はまず宿舎に入れ。あとは小隊長に聞いてくれ」

英彦も敬礼して中隊長のもとを辞した。すると当番兵が宿舎に案内してくれた。英彦は士官なので、飛行場近くの石造りの民家に一室を与えられるそうだ。

案内されたのはベッドと浴室のある一室だった。そこで荷を解いていると、いくつもの発動機の音が聞こえてきた。どうやら出撃した飛行隊がもどってきたようだ。

——クーディエ中尉は正直なのだろうな。

と英彦は思っていた。誰しも自分の命がかかるとなると本音が出るものだ。

大多数のフランス人は、この劣勢の戦争を勝つために義勇兵という形の助けはありがたいと考えている。だから表向きは英彦に丁重に対している。しかし一方で、最先端技術である飛行機の操縦を、文明の遅れた東洋人などにまかせられるものか、という思いを心の奥底にもっているフランス人も多いのだ。

面倒なことになったな、と思った。憂鬱なだけでなく、不快でもあった。

夕刻近くになって、小隊長から呼び出しがあった。

「ニシキオリ少尉か。小隊長のトッドだ。もうクーディエ中尉と会ったそうだな」

小隊長は赤ら顔に鳶《とび》色の瞳、中背だががっしりした体格で腕も太く、握手には力がこもっていた。

「ええ。あまりよく思われていないようですが」

「あいつは腕はいいし面白いやつなんだが跳ねっ返りでな、困ったもんだ」

トッド中尉はしかめっ面をしてみせる。

「とにかく、まずは搭乗機を受領してくれ。専属のメカニシアンも紹介する。そして今日のうちに慣熟飛行もこなしておけ。そのようすで初出撃の日を考えよう」

格納用の天幕で引き合わされたのは、メカニシアン二名といくらかくたびれたヴォワザンV型機だった。メカニシアンに挨拶をし、機体の特性を聞いて――速度計がときどきおかしな値を示し、また操縦桿がやや固いという――から、初飛行をすることになった。

いつものように入念に点検をしてから離陸し、上昇と水平飛行、下降、旋回などをひととおりやってみた。機体はかなり使い込まれて、あちこちガタが来ているという印象だったが、ふつうの使い方をする分には問題はなさそうだ。

暗くなる前に着陸したが、新入りの飛行ぶりを見るつもりか、滑走路にそそがれる視線が多いように感じた。

翌朝、さっそく偵察飛行の命令が下った。小隊長は作戦室――バラックの一室だ――

に英彦とクーディエ中尉をよび、偵察飛行の範囲を説明し始めた。しかし、

「待った。おれはこいつと飛ぶのはいやだ」

クーディエ中尉が小隊長の話をさえぎって主張する。

「フランス人の操縦士にしてくれ」

「おい、わがままを言うな。なにが気に入らないんだ」

小隊長がいらついたように言う。

「腕前が信用できない。下手な操縦で命を落とすのは御免だ。替えてくれ」

「ニシキオリはな、すでに二百時間以上飛行している。そのへんの新人と違うんだ。飛行学校を出たてのフランス人よりよっぽど安心だと思うがな」

「東洋でいくら飛行してたって、こっちとは違うだろう」

「昨日、ニシキオリが飛んだところを見ただろう。安定した飛行ぶりだった。あれで文句があるのか」

「基地の上だけなら、新人でも飛べる。信用ならん」

クーディエ中尉は頑固に言い張る。結局は小隊長が根負けし、新人の操縦士は着任したばかりでまだ教育が必要、ということにして出撃は取りやめになった。

英彦は、口をはさまずにふたりのやりとりをただ聞いていた。東洋人がいやだと言うのが拒否の理由ならば、英彦自身にはどうしようもない。操縦士と偵察員の組み合わせを変えるのは、隊長の仕事である。

明日にもおそらく組み替えがなされるのだろう。そして操縦士が東洋人でもいいという偵察員と飛ぶだけだ。

その日は慣熟飛行のつづきとして、英彦ひとりで一時間ほど飛んだだけで終わった。メカニシアンといっしょに飛行後の機体整備をしたあと、夕食をとるために士官用の食堂に入った。

食堂で席につくと、近くで騒々しく話をしていた士官のグループが、ぴたりと静かになった。そして英彦のほうへちらちらと視線を投げつつ、席を立った。

戸惑いとともに、避けられた、と感じた。

ため息をつきたい気分になりながら、キッシュと野菜スープ、何かわからぬ肉を煮たものをワインとともに食べた。そして、そういえば着任の挨拶回りをしていなかったと気づいた。クーディエ中尉との騒ぎがあったので、つい後回しになっていたのだ。

「そうか。それで失礼な新人だと思われたのか。いけねえ。うかつだったな」

なるほど、失敗した。ではさっそく明日の朝から回ってみよう。

しかし翌朝一番で、小隊長に挨拶をするべき者は誰かとたずねてみると、怪訝《けげん》な顔をされた。そんな習慣はないと言うのだ。

「日本じゃそんな面倒なことをしていたのか」

「ええ、それで顔を知ってもらって……」

小隊長は首をふった。ここでは戦死やその補充で毎日のように顔ぶれが変わるから、そんな暇はない、やめておけと言う。

「クーディエ中尉の件はな、ちょっと待ってろ。よく言い聞かせるから」

と言って、小隊長は出撃していった。戦闘が激化して、偵察飛行もあちこちから求められていて忙しいらしい。

やむをえずひとりで慣熟飛行をしようとして、機体を格納している天幕へ行くと、昨日とちがってなぜかメカニシアンが寄ってこない。飛行前に機体の整備状況を聞きたいのだが、あたりを見回しても誰もいない。

——ここでも避けられているのか。

ヴォワザンV型機は重いので、ひとりで滑走路まで押し出すこともできない。憮然《ぶぜん》として機体の前に佇《たたず》んでいると、若い男がひとり駆け寄ってきた。メカニシアンの下ではたらく整備兵だ。顔立ちから、中東あたりの出身かと思われる。

「気をつけたほうがいいですよ」

と男は言った。

「クーディエ中尉があなたを追い出そうと画策しています。クーディエ中尉は古株だし人気があるから、みな同調する気配です。いやな思いをしたくなかったら、早めに異動を申し出たほうがいいですよ」

「……みんな同調しているって、古株だからってそんなことができるのか」

「ええ、あの中尉なら」

どうやらクーディエ中尉は部隊の最古参で、偵察員なので隊長にはなれないものの、中隊長も一目置く存在らしい。戦死や故障による事故死が続出する中で、ここまで生き延びてきただけに、操縦士の腕前には神経質になっているのだと。

「来たばかりでのけ者にされるのはかわいそうだという者もいるけど、みなクーディエ中尉には逆らえないんで、だまってます。とにかく気をつけて」

それだけ言うと、さっと離れていった。

——なんだそれは。

呆気にとられて、しばらく動けなかった。

そんなことがあるのか。

いや、あってもおかしくない。そもそも軍隊など、理不尽の塊のようなところだ。死と隣り合わせのぎりぎりの世界で男たちが集団生活をするのだから、感情も欲望も振れが大きくなり、それが周囲の人々とさまざまな摩擦や衝突を引き起こす。日本でもフランスでも、その点は変わらないのだろう。

ではどうするのか。尻尾を巻いて逃げ出すのか。

「そんなこと、できるわけがねえ。何のためにフランスまで来たんだよ」

しばらく考えた末に、英彦は機体の整備にとりかかった。とりあえずはひとりで出来ることをしておこう、と思ったのだ。

まずは操縦桿の固さをどうにかしたいと思い、操縦桿から方向舵や昇降舵につながるワイヤーの具合を見てゆく。おそらくどこかに引っかかっている箇所があるはずだ。

二時間ほど機体をチェックして、ワイヤーが引っかかった箇所を見つけ、やすりとスパナで修理しているうちに昼になった。その間、メカニシアンたちはちらちらと視線を飛ばしてくるものの、寄ってこない。

士官用の食堂へ行くと、やはり英彦の周囲には人が来ない。ひとりで味気ない食事をすませると、また機体にもどって整備をつづけた。

昼すぎに小隊長が偵察飛行からもどってきた。だが偵察結果の報告や、損傷した機体の整備などで忙しいらしく、英彦が話しかける隙がない。

その日も暮れてしまい、英彦はひとりで夕食をとったあと、自室にもどった。時間があったので、いつもより入念に腕立て伏せや腹筋運動をしてからベッドに入った。しかし頭の中ではさまざまな思いが駆け巡っていて、とても眠れない。

「このままではだめだな」

クーディエ中尉のおかげで、部隊すべてが敵になってしまった。なんとかしなければ、本当に追い出されてしまう。

といって、どうすればいいのか。解決する方法は、ひとつしか思い浮かばない。

「ま、構えずに話してみようかね」

翌朝、英彦はクーディエ中尉をさがした。格納庫がわりの天幕の中で、中尉はメカニシアンらと談笑していた。

「クーディエ中尉、お話があります」

英彦が呼びかけると、一瞬、座が静かになった。

「おれは話などないんだが」

クーディエ中尉は面倒そうに言う。英彦は無視してつづけた。

「なぜ飛ぶのを恐がるのですか。このままでは任務が果たせません」

中尉の顔色が変わった。

「おれが恐がっているだと。口を慎め！」

「ならばなぜ飛ばないのですか。飛行機も操縦士もいるのに、恐がっているとしか思えません」

「おれは確実に任務を果たしたいだけだ。失敗する確率の高い飛行はしたくない」

「私と飛ぶと、失敗の確率が高いというのですか」

「そうだ」

「では試してみたら？　敵陣へ偵察に行く前に、味方の領内で飛行すればいい」

「ごめんだ。試してやはり失敗したら、そのときは命がなくなっている」

「私は二百時間以上、飛行しています。それでも生きていますよ」

「それは信用できん」

「うそをついているとでも？」

「東洋での飛行など、誰も見ていないからな」

その言葉に、英彦の怒りが爆発しかかった。明らかに侮辱ではないか。侮辱に対して礼儀正しく接するほど自分は人間ができていないと自覚している。

「臆病者の言い訳は、やめてもらえませんかね」

英彦の声が低くなった。クーディエ中尉は目を見開いた。顔つきが急変している。

「なんだと」

「聞き苦しい言い訳ばかりだ。飛びたくないなら飛行隊から出ていってもらいたい。昨日も今日もあんたのせいで偵察飛行ができなかった。これは軍にとって損失だ。あんたがいる限り、この部隊は一機の……」

終わりまで言えなかった。クーディエ中尉がいきなり殴りかかってきたからだ。

頰桁に一発くらった。体ごとうしろに吹っ飛んだが、何とか踏みとどまり、向かってくる中尉を見据えた。二発目は避けられた、と思ったら腹に一発くらった。重い衝撃が体中にひろがる。膝が落ち、前のめりにクーディエ中尉にもたれかかった。それでもぎりぎり耐えられたのは、鍛えてきた腹筋のおかげか。

クーディエ中尉は敏捷《びんしょう》に後退して距離をとり、さらなるパンチを繰り出してきた。英彦がとっさに屈《かが》んだため急所には当たらなかったが、返しの左フックを頰にくらった。口の中が切れて熱く苦いものが口中に溢《あふ》れる。

「頑張れ新入り。中尉はミドル級で大隊のチャンピオンだぞ」

と面白そうに囃《はや》すやつがいる。どうやら中尉は拳闘が得意なようだ。それなら離れたらやられる。

クーディエ中尉は左にまわりつつパンチを浴びせる。英彦は体を丸め腕をあげてパンチから身を護《まも》りつつ、足をさばいて体を寄せていった。そして中尉の軍服の袖と襟をつかむと、その体に密着した。

つぎの瞬間、中尉は床に転がっていた。

英彦が柔道技の体落《たいお》としで投げ倒したのだ。周囲がおおっと沸く。英彦は起き上がろうとする中尉の腹を膝頭で押さえて動きを止め、その上に馬乗りになった。そしてもがく中尉の体を足で制御しつつ、中尉の左右の襟をにぎった。十字絞めで絞め落とすつもりだった。

気配を察したか、中尉が英彦の腕をつかみ、引きはずそうとする。力比べとなった。中尉の力も強い。しかし英彦はかまわず力を入れて締めあげた。

「待て、そこまでだ。やめろ、やめろ」

絞めが効きはじめ、クーディエ中尉が異様なうめき声をあげて体を強く反らせたところで、あわてたメカニシアンたちが数人がかりでクーディエ中尉の上から英彦を引きずり下ろした。

「まあまあ、中尉も落ち着いて」

「怪我のないうちにやめないと」

メカニシアンらがふたりを引き離す。中尉は激高し、

「やつは上官のおれを絞め殺そうとした。軍紀紊乱《ぶんらん》罪だ。銃殺刑にしてやる！」

と声高に文句を言っていたが、やがて宥《なだ》められて静かになった。

「試してみれば、いいじゃないですか」

とメカニシアンのひとりが言い出した。

「ニシキオリ少尉があぁ言っているんだし、まずは中尉が乗らずに、少尉だけの飛びっぷりを見せてもらったらどうでしょうか。中尉が条件を出してテストして、その結果を見てから乗るか乗らないかを決めればいい」

「そうだ。殴り合いをするよりよほどいいと思うな」

「中尉もいつまでも飛べないんじゃあ、困るでしょう」

その場の男たちが口々に薦める。メカニシアンたちの中には英彦にウィンクしてくる者もいる。

「こいつは昨日、ずっと機体を整備していた。案外真面目なやつだ。腕もいいかもしれないですよ」

真正面からクーディィエ中尉に挑んだことで、同情と喝采をかったようだ、と英彦は感じていた。

「それで納得してもらえるなら、テストでも何でもやりましょう」

胸の内の怒りを抑えつつ、英彦は言った。

みながクーディィエ中尉に視線を向ける。

クーディエ中尉は険しい表情で英彦を睨《にら》んでいたが、やがて口を開いた。

「そこまで言うのなら、テストしてやる。あとはそのようすを見てからだ」

そう言うと、英彦を避けるように席を立った。

二

翌朝は小雨が降り風も強かった。飛行できるかどうか、ぎりぎりの天候だと思いつつ、英彦は飛行服を着て天幕に入り、機体の点検にかかった。

クーディエ中尉は、ぱんぱんに張った背嚢を重そうにもって、ヴォワザンV型機が格納してある天幕にやってきた。

「おあつらえ向きの天気だな」

とにやにやしながら言うと、背嚢を機首の偵察員席にどさりとおいた。それも安全ベルトやロープなどで固定せず、おいただけだ。その前面に下手な似顔絵を描いた紙を紐でしばりつけた。

「これがおれだ。大切にしてくれ。それで、いまから飛んでもらう。心配するな。許可はとってある」

すでに中隊長に訓練飛行の計画を話して、許可を得ているという。

「なに、ほんの一時間ほどだ。それでおまえの腕前がわかる」

そう言って中尉は英彦に一枚の紙を渡した。そこには箇条書きで、

・十分以内に高度二千メートルまで上昇。
・高度差五十メートル以内の水平飛行十五分。
・高度二千メートルの水平飛行で時速百キロを二分間維持。
・高度八百メートルから百メートルまで急降下。
・最小半径の左旋回および右旋回。
・荒れ地への着陸。

と書かれていた。

「これをみなやってもらう。おれが見える範囲でやってくれ。高度計と速度計に記録をとる機械をつけるから、誤魔化しはきかねえぞ。それと最後のやつは、あそこへ着陸してくれ」

と指さすのは、滑走路の横、整地してない草むらだった。それも幅、長さとも五十メートル程度しかない。

「実戦じゃよくあるんだ、基地に帰れずに不時着することがな。ひどいところへの着陸もこなせるか、そういった腕前も見たい」

英彦はじっと箇条書きを見詰めていた。昨日の今日だから腹いせに無茶な要求をしてくるかと身がまえていたが、そうでもあり、そうでもない、というところだった。

たしかに実戦を想定したテスト項目だと思った。しかしどれもヴォワザンV型機の性能をぎりぎりまで引き出さないとできないことばかりだ。飛行学校を出たばかりのまっさらな新人では、たぶん無理だろう。

中でも最大の難問は最後の不時着だ。技術もさることながら、度胸が要求されている。英彦にも経験がないから、どうなるか予測できない。

どうするか。危険だと言って断るか。

ひと呼吸して、決断した。

「わかりました。やりましょう」

危険だからといって、いまさらあとへは引けない。

クーディエ中尉は思い出したように言う。

「ああ、それとおれの身代わりの背嚢を落とすなよ。条件のひとつだからな」

簡単に言うが、実はそれもむずかしい話だ。

メカニシアンが機体に記録機を取りつけ終わったときには、雨はあがっていた。雲が切れて晴れ間も見える。ただし風は強くなっていた。風速十ノットにも達している。離陸がむずかしくなった。実際、若い兵が走ってきて、

「管理官から、緊急に必要な時以外の飛行はやめるようにとのお達しです」

と呼びかけていった。

「ふん。仕方がない。風が止むまで待つか」

クーディエ中尉は言うが、英彦は首をふった。

「いや、やりますよ。これくらいならなんとかなる」

クーディエ中尉が目を瞠った。

「意地を張ると泣きを見るぞ」

「別に意地を張っているわけじゃない。経験があるから言うんだ」

中尉は不思議そうな顔になったが、

「ま、失敗したいなら、勝手にするさ」

と突き放すように言った。

「じゃあ、さっそく」

英彦は滑走路へ引き出されたヴォワザンV型に乗った。発動機が順調に回っているのを確認してから離陸にかかった。

所沢での経験では、風速十ノットを横風として受けるととても離陸はできないが、向かい風ならば大丈夫だった。この飛行場はほぼ正方形だから、風上に機首を向ければ離陸できると思っていた。

だが風の方向は一定ではない。管理棟に立っている吹き流しを見て、風の方向を確認する。微妙に変わるが、しばらく見ていると一定の方向に落ち着いた。

——よし、こっちだ。

風向きが変わらないうちにと、すぐに滑走にかかった。速度計の針が離陸速度に達したとき、横からの風圧を感じてひやりとしたが、ままよと操縦桿を引いた。

ふわりと浮く感覚があった。足許からの音が消えた。そのまま上昇をつづける。

離陸から一定の高度に達するまでは、着陸のときと並んでもっとも危ない時間帯だ。よろよろと上昇しているときに突風が吹けば、一巻の終わりである。少しの異常も逃すまいと目と耳、それに肌の触覚を計器と発動機の音、風の強さに集中させる。

いつもより機体はゆれたが、それでも上昇して高度三百メートルに達した。まずはひと安心だ。

「さてと、お題は……」

最初は高度二千メートルへの上昇だ。

機首をあげすぎて失速しないよう気をつけつつ、高度計と懐中時計を見ながら、操縦桿とスロットル・レバーを操作する。

強風の中では、操縦桿の繊細な操作が要求される。このあたりは経験がものを言う。

九分ほどで二千メートルまで昇りきった。まずはひとつ目の課題をパスした。

ついで十五分間の水平飛行に移った。基地から見える範囲でやれと言われているので、上空を大きく円を描くように飛ぶ。雲もある中、高度五十メートル差というのは厳しすぎるように思うが、偵察飛行で写真を撮るとなると、そうした要求をしたくなるのだろう。

神経を張り詰めて、注意深く十五分間飛行した。途中で二、三度強風にあおられたから、五十メートル差におさまったかどうかは降りて記録を見るまでわからない。が、たぶん大丈夫だろうという自信はあった。

「よし。つぎはなんだ。時速百キロか」

時速百キロは、水平飛行でのヴォワザンV型機の最高速度に近い。練習飛行ではまずそんな速度は出さない。単純なようで危ういテストだ。

まずはスロットルを全開にしてぶっ飛ばす。速度計を見て、百キロに達したところで懐中時計の針を確認した。ここから二分だ。

全開のままでは百キロを超えて、いずれ発動機が焼き付いてしまうので、オイルの循環計にも注視しつつ、スロットル・レバーを微妙に操作する必要がある。これは神経を使う。

二分間が、ずいぶんと長く感じた。

懐中時計を見てひとつ息をつき、スロットル・レバーを引いて巡航速度にもどした。これで三つの課題をクリアした。

「つぎは……、急降下か」

まずは基地の上空へもどりつつ、高度八百メートルまで降りた。ちょっとだけ息抜きができる瞬間だ。

急降下は度胸がいる。しかも高度百メートルまでとは、かなり危うい。通常はそこまで下がらず、もっと上で機体を引きあげるものだ。敵機に追われた緊急時のことを考えているのだろうか。

いずれにせよ、引き受けた以上はやらねばならない。

「ようし、いってみようか」

そう声に出して、高度八百メートルから操縦桿を押し、左のラダー・ペダルを踏み込む。機体が左に傾きつつ機首が下がる。

地上めがけて、真っ逆さまに降下してゆく。

体が前のめりになり、座席から浮く。前席においてある背嚢は、前面のへりに押しつけられている。

速度は軽く百二十キロを超えた。百五十、百八十……。

地面がすごい勢いで迫ってくる。

高度四百メートルあたりから操縦桿をいっぱいに引く。機首が徐々に起きてくる。今度は前から強烈な力が襲ってきて、体が背もたれに押しつけられた。全身の血が頭にのぼってくる。

ちらりと高度計を見ると、百を切っていた。

機体は上昇をはじめた。これで急降下もこなした。

高度三百メートルで水平飛行にうつる。あとは旋回だ。どれほど小回りできるかを見たいのだろう。

「お望み通り、小回りして見せやしょう。はは、フランスまで来て角兵衛獅子《かくべえじし》みてえな真似をするとは思わなかったな」

とつぶやきながら、左、右とできるだけ小さくと心がけて旋回した。そのたびに機体が九十度傾くので、前席の背嚢が落ちるのではと心配したが、左右に大きく動きはするものの落ちることはなかった。

これで五つの課題をクリアした。あとは着陸が残るだけだ。

狭いところへ着陸するのだから、速度は思い切り落として降下し、ふんわりと着陸したい。だが風が強い中でうまくゆくだろうか。

飛行場に立つ吹き流しを見て風向きを知り、追い風となる方向から降下してゆく。スロットルを絞り、速度を落とした。高度はすでに五十メートルを切っている。三十、二十、十……。前面に林が迫る。わずか五十メートルの草地に降りられるか。

不意に機体がふわりと浮き、左に傾いた。

横風が吹いたのだ。

一瞬、上昇しようかと迷った。やり直すほうがよいのではないか。

だがここまで降下している以上、上昇したら前の木立に引っかかりそうだ。思い切って操縦桿を押し、発動機を切った。

どすん、と衝撃があった。着陸し、滑走にうつる。回転するプロペラが繁《しげ》った草を吹き散らす。目の前に木立が迫ってくる。機体は止まらない。

「止まれ！　こんちくしょう。止まれ！」

つい声に出して叫んだ。だがなおも機体は前進し、木立が迫ってくる。歯を食いしばり、体を丸めて衝撃に耐える姿勢をとった。

と、前進の速度がゆるやかになり、木立にぶつかる寸前で止まった。

そのあたりに高く生い繁った草が、機体の前進を止めたのだ。

前を見れば背嚢は、前席におさまっている。大きく息をついて、英彦は機体から降りた。

三

英彦は、高度二千メートルで東に向かっていた。

乗機のヴォワザンV型機の前席にはクーディエ中尉を乗せている。

晴れてはいるが、白い綿雲があちこちに浮いている。いまのところ風は穏やか。危険な積乱雲もない。

「ムーズ川を越える。気をつけろ」

クーディエ中尉がふり返って怒鳴り、手で地上を指さす。背後の発動機――ヴォワザンV型機は機首に偵察・爆撃員席があり、そこに回転式の機関銃を備えている。英彦がすわる操縦者席は後方にあって、さらにそのうしろに発動機とプロペラがある――の音がうるさく、声だけでは伝わらないことがあるので、手の合図は欠かせない。

ムーズ川はフランス北部を南から北へと流れているが、ここだけは東から西へ流れを変えている。そしていま、この川がドイツ軍との境界線となっており、川向こうはもうドイツ軍の支配地域だ。

中尉は機関銃の安全装置をはずし、銃把をにぎって数発試射をした。

英彦がクーディエ中尉の出した課題をことごとくクリアする飛行をしたあと、中尉は、

「まあ度胸はあるし、最低限の腕もあるようだな」

と言ってしぶしぶと英彦の操縦する機に乗ることを承諾した。

そして翌日、ドイツ軍が陣地の後方に新たに作った補給基地への偵察を命じられ、最初の飛行に出た。強風が吹き時折雨も降る悪天候を冒しての飛行だった上に、クーディエ中尉が写真撮影のために低空に降りるよう命じるので、激しい対空砲火も受けてかなり危うい思いをした。

それでも収穫はあった。帰投後、クーディエ中尉の態度が豹変《ひょうへん》したのだ。

「おまえの腕を見誤っていたようだな」

と笑顔で言うのだ。

「おれは操縦士の腕をいろんな点から見ている。まず出撃までの準備だ。下手なやつは機体の点検もおざなりで、天候の確認もいい加減だ。だがおまえはしっかり時間をかけて点検し、自分で天気図を見て気象予報官と話をしていた。スロットル・レバーや操縦桿のあつかいも無理がなく的確だ。おかげで離陸も着陸もじつに快適だった。とても新人とは思えん」

「だからもう二百時間飛んでいると言ったでしょうが。新人じゃないんですよ」

英彦が言うと、中尉はさらに、

「ああ、それがよくわかったよ。上空でも落ち着いていて、おれの命令を苦もなく実行した。対空砲火があるのに降下するのは、かなりの古強者《ふるつわもの》でもためらうが、おまえは顔色も変えずに降りていったからな。こっちが面食らったくらいだ」

と言ってなれなれしく英彦の肩をたたき、

「これからもよろしく頼むぜ、少尉。おまえはいいパルトネール（相棒）になりそうだ」

と笑顔でのたもうたのだった。どうやら中尉の信用を勝ちとったらしい。

勝手なものだと内心で苦笑しつつ聞いてみると、これまで中尉は幾人もの操縦士と同乗したが、運よく生き延びてきたのは、操縦士の腕前を見極めて下手な者と同乗するのを極力避けてきたからだそうだ。

それでも何度も危うい目に遭っていて、墜落の経験こそないものの、不時着の際に打撲や骨折などの怪我をしているという。それで不時着のテストなど、不思議な課題を出してきたわけだ。

――なるほど。実戦を生き抜くにはそれなりの知恵が必要だってことか。

と得心したのだった。

クーディエ中尉の信頼を得たおかげで、中隊長のメナール大尉をはじめ、操縦将校のドーラ中尉など中隊の将兵たちの中に溶け込めて、隊の中での居心地がぐんとよくなった。いまでは中尉に感謝している。

今日は中尉との三度目の飛行だった。

さあ、いつドイツ機があらわれるか、と英彦はいっそう注意深く前方を見張りながら飛行をつづける。

「五度左へ。そう。そのまま直進」

クーディエ中尉が英彦をふり返りつつ指を五本だし、左方をさして指示する。いまは地上を見ながら進路を決める地文航法で飛んでいるが、その進路決めは前席のクーディエ中尉がおこなう。英彦はもっぱら前方と上方を見張りながら操縦している。

ムーズ川を越えてしばらく飛ぶと、下方から爆音が聞こえ、機体が小さくゆれた。機の下をのぞきこむと、丸くかたまった黒い煙がひとつ、ふたつと生じている。対空砲火だ。

「見つかったな。しかし上がるな。この高度で飛んでくれ」

クーディエ中尉が怒鳴る。了解、と英彦は怒鳴り返した。

——対空砲火など、当たるものか。

青島の戦いでもさんざん地上から撃たれたが、陸海軍ともそれで撃墜された機はない。ときに機関銃弾はくらったが、時限信管で爆発させる大砲の弾など、飛行機に当たるはずがないと信じている。

案の定、しばらく飛ぶと射程の外に出たのか、対空砲火は十個ほどの黒雲を残しただけで終わった。

だが問題は、このあとだ。見つかったならば、敵の飛行場に連絡がゆくはずだ。そして……。

「おお、あれだな。四十二センチ砲でまちがいない」

クーディエ中尉は、手許の地図を見ながら叫んだ。どうやら目的の重砲を見つけたらしい。ヴェルダン要塞の重要な防御施設であるヴォー堡塁に、巨弾を降らせる元凶である。

「ひとまわりしてくれ」

手を回すクーディエ中尉に言われて、英彦は左旋回にかかった。

機体を左にかたむけたときに地上を見たが、四十二センチ砲は見つけられなかった。うまく擬装してあるのだろう。訓練をうけた偵察員でないと見分けられないようだ。

クーディエ中尉は機体に取りつけられたカメラで、しきりに地上の写真をとっている。撮影が終わると言った。

「爆撃するぞ。高度を下げろ。左へ三十度。そうだ。もうちょい左。よし、直進」

爆撃するためには、敵の重砲の真上を飛ばねばならない。

指示にしたがって操縦しつつ、英彦は周囲の見張りを怠らない。そのとき突然、機体がゆれた。頭上を見ると黒く丸い雲が湧いている。対空砲火がはじまったのだ。

二発、三発と頭上や前方で爆発が起きる。さらに光の粒が、列になって地上からいくつも飛んでくる。機関銃弾だ。

照準器が改良されているので、爆撃の命中精度はあがっている。だがその分、さらに正確に当てようと欲を出して高度を下げるので、地上からの砲火に曝《さら》される危うさも高まっていた。

「投下！」

クーディエ中尉がレバーを引く。と、三十キロ爆弾二発を投下した機体は小さくゆれ、ひょいと浮き上がった。英彦は操縦桿をわずかに動かして機体を安定させた。

「くそっ、それた。当たらない」

とクーディエ中尉は舌打ちした。

「よし、帰投する。二千五百まで上昇。方角は六時！」

どうやら命中はしなかったようだ。となれば長居は無用。早く基地にもどって、四十二センチ砲のありかを味方の砲兵隊に教えねばならない。基地に着陸して一時間後には、このあたりは着弾の土煙で真っ暗になっているだろう。

英彦はスロットル・レバーを前に押して速度をあげた。

帰途の見張りは、上方と前方だけでなく、うしろにも注意を払わねばならない。とくにうしろ下方があぶない。上体をねじって見るだけでなく、ときどき機体をかたむけて、左右のうしろ下方をよく見張る必要がある。

また対空砲陣地の上を通る。往《い》きのときとちがって、左右に黒煙の花が咲く。今度の砲火は正確だった。信管の作動時間を調整して、こちらの機の高度に合わせたようだ。

当たるものかと思いつつも、たまらず上昇した。

対空砲陣地を通過すると、はるか下方にムーズ川が光る太い線となって見えてくる。あそこを越えれば、まず安心だ。

そのとき、左後方に黒い点を見つけた。

いや、最初は見えたというより、空の一部分に違和感を感じた程度だった。だが注意して凝視していると、白い雲を背景にして、はっきりと黒い影が見えた。

「敵機、左後方、距離五千！」

英彦はクーディエ中尉に叫んだ。中尉は了解したというように手をあげ、それから地図と地上を交互に見比べた。

「このまま逃げ切れ。ムーズ川まであと五キロだ」

「了解」

敵機はおそらく軽快なフォッカーだろう。戦うとなると、二人乗りで鈍重なヴォワザンV型機では分が悪い。英彦はスロットル・レバーをいっぱいに開き、全速を出した。

だが最高でも百キロちょっとしか出ないヴォワザンV型機に対して、フォッカーは百四十キロ以上も出る。みるみるうちに機影が大きくなる。

「どうします。戦いますか」

上体をうしろ向きにねじって、迫ってくるフォッカーをじっと見ているクーディエ中尉のひげ面に、英彦は問いかけた。フランス軍の支配地に入ったからといって、敵が追いかけるのをやめるとは限らない。

敵のフォッカーに迫られたときの応手は、以前から考えていたが、昨夜、あらためて考え直し、いくつかの策を立てていた。くるならこい、と思っている。

しかしクーディエ中尉は首をふった。

「いや、この任務は偵察だ。基地に四十二センチ砲のありかを報告しなければならん。なんとか振り切れ」

「了解」

そんなやりとりをしているうちに、ヴォワザンV型機はムーズ川を越えた。スピードを出すために降下しながら、一目散に飛行場をめざす。

後方を見ていると、フォッカーとおぼしき敵機はムーズ川の手前でゆっくりと左傾し、宙に大きな円を描きはじめた。しばらくして機体が水平にもどると、進行方向は百八十度変わっていた。

ドイツ領内に去ってゆくフォッカーを見ながら、英彦はほっとしていた。

無事に着陸すると、偵察の成果を報告するため、クーディエ中尉は司令室へ駆け出した。

英彦はメカニシアンとともに機体を格納庫まで押してゆき、その中で機体を点検した。

「ああ、ここに穴が」

とメカニシアンが言う。見ると尾翼に直径三センチほどの穴がふたつあいていた。機関銃弾が突き抜けたのだ。

穴の周囲を調べたメカニシアンが口笛を吹き、言った。

「あと少し後方を撃たれていたら、昇降舵が壊れていた。少尉は運がいい」

英彦はその穴を見つつ、返答した。

「大丈夫だ。昇降舵が使えなくなったときの操縦方法だってある」

そのくらいで墜落してたまるか、と思っていた。メカニシアンは肩をすくめて、

「ああ、その意気ですよ。とにかくピロットには生きて帰ってもらわなきゃ」

と言ったが、顔は呆れ顔になっていた。

地上の激戦に比例するように、ヴェルダン上空では敵味方の多くの飛行機が舞ったが、ここでフランス軍飛行隊は、ドイツ軍のフォッカーEⅢ型機に痛撃をくらった。

フォッカーEⅢ型機は、単葉一人乗りの小型機である。操縦席の前に支柱をたてて主翼を吊っているその姿は旧式で、とても強力な兵器には見えない。

実際、主翼に補助翼をもたず、旋回するには主翼端を張線で吊り上げて撓《たわ》めるという古い方式を採用しているので、軽量で速いという利点はあれど、旋回性能はさほどでもなかった。

しかしその機体が昨年夏ごろから、英仏軍の飛行機を襲ってはばたばたと撃ち落としていった。被害のあまりの大きさに、英国の新聞が「フォッカーの懲罰」と書き立てるほどだった。

フォッカーEⅢ型機のこの活躍は、同調機構つき機関銃という新兵器による。

それは機首にとりつけられた機関銃が発動機と同調していて、プロペラが銃口の前にない時にだけ弾を発射する、という機構である。

この機構をそなえた機体では、操縦士は目の前の機関銃を操作するので、狙いが正確になり、命中率が一気に高まる。

狙われる側から見れば、回転するプロペラを透かして機関銃弾が雨あられと飛んでくるので、おどろいてしまう。

同調機構の登場以前には、プロペラを避けて主翼の上に機関銃をつけ、操縦席から狙いをつけて撃っていたが、照準がつけにくく、命中率は高くなかった。

ついでフランス軍のテスト飛行士がプロペラに鉄の防護板をつけて、そのうしろから機関銃を撃つ、という仕組みを発明した。プロペラに機関銃弾が当たったときは防護板がはね除《の》けるので、プロペラは無事、飛行に支障はないという理屈である。

これはある程度成功し、ドイツ軍に脅威となった。

そして墜落したフランス軍機を調べてこれを知ったドイツ軍が、さらに改良を重ねて同調機構を造りあげたのだ。

小型で快速の機体に命中率のいい機関銃がついたので、いまやフォッカーEⅢは空中戦で無敵の強さを発揮している。

今日は追いかけられただけですんだが、いずれフォッカーと戦わねばならないだろう、と英彦は覚悟していた。

四

翌日、英彦はまたクーディエ中尉をヴォワザンV型機に乗せて飛び立った。

昨日発見した四十二センチ砲に対しておこなわれた味方の砲撃が、成果をあげたかどうかを観測するためである。

青空は見えているが雲は多い。雲量五、と英彦は見た。とくに東のほうには雲が多いが、雲底は二千メートル程度だ。風は北西微風。天気図を見ると近くに前線はなく、飛行に支障はない。

「よし、このまままっすぐ東だ」

クーディエ中尉が前席から指図する。昨日、砲火をあびた対空砲陣地を迂回するために南に大回りしたのち、四十二センチ砲があった陣地に向かった。

英彦は前方と上方の見張りをつづけている。今日は雲が多いだけに、見張りも緊張を強いられる。

「降下せよ。高度千メートル」

クーディエ中尉が手で合図し、怒鳴る。いよいよ四十二センチ砲の陣地上空だ。

機体の上空二百メートルほどのところでいくつも黒煙があがる。対空砲火だ。それを見つつ降下してゆく。前席のクーディエ中尉は、操縦席の横につけたカメラをじっとのぞき込んでいる。

「もっと下がれ。もっとだ」

中尉の手振りにうながされ、さらに降下する。高度八百、七百……。

前方にぱっと黒煙の花が咲く。対空砲火が近くなっている。高度五百まで下がった。

今度は機関銃弾が飛んでくる。それも一丁や二丁の機関銃ではない。機体が射線にはさまれる。

写真を撮り終えた中尉は、今度は爆撃のレバーに手をかける。少し右、という指示に、英彦は慎重にしたがう。

「投下！」

中尉が叫び、レバーを操作した。爆弾が落ちてゆく。

「よし、上がれ」

クーディエ中尉が怒鳴る。英彦は操縦桿を引いて機首を起こすと同時にスロットル・レバーを開き、背後の発動機を目いっぱいに回して急速上昇する。

クーディエ中尉は体を半分、機体から乗り出して地上を見下ろし、砲撃と爆撃の成果を検分している。さらに何枚か写真を撮った。

高度を二千八百にあげたころには、敵の陣地からも離れ、対空砲火も飛んでこなくなった。

「破壊は完全じゃない。さらに砲撃が必要だ」

中尉が怒鳴る。四十二センチ砲は損害を受けてはいるが、補修がほどこされて生き返りつつあるという。

ならば一刻も早く基地に帰って報告しなければならない。

風は弱いが、それでも向かい風だけに、あせっても速度はあがらない。おまけに境界線近くの高射砲陣地を避けて飛んでいるので、大回りになっている。後方を気にしつつ、帰路を急ぐ。

あいかわらず雲は多いが、いまは上方よりも下方が気になる。敵機が追ってくるなら、うしろ下方から追ってくるはずだ。

しばらく飛ぶと、やはり後方から黒い点が追ってきた。ぐんぐん近づいてくる。クーディエ中尉に知らせた。

「逃げ切れ。もうすぐムーズ川だ！」

昨日とおなじ反応だ。もちろん無事に帰り着けるのなら、それがいいに決まっている。

速度はゆるめず、前進をつづけた。

だが敵機のほうが速い。このままでは追いつかれる。

「ムーズ川を越えたぞ」

クーディエ中尉が笑顔で叫ぶ。しかし今日の敵は引き返す気配がない。平気で追ってくる。とうとう後方数百メートルまで迫られてしまった。

クーディエ中尉は機関銃を点検し、銃把をにぎった。回れ、と手で指図する。旋回して、正面を向いて撃ち合おうというのだ。

英彦は首をふった。

「もう遅すぎる。いまから旋回を始めたなら、横腹を敵の銃口にさらすことになる」

「じゃあ、どうするというんだ」

「ちょっとだまっててほしい」

英彦は後方に注意を払いつつ、全速で飛んでいる。前方でクーディエ中尉がわめくが、耳に入らない。

これから敵機と戦うと思うと、全身の血が沸騰する感じがした。

迫ってくる敵機は単葉で一人乗り、操縦席の前に支柱をたて、主翼を支線で吊っている。フォッカーEⅢ型だ。操縦手は飛行帽に飛行眼鏡をかけているので、表情はわからない。

英彦は操縦桿を手にしたまま、首をねじって後方を見ている。フォッカーの操縦手が目の前にある機関銃に手をかけるのが見えた。そして身を沈めた。照準器をのぞきこむためだろう。その距離、百メートル。

とっさに英彦はスロットル・レバーを閉じた。速度をうんと落としたのだ。全速のままのフォッカーがみるみる迫ってきて、間合いがうんと詰まった。

フォッカーの操縦手が白い歯を見せた。

英彦はすかさず左に旋回し、さらに急降下した。ほとんど同時にフォッカーの機関銃が火を噴いた。

機の右側を機関銃弾が通過してゆく。機体は回転しつつさらに降下する。機体が震えるのが感じられる。クーディエ中尉が「ふわっ、なんだなんだ」と騒ぐが、英彦は取りあわない。

ほぼ失速状態となり、あわや錐《きり》もみをしつつ地上に落下、となる寸前にスロットル・レバーを全開にし、操縦桿を中立にした。すると推進力を得た機体は持ちなおし、水平飛行にもどった。ついで操縦桿を引き、上昇する。

「上だ、上。敵機が上に」

英彦はクーディエ中尉の肩をたたき、上方を指さした。

フォッカーが前上方を飛んでいる。

急に速度を落として降下した英彦の機の上方を、減速できずに通りすぎていったのだ。

中隊に配属後、先輩の操縦士に教えてもらった空中戦闘術のひとつである。

「そういう戦法なら先に言え！　びっくりするだろうが！」

クーディエ中尉はそう吐き捨てると機関銃をとりなおし、フォッカーを狙って撃った。

フォッカーは左に旋回して逃れようとする。負けじと英彦も左に回る。視力のいい英彦にはフォッカーの操縦士の手さばきが見えるから、フォッカーがどちらへ動くかが事前にわかり、楽々と追従できた。

そのあいだもクーディエ中尉は機関銃を撃ちつづけている。弾がフォッカーの尾翼のあたりに吸い込まれてゆく。ぱっと破片が散るのが見えた。

フォッカーは旋回を終えると、降下しながらすばやく離れていった。ドイツ軍の支配領域のほうへ飛んでゆく。

見ていると、フォッカーは左右にゆれていた。さっきの銃撃で尾翼が傷ついたか、操縦系統が破壊されたか、どちらかだろう。いまごろ操縦手は、なんとか味方の支配領域まで飛んでから不時着しようと、あせっているのではないか。

とどめを刺したかったが、速度にまさるフォッカーに追いつけるものではない。

「基地に帰ろう。あちらだ。十時の方向」

クーディエ中尉に言われて、英彦は操縦桿をかたむけた。気持ちは高揚していた。おなじ敵機との対戦でも、青島の時とは比べものにならないほど緊迫していたからだ。これこそまことの空中戦だ。

着陸すると、昨日とおなじようにクーディエ中尉は司令部に駆けだし、英彦はメカニシアンと機体を点検した。尾翼にふたつ、右主翼に五つの穴があいていた。

「よくご無事で」

と言われたが、偵察機が銃撃を受けるのはよくあることなので、その場はそれだけで終わった。

さわぎが起きたのは、クーディエ中尉が「今日はフォッカーを撃墜したかもしれない」と申告したからだった。

偵察爆撃機のヴォワザンV型機で追撃機（戦闘機）のフォッカーを撃墜したとなれば、馬が狼《おおかみ》を蹴り殺したようなものだ。飛行中隊でも滅多にないことだった。

「あいつは度胸があるし、腕はもちろん、目がいいから敵の銃撃も寸前でかわせる。なかなか得がたいピロットだ」

とクーディエ中尉が英彦を評していたと伝わってきた。出会いの時から考えれば、かなり出世したものだ。

しかし撃墜の認定は厳密に行われることになっていて、他機の操縦者が証人になるか、あるいは味方の地上部隊の証明が必要になる。そのため今回は撃墜とは認定されなかったが、部隊の中でしばらく話題になり、英彦は仲間から一目置かれるようになった。

五

雲の上に太陽が顔を出すと、紫色だった東の空が赤く染まった。

基地を離陸してから一時間あまり。ようやく地上の姿がうっすらと確認できるようになってきた。

英彦はクーディエ中尉をのせて、二機編隊の右側を飛んでいた。こちらは第二小隊で、さらに先を第一小隊の二機が飛んでいる。

先頭を飛ぶ中隊長のメナール大尉は、ここまで磁気コンパスだけを頼りに方角を決めてきたはずだから、地上が見えてさぞほっとしていることだろう。

案の定、進路を修正するようだ。翼をふって合図している。

しばらくして四機のヴォワザンV型機は、二時の方向に進路を変えた。めざすはティオンビル市郊外——ヴェルダンから東に約七十キロ、ドイツ軍に占領されている——の駅と、その構内に積まれているはずのドイツ軍の弾薬や食料である。

夜明け前に飛行場を出発したので、そろそろ着くはずだ。闇夜にまぎれて敵領内に侵入し、明るくなると同時に爆撃して焼き払ってしまおうという作戦である。

当初は中隊のうちの二小隊六機が出撃するはずだったが、第一小隊の一機が発動機の不調で飛べず、さらに出発直後、第二小隊の一機の発動機が止まり、基地の近くに不時着した。そのため四機での爆撃行となっていた。

線路をたどってゆくと、駅は簡単に見つかった。

まずは中隊長機が高度を下げ、突っ込んでゆく。第一小隊の残りの一機があとにつづく。空襲に気づいた敵陣から、機関銃弾が飛んでくる。

曳光弾が示す射線に気をつけながら、英彦は最後の一機として爆弾を落とした。

駅構内とその周辺で、つぎつぎと爆発が起きた。衝撃波が広がり、土砂が飛び、貨車がひっくり返るのが見えた。

「当たっていないぞ。銃撃してやるか」

前席のクーディエ中尉が怒鳴る。地上では火災が起きているが、倉庫とおぼしき建物は無事のようだ。

そのとき、目の端に黒煙が見えた。

はっとしてふり向くと、仲間の一機が発動機から炎と煙を噴き出しつつ、下降してゆくところだった。

「ドーラだ！」

クーディエ中尉が叫ぶ。おなじ小隊の同僚である。

ドーラ中尉の機は対空砲火の中を煙を引きながら滑空していたが、あえぐように小さく右旋回したところで、上の主翼が折れた。一瞬、空中に止まったように見えたが、そこから機首を下に向けると、錐もみしながら鋭い放物線を描いて落ちていった。

「ちくしょう、仇《あだ》をとってやる。下降しろ。倉庫を銃撃する」

機関銃をかまえた中尉が命ずるが、英彦はかまわず機首をあげ、上昇にうつった。

「なにをする。命令に逆らうか！」

中尉の言葉に、英彦は首をふった。

「命令に逆らっているのはあんただ。中隊長が帰投すると合図している。それに」

はっとして中隊長機を見上げた中尉が、いまいましそうな顔を自分のほうへもどすのを待ってから、英彦は付け加えた。

「弾丸はとっておいたほうがいい。無事に帰るためにも」

すでに陽《ひ》は出ている。早朝の空は天まで突き抜けるような快晴だった。雲は地平線のあたりにわずかに見えるだけだ。

「敵機に出会わずに帰投できるとしたら、それは大きな幸運でしょうな」

視程は十キロ以上あり、空中で獲物を見つけるには最適な環境である。

高度を三千メートルまであげて、三機の編隊は西へ向かう。

英彦は注意深く見張りをしていた。前と横はもちろん、ときどき機体をかたむけてうしろ下方も見た。敵機がくるとすれば、この方向からだろうと思っている。

三十分も飛んだだろうか。敵機の姿は見えない。

「敵さんも朝は苦手のようだな」

とクーディエ中尉は疲れた顔で言う。

「だといいんですがねえ」

夜中に出発したこともあり、英彦も疲れを感じていた。気流も安定していて、操縦桿をわずかに動かすだけで操縦できるのも、眠気をさそう。

だが見張りは怠らない。近づいてくる敵機を早めに見つけられなければ、あっという間に危機に陥るからだ。

まずは左前方から始め、ついで正面、右前方ときて右横を見る。さらに右うしろからぐるっとまわって左前方までもどってくる。そして右下、左下も見る。これを何度も繰り返す。

単調な作業だが、命がかかっているからおろそかにはできない。

ここまで敵機の姿はない。早朝の奇襲は成功したようだ。

少し雲が見えるようになってきたが、高層の巻雲で、飛行に支障はない。太陽はあいかわらず旺盛に輝いている。あと十分ほどで飛行場が見えてくるはずだ。

どうやら敵の追撃をうけずにすんだ。ほっとしてゴーグルをはずして目頭をもんだ。

そのとき、虫の羽音が聞こえた。いや、羽音ではない。が、うしろで回転している発動機とは明らかにちがう音だ。

英彦は頭をあげ、前方と左右を見まわした。何もない。だが羽音はまだ聞こえる。

「うしろだ！」

体をねじってうしろを見て、びっくりした。

フォッカーがうしろ上方から突っ込んでくる。いまやその距離、二百メートルほど。

さっきまで見張りをしていたのに、なぜこれほど近づかれるまで気づかなかったのか。

動揺したが、考えるより先に手が動いた。すぐ左に横転しながら下降にかかった。この動きは横すべりをともなうので、敵は狙いがつけにくくなる。

「敵だ、敵がすぐそこに！」

急な動きにおどろいてふり返ったクーディエ中尉に怒鳴り、さらに下降する。戦術も何もあったものではなかった。とにかくフォッカーから離れねばならない。

下降しながら、周囲を見まわした。フォッカーはどこだ。まだうしろについているのか。それとも上か。

だがうしろにも上にもフォッカーは見当たらなかった。ならば下か！　操縦席から身を乗り出し、下方を見たときだった。

「ファビアンだ。ファビアンがやられた！」

クーディエ中尉が叫び、右下方を指でさしている。

ヴォワザンV型機が機首を下にして落ちてゆくのが見えた。第一小隊の若手で、英彦の前を飛んでいたファビアン少尉が操縦する機だ。機体からは火も煙も出ていないから、操縦手が撃たれ、操縦不能になったのだろう。

フォッカーはと探すと、ファビアン機の前方数百メートル先にいた。低空から上昇にかかったところだった。

「くるか、こっちへくるか」

上昇後にこちらへ来たら空中戦になる。鈍重なこちらは分が悪いが、うまくすれば機関銃の一連射ぐらいは浴びせられるだろう。英彦はフォッカーのほうへ機首を向け、あわよくばうしろをとろうとして速度をあげた。

だがフォッカーは来なかった。上昇をつづけて、高空の彼方《かなた》へ消えてしまった。

結局、基地に帰り着いたのは、中隊長機と英彦の機だけだった。

　さっそくファビアン機の安否を確かめようと、落下したと思われる地帯の近くにいる部隊へ問い合わせを発したが、返事がくるかどうかは微妙だった。ドーラ機についてはは確かめようもない。二機に搭乗していた四名は、おそらく戦死しただろう。

　出発直後に不時着した一機は、メカニシアンが自動車で駆けつけて修理しているとのことだった。

　中隊は沈鬱な雰囲気につつまれた。二機の機体と四名の搭乗員を失った。そして二機は故障中だ。

「だが、これが戦争の日常だ」

　とクーディエ中尉は言う。

　今日のように一度に何機も失うことは珍しいが、それでも故障や戦闘で、いつの間にか機体も搭乗員も失われてゆく。やがて補充があり、新しい機体がきて、搭乗員の顔ぶれも変わる。

「この中隊も、ずいぶん変わった。部隊ができてから変わらない搭乗員は、おれと中隊長ぐらいだ。ほかは死んだり行方不明になったり、墜落して怪我をして去っていったさ。飛行隊は、どこもそんなもんだ」

　英彦はうなずきながら聞いている。飛行学校にいるころから、そんな状況にはうすうす気がついていたし、覚悟の上でもあった。

「それにしても……、あのフォッカー、どこから来たんだろう」

ぽつりとつぶやいたのは、あまりにも気になっていたからだ。疲れてはいたが、見張りは怠っていなかった。なのになぜ見つけられなかったのか、不思議だった。

「ああ？　あれか。たぶん太陽に隠れていたんだろう。われわれは、ちょうど太陽を背にして飛んでいたからな」

クーディエ中尉に言われて、あっと思った。

――そんな手があったのか。

あのフォッカーは、昇りつつある太陽と英彦たちのあいだに位置するように高度をとり、太陽の輝きを隠《かく》れ蓑《みの》にして追いかけてきたのだ。

たしかに太陽の周辺は見にくい。小さな点にしか見えない飛行機など、いくら英彦の自慢の視力で見張っても、とても発見できない。

フォッカーは十分に距離を縮めてから急上昇すると、上方から急降下で襲いかかって、機関銃の一撃でファビアン機に致命傷を与えた。そしてそのまま下降すると、残りの二機には目もくれず――もはや不意打ちで簡単に落とせないのはわかっていたからだろう――、去っていったのだ。

油断も隙もない。大変な世界だとあらためて思った。

だが恐いとは感じなかった。むしろそんな厳しい世界にいる自分に、満足感と誇りさえ感じるのだった。

――はは、おれはおかしいのかもしれんな。

文字通り命がけで飛ぶ毎日だが、それだけに退屈とは無縁だ。これを求めて日本を離れたのだと思った。

そこまで考えると、昼食をしらせる鐘が鳴った。もう正午すぎだ。途端に空腹を感じ、英彦は食堂へ足を向けた。

六

六月初めの夕刻、軍服姿の英彦はパリの東駅にいた。

入隊以来、二十回の出撃をこなしたご褒美として、三日間の特別休暇を与えられた。そこで早朝に基地を出て、パリ行きの汽車に乗ったのだ。

駅から、教えられていた番号に電話した。

日本商社のパリ支店が出た。ムッシュー・ヤナギダを、と言うと、しばらくしてなつかしい声が聞こえてきた。

「おお、いまパリですか。ちょうどいい。今晩、うちに来ませんか。何もありませんが、別の客もくるので、牛鍋の用意をしています。日本食が恋しくなったころでしょう。醤油の香りで一杯やりましょう」

「それはありがたい。ではお言葉に甘えます」

渡仏の客船で出会った商社員は、歓迎してくれるという。田川にも連絡してみようと思っていたが、あとまわしにすることにした。

駅に近いホテルに部屋を確保して荷物をおいたあと、道端の屋台で売っていたアーティーチョークを土産として買い、タクシーで柳田のアパルトマンをたずねた。

商社員は羽振りがよいらしく、クレベール通りという凱旋門に近く繁華な地域に住んでいた。石造り五階建ての二階だったが、重厚な扉だけでも、英彦がしばらく住んでいた安下宿とは比べものにならない高級な感じだった。

「やあ、いらっしゃい。どうぞ中へ」

柳田はにこやかに迎えてくれた。土産ものを渡すと、

「これはこれは。アーティーチョークですか。いまが旬ですな。いただきましょう。おーいフサエ、ちょっと来てくれ」

柳田が声をかけると、奥から若い女が出てきた。

背は高いほうだろう。卵形のつるりとした輪郭に大きな目。鼻が高く、聡明《そうめい》そうな顔立ちである。ただいくらか冷たい感じがする。柳田の妻かと思っていると、

「妹ですよ。ちょうどこちらに来ていましてね」

柳田が軽い調子で言う。

「これ、土産にもらった。ゆでてくれ。ああ、こちら、錦織中尉さんだ」

紹介されて、英彦は訂正した。

「ああ、いや、日本では在郷中尉ですが、フランスでは少尉です。初めまして、よろしく」

「大変なお方だ。なにしろ日本の陸軍をやめて、戦うためにフランスへ来たんだからな」

「というか、飛行機に乗るためですがね。それには軍が一番なんで」

「まあ、そうなんですか」

口先ではおどろいたようだったが、フサエの表情は動かなかった。どうやら飛行機にも英彦にも、あまり関心はないようだ。それにしても、駐在員の妻でもないのになぜ戦時下のパリにいるのか、ちょっと不思議だった。

案内された広い部屋の六角形の黒光りするテーブルの上に、牛鍋らしき料理が出ていた。

すなわち、鉄鍋の中に薄切りの肉と葱《ねぎ》が煮えている。醬油のなつかしい匂いがした。酒は日本酒ではなくワイン。豆腐もしらたきもないが、それでも故郷の料理に飢えた身には、十分すぎるご馳走《ちそう》である。

フサエはアーティーチョークをゆでるために台所に引っ込んだ。

「それにしても戦争中のパリにいるとは、失礼ですが、妹さんは音楽か美術を勉強されているのですか」

英彦の疑問への柳田の答は、意外なものだった。

「いや、フサエは看護婦でしてね。日赤がパリに病院を作ったでしょう。そこに来たのですよ。わざわざ志願してね。まったく、じゃじゃ馬で困る」

ああ、と英彦は声を出した。パリに日赤病院ができたことは、田川から聞いていた。看護婦、病院。それでパリか。なるほど。

フサエに看護される自分の姿を一瞬、思い描いた。だがあの冷たい感じでは、親身な看病はしてもらえそうにないと思った。不調を訴えたところで「それくらい辛抱しなさい」と一喝されそうだ。じゃじゃ馬というより、勇み肌の姉御といった印象だった。

「どうですか、戦況は」

柳田がたずねる。

「いいとはいえませんね。とくに空では……。ドイツ軍の新兵器の前に、フランス軍は押されています」

「ほう、新兵器とは」

柳田は身を乗り出してきた。英彦は同調機構つきの機関銃について説明した。

「へえ、そんなものが。それは、フランスでは造れないのですか」

「いや、もう仕組みはわかっていますから、新しい飛行機には取りつけられるようです。そいつが軍の中に行き渡るには、まだ時間がかかるでしょうが」

「ふうん。造るとしたら、どこの会社ですかね」

妙なことを訊くものだと思ったが、別に惜しむこともないので、知っている限りのことを答えた。

「やるとすれば牽引《けんいん》式の飛行機、つまり発動機とプロペラが機首にある型の飛行機を造っている会社でしょう。モラーヌ・ソルニエ、ニューポール、サルムソンなどがそうです」

「ははあ、ニューポール社か。うちであつかえないかな」

商社員にとっては、戦争も商売の種になるらしい。

「日本には、まだないのでしょうね」

「くわしくは知りませんが、たぶんないでしょうね。飛行機は日進月歩で進化しています。日本は、とてもついていけません」

そもそも機数がちがう、と英彦はつづけた。英彦が日本を出る前には、日本陸軍の飛行機は合わせて十機もあったかどうか。いまもさほど変わっていないだろう。だがフランス陸軍は、いまや数百機の飛行機を有している。ドイツ、イギリスもおなじ程度はもっているだろう。

「だから、その差は開くばかりですよ」

と説明したが、柳田は飛行機に興味をもったようだった。そこから空中戦の話になった。

「いやあ、飛行機に乗って空を飛ぶことすら不思議なのに、空中で撃ち合うなんて、想像もできないな。どんな感じなんですか」

と柳田が直截《ちょくせつ》な問いを発する。英彦はとまどいながら答えた。

「まあ、空を飛ぶことは快適なんですが、機関銃で撃たれるのは快適とは言えないかな」

　ははは、と笑いがもれる。

「いまは操縦席の前に機関銃がありますからね、機体そのものが空飛ぶ機関銃座といったところなんですよ」

「ほほう」

「そんな機体をあやつってうまく飛び、敵機を射程に入れ、照準をさだめて引き金を引くのですが、敵もさるもので、なかなか射程に入ってくれない。そこで急降下したり旋回したりして敵の意表をつき、あるいは強引に射程に入れて機関銃を撃つのですが、そこまでがむずかしい」

「そりゃあそうでしょうな」

「敵もおなじことを考えていますから、敵の方が腕前が上だと、こちらが撃つどころか、争ったあげくに撃たれてしまう。すると飛行機には弾よけになるものが何もない。ピロットは鉄兜すらかぶっていないし、機体は燃料タンクやら発動機やら、銃撃に弱いところばかりだ。やられたら終わりです」

「終わり、ですか」

「ええ。たとえ自分の体に銃弾が当たらなくても、発動機を撃ち抜かれれば飛べなくなり、墜落するほかはないし、燃料タンクに当たれば火災が起きる。飛行機は木と布でできていますからね、高度二千メートルで火事になれば、燃える機体にとどまって焼け死ぬか、飛び降りて墜落死するか、どちらかを選ぶしかなくなる」

「うむ。飛行機は攻撃力は強大だが、防御力は皆無、といったところですか。そんなのに乗って戦っておられる」

柳田は感心したように言った。

「いやいや、話が先になってしまった。どうぞ召し上がってください。ワインもいかがですか。よろしければ白いご飯も炊けてます」

グラスにワインを満たされたところで、

「フサエ、もういいからこっちへ来なさい。一杯やろう」

と柳田が台所に声をかけた。フサエが返事をして、前掛けで手を拭きながらやってきた。

「アーティーチョーク、もう少しでゆであがるわ。おいしそうね」

と言う声は低いが女性らしい色香があって、英彦はフサエへの評価を少し好ましいほうへ訂正した。勇み肌の姉御ではなく、おきゃんな娘といったところか。

そう思いつつ三人で乾杯したあと、

「病院は、大変ですか」

と英彦は問いかけた。

「ええ……。ほとんど外科的処置で、しかも重傷の患者さんが多くて。両手両足がちぎれた患者さんなんて、初めて見ましたわ。火炎放射器で上半身を焼かれた人もいたし、毒ガスにやられた兵隊さんなんて、処置のしようもないですし」

「フランスの歩兵も、損耗がひどいようですからね。ヴェルダンでも、後送される負傷者で道路が混雑しているとか。正確な数はわかりませんが、死傷者は十万を超えていると、もっぱらのうわさですよ」

「つぎつぎに送られてくる手足のもげた患者さんや、毒ガスで苦しむ患者さんに、最初のうちは圧倒されていましたけど、もう慣れました」

「いろいろあるだろうけど、食卓の話題にゃふさわしくないみたいだな」

柳田が口をはさむ。フサエはうなずき、口を閉じた。柳田がつづける。

「しかし戦況がよくないとなると、うちもパリから引っ越しを考えないといけないかな」

「どうですかね。ドイツもそこまで勢いはないようですし、まだしばらく戦線は膠着《こうちゃく》したままでしょう」

「パリで仕事は、けっこうあるんですよ。戦争はたくさんの物を消費しますから、日本から物をもってくればいくらでも売れる。うちはこう見えても、フランスにも物資補給で貢献しているのですよ。海軍力に秀でるイギリスが味方だけに、海路を確保しているから、船便が健在なのがありがたい」

柳田は、支店の中でかなりの地位にあるようで、商社の仕事を雄弁に語り始めた。

そのあいだフサエは静かに牛鍋をつつき、柳田のグラスにワインを注ぎ、台所へ行っては鍋の火加減をみて、とこまめに動いている。

「さあ、ゆであがりましたよ」

とフサエが台所から皿に盛ったアーティーチョークをもってきた。

「軍隊でもアーティーチョークなんて食べられるんですか。さすが美食の国、フランスだな」

「いや、部隊の食事はお粗末なもんです。葱とじゃがいものスープが出るとほっとするくらいで。正直な話、こいつを食べるのは初めてです。珍しいんで買ってみたんですよ」

「まあ、そうなんですか。じつはあたしも初めて。兄は口が奢《おご》っているから、いくらでも食べているでしょうけど」

フサエが明るい笑みを見せた。

「じゃあ初心者に見本を示しますか。こいつを食べるのは、なかなか手間でしてね」

柳田は鎧《よろい》のような萼《がく》をむしり始めた。

「ふだんの食事はどうされているのですか」

柳田にならって萼をむしりながら、英彦はフサエに問いかけた。

「病院のあるホテルに寝泊まりして、食事は三食ホテルの食堂で食べます。日本からお米をもってきたんですが、もうなくなって、いまは毎日洋食ですから、胸につかえるときもあります」

「こちらも朝は硬いバゲット（パン）にカフェオレだけ、昼と夜はそば粉のパンケーキ、得体の知れない肉、臭いのきついチーズ、塩辛いスープ、潰したじゃがいも。そんなのが毎日つづく。いやになりますよ」

「でしょうね。だからあたし、ときどき兄にねだって、お米を食べさせてもらうんです」

「ははあ、いい兄さんですね」

そういえば日赤病院もこの近くだな、と思い出した。

「あなたもそうなさったら」

フサエがにっこりと微笑んだ。この女はどうやら冷たいばかりでもないようだ、と英彦は思った。評価の針がまた好ましい方向へ少し動く。

「それより、看護婦さんとなると、フサエさんに私がお世話になる可能性のほうが高いと思っていますよ。日本人だから、怪我をしたら日赤病院に運び込まれるんじゃないかな」

英彦が言うとフサエは、

「ああ、どうでしょうか。日赤は、そろそろ引き揚げますので……」

と首をかしげながら言った。なんでも、日本赤十字社の医療援護班は当初、五カ月間の滞在予定でパリにきたのだそうだ。当時はそれくらいで戦争も終わると思われていたのだろう。

しかし戦争は長引き、フランス当局から二度も期間延長を要望された。それを受けて、いまでは滞在が一年半にもおよぶ。三度目の延長も頼まれているが、さすがに断って帰国する流れになっているとか。

「期間満了で引き揚げとなれば、医療班は来月にはパリを離れます」

「ははあ、そりゃ残念だ」

「ええ、でも、あたしはパリに残ろうと思っています」

ひとりパリに残って、こちらの病院につとめるつもりでいる、とフサエは言う。

「ま、ヨーロッパの看護術の習得のため、というのですがね、まったくわがままなやつで」

と柳田。フサエは笑みも浮かべずに言う。

「サン・ルイ病院といって、この近くです。外科もありますから、もし万が一の場合は、どうぞ」

と言われても喜べないが、まさかの時に医療者の知り合いは貴重だと思い、サン・ルイ病院という名は記憶に留めておいた。

そのあとも柳田はさかんにワインを飲みつつ、フランス軍の戦い方やドイツ軍の状況を質問してきた。どうやら商社員として情報を得たいらしい。

英彦は、軍の機密に属する部隊の動静をのぞいて、知っているかぎりのことを話した。といっても、将校同士での会話から得た知識だから、今晩のお礼としたら安いものである。

夜が更け、満腹した英彦が別れを告げるころには、柳田も酔いつぶれかけていた。

「フサエ、タクシーを呼んであげなさい。それとな、いくらいい男だからといって、少尉さんには惚《ほ》れるなよ。飛行機乗りだからな、命が……」

そのあとは聞こえなかった。英彦は礼をのべてアパルトマンを辞し、タクシーが来るはずの通りへ出た。

七

基地の宿舎で寝ていた英彦は、無遠慮に鳴り響く不吉な警報に起こされた。

ベッドから出てカーテンをあけ、目をこすりつつ窓の外を見れば、空は暗くて濃い紺色で、ポールの上の吹き流しは垂れ下がっている。地上を走る人影が、やっと見分けられるほどの薄明かりだ。

「総員起床。搭乗員はただちに集合せよ」

と拡声器が呼ばわる。

「また空襲か」

先日、ドイツ機が昼間にきて爆弾を落としていった。ここに飛行場があると、ドイツ側にばれたらしい。

六月も半ばになるが、ヴェルダンの戦いはドイツ軍に押され気味のままだった。先日、ヴォー堡塁も落ち、ドイツ軍はヴェルダン市街まであと数キロのところまで迫っている。

だがフランス軍も必死に踏ん張っていて、市街の手前でドイツ軍を釘付《くぎづ》けにしていた。

その分、ドイツ軍の砲兵と飛行機の活動がさかんとなり、空襲もふえていた。フランス軍も応じて、空中での交戦も多くなっている。

英彦は飛行服を着て、控え室兼会議室へ急いだ。

「前線から連絡があった。大型の飛行機が五機、こちらへ向かっているそうだ。ドイツの爆撃機と思われる。これを迎撃する」

当直の司令官が、勢ぞろいした搭乗員たちに告げる。そのあいだに各自に熱いコーヒーが配られる。

「連絡してきたのは、タヴァンヌ堡塁の見張りだ。四時二十五分に上空を通過したというから、ここへ来るのは四時四十五分ごろだろう」

いまは四時三十分。あと十五分しかない。

「最初にN20中隊が離陸せよ。V18中隊はそのあとだ。敵の高度は二千とのことだが、見張りの報告はあてにはならん。N20中隊はできるだけ高度を稼いで待ち受けろ。V18中隊はその下を警戒せよ。よし、行け」

搭乗員たちは駆けだした。

滑走路では、格納庫から引き出した飛行機を整備員たちが点検している。

N20中隊のニューポール機——一人乗りの追撃機——がつぎつぎに飛び立ってゆく。

英彦はいつも通りに、しかし急いでヴォワザンV型機の機体を点検した。操縦席に乗りこみ、補助翼と昇降舵を動かしてみる。問題はない。燃料もオイルも入っている。

「ま、今日は追撃機野郎のお手並み拝見だな」

前席に乗るクーディエ中尉が、機関銃を点検しつつ言う。たしかに敵機を迎え撃つなら、空中戦の専門家の追撃機が適任だ。

「おれたちの出番は、まずないだろうよ。敵の大型の飛行機とは……」

発動機の爆音が、クーディエ中尉の言葉をかき消してゆく。

離陸した。

地上はまだ薄暗いが、上空は明るくなっている。その明かりにむかって上昇をつづける。

上空を見張りつつ、英彦は今日の戦い方を考えてみた。

敵の大型の飛行機というと、ゴーダだろうか。であれば高空からたくさんの爆弾を落としてくる。高度は二千どころか四千、五千かもしれない。

すると出番はなさそうだ。なにしろこのヴォワザンV型機で高度三千まで昇ろうとすると二十分はかかる。そしてそれ以上は昇れない。高空で気圧が低くなると、発動機が悲鳴をあげるのだ。

先に離陸したニューポール機六機はさすがに速く、もう上空で黒い点になっている。そして小隊の僚機はうしろに一機。失われた一機の補充はいまだない。

高度千メートルまで昇ったところで、さらに上空を飛ぶ敵機を見つけた。複葉双発の爆撃機だ。高度四千以上を飛んでいる。

「ゴーダじゃないな。ありゃＡＥＧのＧⅢだ」

クーディエ中尉が言う。三人乗りで、前後と下面に機関銃をそなえるという重武装《じゆうぶそう》な上に、六、七百キロもの爆弾を積めるという。

「ニューポールも間に合わないな。おっと、落としやがった」

ＡＥＧ機からばらばらばらと小さな粒が落とされた。一機あたり六、七個、五機合わせて三十個ほどの爆弾が、基地にむかって落ちてゆく。ほどなく閃光と黒煙が、基地とその周辺でいくつもあがった。

「なかなかの腕前だ。吹き飛んだのは、ありゃN20中隊の宿舎じゃないか。こりゃあ、今夜寝られないやつが出てくるぞ」

クーディエ中尉がくやしそうに言う。

「追いたいが、これ以上は無理だしな。ニューポールもおなじだろう」

ＡＥＧ機は、フランス機の上昇限界を超える高空で大きく旋回して、悠々と飛び去ってゆく。

――この飛行機も、もう時代遅れか。

英彦は思う。ヴォワザンⅤ型機は、日本で乗っていたモーリス・ファルマン機に似ていて乗りやすかったが、骨組みばかりの機体といい、プロペラがうしろ向きについている推進式の構造といい、もはや旧式機であると言わざるを得ない。だから戦果をあげにくくなっている。

「ドイツ野郎め、こちらが手出しできないと思ってやがるな。いまに見ていろ」

クーディエ中尉が悪態をつく。無理もない。いまのところドイツ軍機のほうが性能の面で優秀だ。だから地上だけでなく、空中でも押されている。その分、フランス側は搭乗員の消耗がはげしい。

気がつくと陽は完全にその姿をあらわし、地上に光を降りそそいでいた。

初夏の大地は緑におおわれているが、中には赤茶けた色のところもあった。それはみな、堡塁のあるあたりだった。激しい砲撃をうけて樹木も草も吹き飛ばされ、地面がむき出しになっているのだ。

ヴェルダンは、青島要塞のように狭い地域を濠と鉄条網で仕切り、そのうしろを堡塁で守る、といった形の要塞ではない。

機関銃と大砲をそなえ、ベトンで固めた五角形や六角形の堡塁を、ヴェルダン市街の周囲に二十以上も配置してあった。堡塁と堡塁のあいだには鉄条網も濠も何もなく、もし敵が進出してくれば堡塁からの火力で妨げる、それによって広域を防衛する、という思想で造られた要塞なのである。

各堡塁が攻められれば孤立するなど弱点のある要塞だが、全体として防御力は強く、だからこそ両軍ともに甚大な被害を出しているのに、なお勝敗がついていないのだ。

ＡＥＧ機は見えなくなった。もはや空中にいても仕方がないので、飛行場にもどることにする。

しかし滑走路上空に舞いもどってみると、いつもの着陸線上に大小三つの穴があいていた。爆弾によるものだ。

「いや、大丈夫だ。穴を避けて降りる」

心配するクーディエ中尉に、英彦は落ち着いて告げた。滑走路は五百メートル四方ほどある。このヴォワザンＶ型機は五十メートル程度の滑走で止まれるから、穴のあいていないところを選んで降りればよい。

すでに中隊長機が着陸を試みている。見ていると、高度を下げてゆき、ふわりと接地してそのまま滑走し、うまく止まった。

穴のないところならば、問題なく着陸できるようだ。

英彦も、少し離れたところに着陸しようとした。

高度を落とす。ところどころに雑草が生えた地面が近づいてくる。

無事に接地。滑走にうつる。

速度を落とそうとしたとき、クーディエ中尉が突然、「アタンシオン！（危ない）」と叫んだ。

英彦も気がついた。爆弾で吹き飛ばされた大きな石や土塊《つちくれ》が前方に転がっているのだ。穴を避けるのばかりに気をつかって、滑走路上の状況まで見ていなかった結果だ。

ぞっとした。車輪が大石にぶつかれば、大事故になる。だが滑走中であり、曲がって避けるのは無理だ。

――上昇するしかない。

英彦はとっさに発動機をふかし、操縦桿を引いた。

だが間に合わなかった。

機体が衝撃とともに大きくゆれ、英彦は強い力で尻のほうから押し上げられた。前席のクーディエ中尉が悲鳴とともに席から飛び出すのを見た直後、英彦は上翼に頭をぶつけた。次いでばりばりといやな音がして前席がつぶれた。背後の発動機が暴走し、すさまじい音をたててプロペラを回す。機体は逆とんぼの形で地面をこすりながら数メートルすべってゆき、やがて裏返しになって止まった。

英彦は主翼と胴体のあいだにはさまれ、身動きができない。強烈な痛みが全身に走る。駆けつけてくる整備員たちの足音と声を聞きながら、漏れている燃料に火がつかないよう祈るしかなかった。

その後、英彦は整備員たちに機体から引き出された。

直後に発動機が火を噴き、布張りの主翼に燃えうつって大きな炎をあげた。

英彦は上半身を強く打っていて、足と手に切り傷を負っていた。息をするたびに胸に痛みが走る。

最初の衝撃で滑走路にほうり出されたクーディエ中尉は、右肩を押さえ、地面の上に座りこみ、動けずにうめいている。

「この下手くそめ。おれが治るまでにちゃんと練習しておけ」

自分の不手際だと詫《わ》びる英彦に、クーディエ中尉はウィンクをし、動くほうの左手で握手をして病院に送られていった。

八

七月になってもさほど気温はあがらず、朝晩などはコートがほしいほどの気候がつづいていた。

その朝、英彦はメカニシアンとともに出撃前の機体の点検をしていた。

「きみがよく面倒を見てくれるから、こいつも調子がいいよ」

と英彦が言うと、メカニシアンは帽子の庇《ひさし》を指ではねあげながら応じる。

「少尉が熱心なんで、こっちも力が入りますよ」

「そうかな。おれは当然のことをしているだけだが」

飛行前の点検、飛行後の整備を入念に行い、気づいたことをメカニシアンに伝え、意見をもとめる。それを毎日繰り返しているだけだ。だがメカニシアンは言う。

「その当然のことをしないやつが多いんでね。それに少尉は発動機にも機体の構造にもくわしい。だからこっちも気が抜けないんで」

「ああ、日本じゃろくにメカニシアンもいなくて、ピロットが整備から修理までやっていたからな」

修理どころか、徳川大尉などは一から機体を作っていた。当然、所沢の訓練生たちもその流れを受け継いでいて、機体も発動機も分解修理などお手の物だった。

「いっそメカニシアンに転職しますか。その腕前ならすぐに通用しますぜ」

点検を笑い話で終えてから、英彦は単機でパトルイユ（哨戒《しょうかい》）に出発した。

パトルイユは自軍の上空から隣接する敵軍の上空まで飛びまわり、敵機を見つけしだい攻撃する任務で、これまで英彦がヴォワザンV型機で行っていた着弾観測や偵察、爆撃とはまったくちがう役割だった。

相棒だったクーディエ中尉は、いない。右肩と右肋骨を骨折して入院していた。もう折れた骨はついているころだろうが、中尉がふたたび空を飛ぶ気になっているかどうかは、いまのところわからない。

着陸失敗で愛機のヴォワザンV型機を壊してしまったあと、英彦は隊内の査問にかけられたが、空襲で起きた不可避な事故ということで責任は問われなかった。

英彦も肋骨にひびが入ったが、幸いなことに軽傷で、三日ほど静養しただけで入院せず、地上勤務を行いつつ三週間ほどで軽快した。

しかし空中勤務に復帰しても、しばらくは飛べなかった。代わりのヴォワザンV型機が来ないのである。旧式になったため、すでに生産を中止したとのことだった。

いま英彦が乗っているのはニューポール11型という一人乗りの追撃機で、小型なため

「べべ（赤ん坊）」というあだ名がある。いっしょの基地に駐屯するN20中隊のお古である。

いまのV（ヴォワザン）18中隊も、いずれニューポール機を装備してN（ニューポール）18中隊に名を変える、とのうわさもあった。英彦がその先駆けになるようだ。

「べべ」はヴォワザンV型機とちがって発動機とプロペラが前にある牽引式で、複葉機だが下翼は小さく造られていた。武装として上翼の上にルイス式機関銃が一丁、固定されている。回転するプロペラを避けて、その上から銃弾を発射する仕組みだ。弾倉は四十七発入りで、予備の弾倉をふたつ備える。

おなじニューポール機でも、新型機は発動機に同調した機関銃が操縦席の前に固定されているのだが、それはまだ数が少なく、英彦には回ってこなかった。

その点は残念だが、それでも英彦は十分に満足していた。もともと一人乗りの追撃機に乗りたいとは思っていたし、その外見も気に入っていたからだ。

なにしろ「べべ」の胴体は木の骨組みに合板を張った木製モノコック構造で、かっちりと造られている。ファルマン機やヴォワザンV型機のように、骨組みだけの構造ではない。だから行灯や凧を想像させる要素はどこにもなく、といって鳥や虫にも似ていない。

それはまさに「空飛ぶ機械」としか言いようのない姿なのである。

――人智《じんち》の極みだな。

最新の科学が産みだした機体をあつかえるのは気分がいい。わざわざフランスへ来た甲斐があるというものだ。あのとき、軍を抜けて日本を出る決断をして、本当によかったと思う。

また「ベベ」の全長、全幅はヴォワザンV型機の三分の二から半分ほどしかない。重さは半分以下で、着陸したあとひとりで尾翼の下をもち、格納庫まで引いてゆくことができるほど軽かった。

外見にふさわしく「ベベ」は快速で、最高速度はヴォワザンV型が百キロ前後なのに対し、「ベベ」は百五十キロも出た。また軽快に旋回することができた。

英彦はこの機で七月いっぱい訓練を受けたが、そのときはじめて宙返りを経験した。

一度は失敗して、空中で垂直になったのはいいが、そこから回転できずに機尾からずるずると落ちてゆき、あわや失速して墜落という経験もした。だがN20中隊の連中にコツを聞いてやってみると、幾度かの失敗ののちに成功した。

宙返りには、まず速度をあげておかねばならない。スロットル・レバーをぐいと押し込み、高速で直進する状態にしておき、その上で操縦桿をゆっくりと引いてゆく。

機首が上向きになるとしだいに速度が落ちてゆくので、操縦桿の引き方を大きくし、背面飛行になったらスロットル・レバーを閉じる。ラダー・ペダルを細かく踏んで針路と姿勢を保ちつつ、降下にうつったら操縦桿の引き方をゆるめ、機首が起きたところでニュートラルにもどす。水平飛行にもどったらまたスロットル・レバーを開く。

これで宙返りの完了だ。

いままでは高速で飛びながらの連続横転、錐もみ降下なども、自在にこなせる。

「まさに燕のようじゃないか！　おれは燕になったんだ」

大空を自在に飛びまわるという昔からの夢がかなった、と感慨にふけったものだ。

だが喜んでばかりもいられない。追撃機である「べべ」に与えられた役割は、敵機を撃ち落とすという、危険この上ないものだ。

敵機に挑みかかれば、必ず反撃される。至近距離から機関銃弾を浴びることを覚悟しなければならない。

そして「べべ」は小さな下翼が弱く、乱気流に巻き込まれると吹っ飛んでしまい、操縦不能に陥ることもあった。小型で軽量なだけに、構造的にもろくて壊れやすいのだ。

そんな「べべ」でヴェルダン要塞の定められた区域の上空を見回ったあと、ドイツ軍領内に入った。

「べべ」に乗り換えたあと、N20中隊の同僚と二機、三機の編隊でパトルイユしたことはあったが、単機でドイツ軍領内にはいるのは初めてだった。幾度か敵機と遭遇したが、敵が避けたり追いつけなかったりで、撃ち合いの末に撃墜したことはまだ、ない。

高度二千メートルで飛び、少しずつ上昇しながら、油断なく前方と上方だけでなく、後方と下方も見張っている。

敵機がいないかと見張りつつ飛びまわるさまは、鷹《たか》が自分の縄張りを飛翔《ひしょう》しているようで、おもしろいものだと思った。

異常を感じたのは、離陸して一時間ほどすぎ、高度二千八百メートルで飛びながら右前方を見張っているときだった。

遠くで白く光る層雲の中に、黒い点を見た気がした。注意を集中してそのあたりをじっと見詰めていると、黒い点がだんだん大きくなってゆく。飛行機だと思われた。

英彦は上昇にかかった。

太陽を背にして近づきたいが、あいにくと太陽は相手の背後にある。高度をとって近づき、敵機と確認できたら急降下で襲いかかるつもりだった。

相互の距離が急速に縮まってゆく。おそらく敵はまだ気づいていない。視力よく生まれたことに英彦は感謝していた。

相手のシルエットがはっきり見えた。三角形の尾翼が特徴的な機体は、ドイツ軍のアルバトロスCだ。単発だが大型の複葉機である。二人乗りの大きな機体に爆弾を積んで、偵察ついでの爆撃に出てきたのだろう。

初めての狩りの獲物としては上等だ。

間合いをはかると、急降下にうつった。アルバトロスCはまだ気づいていないようで、巡航速度でまっすぐ飛んでいる。

「さあ、これなら一撃で仕留められるぞ」

と胸が躍ったが、その刹那、アルバトロスCが翼を大きくふって左方へと降下しはじめた。

「いけねえ。気づかれたか」

こうなったら追いかけるのみ。

「べべ」は速い。アルバトロスCにぐんぐん近づいてゆく。

逃げる敵機の後部機関銃が火を噴く。「べべ」の上を光の粒が列をなして通りすぎる。

アルバトロスCの姿が大きくなる。機関銃を撃っている搭乗員の顔が見える。

照準器にその胴体をとらえた。

操縦桿についている引き金を引く。振動が機体を震わせる。頭上の機関銃が弾丸を吐き出したのだ。

だが弾丸は、敵機の尾翼のほうへ流れてゆく。

おかしいと思い、さらに一連射を見舞った。それでも当たらない。

「そうだった。少し前方を狙うんだった」

クーディエ中尉が得意そうに、動きの速い敵機に弾丸を当てるコツを話していたのを思い出した。

「よく聞け。敵機は高速で飛んでいるだろう。だから敵機をよく狙って撃っても、その位置に銃弾が到着するころには、敵機はすでに移動してそこにはいない。そんな敵機に銃弾を当てようと思えば、敵機が移動する先へ送り込まねばならないんだ」

そう言っていたのだ。

その間にも敵機から銃弾が飛んでくる。主翼がいやな音をたてた。だがそちらを見ている暇はない。互いに間近まで迫っていた。もはや照準器など不要な距離だ。

もう一連射してから操縦桿を押し、降下した。敵機の下をくぐり抜け、また襲いかかるつもりだった。

下降の途中で左旋回し、敵機をさがす。頭の上の方にいるはずだ。首をひねって上方を見る。

いた。逃れようとしているのか、右旋回して「べべ」から離れつつあった。

「そうはいくか、こんこんちきめ。逃がすものか」

つぶやきながら旋回をつづけ、弧を描いて機首を敵機に向けると、速度をあげて接近した。今度は下方から迫る。方向舵と補助翼で自分の機体をあやつりつつ、照準器で機首を狙う。

百メートルほどまで近づいてから撃った。

だが機関銃が上翼の上にあるせいか、狙いが微妙にずれる。なかなか当たらない。

さらに近づく。敵機は左に旋回しつつ横滑りして逃れようとする。その動きについてゆきながら、また一連射。当たらない。また一連射。

敵機からも機銃弾が飛んでくるが、気にしてはいられない。

「射線がだんだん近くなっているぞ。もうちょいだ」

手応えは感じていた。照準器の中に敵の機首をとらえた。今度こそと引き金を引く。

おやと思った。機関銃が動かない。

あせって二度、三度と引き金を引くが、銃弾が出ない。

はっと気づいた。銃弾を撃ち尽くしたのだ。

機関銃は翼の上にあるので、弾倉を取り替えるには立ち上がって手を伸ばし、空になったものをはずして予備のものを付けねばならない。格闘戦の最中にできることではない。

「くそっ、もう少しだったのに！」

悪態をつくが、どうしようもない。この上は自分がやられないよう、敵機から離れなければいけない。

右に旋回し、急降下した。

まさか追ってはこないだろうなと心配しつつ、うしろをふり返って敵機をさがす。

敵機は上空を飛んでいた。だがどうもようすがおかしい。速度が落ちているようだ。

「お、煙、なのか？」

英彦は目をこらして敵機を見た。まちがいない。発動機から薄青い煙が後方へと流れている。どこかでこちらの銃弾が当たっていたようだ。

やがて薄青い煙は黒煙に変わった。火炎も見える。

敵機は機首を下げると、黒煙と赤い炎を吐きながら、放物線を描いて地上へと落下していった。

九

「なるほど、初手柄ってわけですな」

「ええ。運よくおなじ中隊のヴォワザンVが偵察にきていましてね、証言してくれたんで、撃墜と認められました」

「うん、めでたい。たとえ『べべ』に乗っていても、なかなか撃墜はできませんからね」

　滋野男爵は、乾杯というようにワインのグラスを近づけたので、英彦はそれに合わせた。ちん、と澄んだ音がした。

　十月二十三日、パリの一角に偕行社《かいこうしゃ》――日本陸軍の将校・準士官らの親睦・互助組織――が借りている一室で、前駐仏代理大使の送別会が行われていた。

　代理大使は帝大卒の外交官で、フランス在任も長いため知己が多いらしく、パリ駐在の日本人をはじめフランス政府関係者もあつまっていた。

　会は立食形式で、広間の丸テーブルにフランス流のオードブルばかりでなく寿司《すし》、蕎麦《そば》など日本食もならべられている。人々は軽食をつまみながら、あちこちで立ち話の輪を作っていた。

　英彦は二日前に田川から手紙で誘いをうけていた。いい機会だからたまにはパリに息抜きに来ないか、米の飯が恋しいだろう、滋野男爵も誘われている、といった内容だった。

もちろん米の飯は、胃袋から手が出るほど食べたい。偕行社なら古巣だから遠慮はいらない。そこに滋野男爵もいるとなれば、これは行くしかない。

七月に空中勤務に復帰して以来、休暇らしい休暇をとっていないのも幸いして、申請すると即座に四十八時間の外出許可が出た。さっそく夜汽車に乗ってパリにきたのだ。

「それが八月と。で、いまは？」

滋野男爵の横に立つ田川がたずねる。

「先日、もう一機撃墜を認められました。連日パトルイユに出ていたんで、敵機にまみえる機会も多かったので。未確認も一機あるんですけどね」

「そういうものですよ。フランス軍は撃墜確認が厳しいから、未確認も多くなる。しかし二機落としたとなると、もう部隊の中じゃあ筆頭格でしょう」

今度は滋野男爵が言う。

「ええ、まあ。うちはもともとヴォワザン中隊で、空中格闘は専門じゃありませんしね」

たしかに敵機を撃墜した者は少ない。操縦士が十人いる中で一人いるかいないか、といったところだった。いまだ飛行機の役割は偵察と着弾観測、爆撃が主体で、特にヴォワザン中隊では空中戦の機会がさほどないのだ。

「男爵のように五機以上も落とした人は、本当に珍しいですよ」

滋野男爵はすでに六、七機を撃墜していた。未確認を含めれば、撃墜数はもっと多くなるだろう。

「ははあ。だから『アス』と呼ばれて尊敬されるんだな」

田川が言う。

フランス語で「アス」といえばトランプのエース、ひいては第一人者という意味だが、ここでは敵機を五機以上撃墜した飛行機乗りのことをさす。そんな者は飛行機乗りの中でも数十人にひとりしかおらず、達成すれば英雄あつかいされる。滋野男爵は、そうした英雄のひとりなのである。

そしてその実績をかわれて、アスばかりをあつめた飛行隊、通称「シゴーニュ（こうのとり）大隊」――大隊のマークとして機体にこうのとりの絵を描いているので、そう呼ばれている――に引っぱられた。

シゴーニュ大隊は軍司令部直属で、五機以上撃墜した猛者のアスばかりが所属する、フランス軍飛行隊では精鋭中の精鋭部隊である。そこに所属しているというだけで名誉なことだった。

「シゴーニュ大隊の居心地はどうですか」

興味津々で、英彦はたずねた。

「いやあ、大変なところですよ」

滋野男爵は苦笑いする。

「入隊直後に、敵機を撃墜して帰還したピロット（操縦士）がいたので祝福したところ、ギヌメール少尉が『なあに、これくらいはアペリティフ（食前酒）といったものですよ』と言うんだな」

ギヌメールは、そのときまでに十六機撃墜を記録したアスの中のアスである。英彦は思わず唸《うな》ってしまった。一機撃墜するにも四苦八苦しているのに、それを食前酒だとは。

「はあ、そうですか。世の中には化け物がいるんですねえ」

「そう。化け物のあつまりだよ、シゴーニュ大隊は」

男爵すら感嘆するように言うので、言葉を失ってしまった。

「失礼ですが、滋野男爵で」

会話が途切れたとみたのか、話しかけてくる者がいる。

「ご活躍はかねがねうかがっておりました。私、こういう者で……」

滋野男爵はパリの日本人の中でも名士なので、声をかけてくる者が多い。

そのあいだに田川と近況などを話していると、英彦の肩をたたく者がいた。ふり返ると、背広姿で髪を七三に分けた小柄な男だった。

「お久しぶりで」と言われたが、一瞬、誰だかわからなかった。

「……武田、武田か？」

愛嬌《あいきょう》のある目元から記憶がよみがえった。

「やあ、忘れていたとは冷たいですよ」

にこにこしながら言うのは、たしかに日本陸軍で飛行訓練生の同期、武田中尉だ。服装も髪型も変わっていたので、すぐには気づかなかった。

「ええ？　どうしてパリにいるんだ」

おどろいてたずねると、

「そりゃわが軍だって、こっちの戦況は気になりますよ」

少し前に、ヨーロッパの戦況と飛行機技術の発展状況を参観するために派遣されてきたという。

「飛行機がずいぶん進んでいるとか。飛行機といえば、われわれになりますからね。で、出張を仰せつかったわけで」

「そうか。なつかしいな」

モーリス・ファルマン機に乗って青島要塞上空を飛んだ日々を思い出す。

「それがフランスの軍服ですか。似合ってますね」

武田中尉は相変わらずの童顔で、小柄なのと相まって、フランスでは子供あつかいされるのではと、英彦は妙な心配をしたりした。

「まあ戦争は軍人さんの仕事ですからね、こちらの大いくさが気になるとみえて、日本からもさまざまな方がいらっしゃる。先月はほれ、日本海海戦の参謀で有名な秋山《あきやま》少将が来られて、滋野男爵が飛行機の工場を案内されてましたな」

と田川が言う。秋山真之《さねゆき》少将はシベリア鉄道経由でロシアを訪問し、そこからイギリスへ出て、さらにフランスに渡ってきたという。やはりヨーロッパの戦況を視察するという名目だったそうな。

「海軍じゃあ、飛行機に魚雷を積んで戦艦を襲わせようって考えのようですね。うまくいくかどうか知りませんがね」

と武田中尉。

「魚雷か。一トンはあるぞ。そんなの、飛行機に積めねえじゃねえかよ」

英彦は思わず笑った。だがすぐに笑いをひっこめた。いまでもドイツ軍の大型爆撃機は数百キロの爆弾を積めるというではないか。それくらい積める飛行機が出現するのも、そう遠くない未来だろう。

「よう、なつかしいな」

そこにあらわれた背広の男は、沢田中尉だ。

沢田中尉は、英彦ら飛行訓練の一期生が所沢で徳川大尉に飛行技術を習っているあいだに、フランスに出張して飛行学校で学び、のちに飛行機を買って帰ってきた。所沢では飛行訓練をするほか、自分で飛行機を造っていた学究肌の男である。

「で、日本はどうだ。変わってないか」

「ええ、万事、変わってませんね。飛行機はモーリス・ファルマンだし、所沢はほこりっぽいし。でもまあ、ちょっとだけ変わったのは、宙返りもするようになったことくらいですか」

「宙返り？　ほう。頭の固いお偉方も、やっと考えを変えたか」

英彦が陸軍にいたころは、飛行機は爆撃や弾着観測のために水平に飛べばいいので、宙返りなど機動的な飛び方は不要だとされていた。その考え方が変わったのか。

話によると、去年の暮れにナイルスというアメリカ人の飛行士が来日し、青山の練兵場上空で曲芸飛行を行ったという。

この飛行は主催者のいる興行として行われた。前もって新聞で大々的に宣伝され、特等席五円、普通席一円の前売り券が飛ぶように売れたとか。

当日あつまった観衆は十万人とも言われる。東久邇宮《ひがしくにのみや》殿下をはじめ陸海軍のお偉方、大勢の将校たちも来賓として見守る中、ナイルス氏は宙返りに横転、機尾落としなど鮮やかな曲芸飛行をたてつづけに披露し、観衆の度肝を抜いた。

「そのあと、この春にはスミスというアメリカ人も来日して宙返りをしたんですよ。これも大人気でね。すると、やつらにできて我らにできぬことはあるまいってんで、岡中尉が所沢でモーリス・ファルマンの訓練飛行の最中に一回転を」

「やったのか、あの凧の親戚で」

おどろいた。機体の構造からして、不可能ではないかと思う。

「まあ、一回転というより半回転ですかね。勢いをつけて上昇し、ぐいっと鎌首をもたげて垂直になるまではよかったんですよ。でもそこからでんぐり返りができずに、ずるずると後ずさりするように下がったと思ったら、へろっとひっくり返って、そのまま背面飛行の形でよろよろと飛んで、飛行場の北にあるクヌギ林に落ちちゃいました」

「……あれは最初、操縦桿を静かに引かないとだめなんだ。いきなり強く引きすぎたんだろうが、そもそもモーリス・ファルマンじゃ無理だろう」

「おっと、ってことは、ご自身はもう宙返り、出来るんですか」

「もちろんだ。ここじゃそれくらい出来ないと、すぐに撃ち落とされちまう」

　武田中尉が「ほお」と感嘆の声をあげた。英彦は話をもどした。

「墜落か。それじゃ助からなかっただろう」

「いや、機体が大木に引っかかって、中尉はそこから落ちたので奇跡的に打撲傷ですみました。見ていたこっちは、それまた殉職だとあわてて医者をつれて、自動車でかけつけたんですけどね」

「おお、そりゃよかった」

「で、牛込《うしごめ》の衛戍《えいじゅ》病院に入院ですよ。日本を出る前に見舞いに行ったんですが、『フランスへ行ったら、日本にはモーリス・ファルマンで宙返りをしたやつがいると言ってくれ』って、ベッドの上で元気に言ってましたよ。はい、これで頼まれたことを果たしました」

　にこにこしながら話す武田中尉の前で、英彦は呆れ顔になった。日本陸軍のどうしようもない「遅れ」を嗅ぎとったからだ。

英彦は、いまでは「べべ」に乗って宙返りなど朝飯前にこなす。宙返りできるかどうかではなく、それで敵機と格闘して倒せるかどうか、使いこなして生き残れるかが問題なのだ。なのに日本では、いまだに宙返りがむずかしい技術で、しかも曲芸の一種ととらえられている。

戦争の中で祖国の生き残りをかけて飛行機の技術を発達させたヨーロッパと、そんな必要に迫られなかった日本とでは、わずか二年ほどのあいだに、技量でも考え方でも大きな差ができてしまったようだ。

「それで貴様は将来、どうするつもりだ。いずれ日本へ帰って軍にもどる気はあるのか」

沢田中尉にたずねられたが、すぐには答えられなかった。

「どうかな。ちょっとまだわかんねえな」

毎日を生き抜くのに精一杯で、先のことなど考えられないというのが本当のところだ。

「聞かないほうがいいですよ」

と武田中尉が沢田中尉に言う。

「軍にもどってくれれば心強いけど、たぶんその気はないでしょう。もっと自由に羽ばたけるところが似合うお方だから」

ああ、こいつはわかっていると思った。

パーティが終わり、ふたりと別れてから、英彦は自分の将来を考えることとなった。

この戦争が終わったら、どうすればいいのか。

——日本に帰っても、もう軍にはもどらないだろうな。

それが第一感だが、ではどうするのか、具体的な案はない。飛行機乗りでいたいという思いは確固としてあるが、それだけだ。ヨーロッパにとどまるのか、日本に帰るのか、それとも他に行くのか、それすらわからない。

自分の将来はまったく見えない。

しかしそれは痛みではなく、むしろ心地よさと感じられた。決まり切った将来があるより、どう転ぶかわからないほうが、わくわくできてよほど好ましいと思うのだ。

第五章　悪しき道楽

一

敵機はまだ、こちらに気づいていない。

高度二千メートルを時速九十キロほどで西に向けて飛んでいるのは、ドイツの偵察機、ルンプラーのC型だ。ルンプラーといっても青島要塞で見た、鳩に似た飛行機ではない。単発の複葉機で二人乗り。幅が広い上翼と細長い垂直尾翼をもっている。安定性にすぐれた新型機である。

大正五（一九一六）年十二月初め、いつものように「べべ」でパトルイユに出て、命じられた区域を高度二千五百メートルで飛んでいたところ、発見した獲物である。

フランスの冬は曇りの日が多く、寒い。

その日は久しぶりに晴れ間が見えて風もなく、偵察にはもってこいの日和だった。おそらく何機もの偵察機が、雲のあいだを縫ってフランス領に潜入しているだろう。

発見後はルンプラーに見つからないよう、雲にかくれながら慎重に移動し、太陽を背にする位置についた。いまはルンプラーの後方、高度差三百メートル、距離千メートルほどのところを飛んでいた。少しずつ距離を詰めているところだった。

二月に始まったヴェルダン要塞をめぐる戦闘は、冬を迎えて小康状態となっていた。

最初はドイツが攻勢に出ていくつかの堡塁を奪い、ヴェルダン市街まであと少しのところまで迫った。

しかし押し込まれたフランス軍は、国を挙げて兵力を増強し、じわじわとドイツ軍を押し返した。だけでなく、さらに大規模な反攻を計画し、いまは大軍を要塞の背後にあつめつつあった。

ここでドイツ軍の偵察機に自陣深く侵入されては、反撃の企図があらわになってしまう。だから追撃機によるパトルイユの際は、とくにドイツ偵察機に目を光らせ、侵入してきた機は撃墜するか、悪くとも追い返せと命じられていた。

獲物の翼に描かれた黒十字がはっきりと見えるところまで近づいた。

「よし、もらった。じっとしてろよ」

胸の高鳴りを感じつつ、英彦は操縦桿をゆっくりと押した。獲物を先に発見して高い位置につき、降下しつつ速度をあげて獲物に急接近し、気づかれる前に機関銃の一撃で撃ち落とすという、もっとも安全で確実な撃墜方法――視力のよい英彦の得意技でもある――を実践しようとした。

まさにそのときだった。

いきなり右頬を丸太でぶん殴られたような衝撃があり、一瞬、目の前が暗くなった。

同時に目の前の計器盤から火花が飛び、それが顔にかかって熱さで正気に返った。

英彦はとっさに操縦桿を大きく左に倒し、さらに押し込んだ。何が起きたかはわからなかったが、本能的に体が動いていた。

機体が左にかたむき、横滑りしつつ急降下してゆく。曳光弾が何発か、頭上を飛び去っていった。降下・横滑りしなければ、さらにあの銃弾を機体に浴びていたはずだ。

首をねじまげ、うしろ上方を見た。

やはり敵がいた。

機首をこちらに向けて、つぎの射撃態勢にはいっている。

ルンプラーに忍び寄った英彦の「べべ」を見つけ、そっとうしろから近づいてきたのに違いない。前方に注意を集中するあまり、後方の見張りをおろそかにしていた。その隙を突かれたのだ。

英彦はさらに降下した。そして右に旋回した。まずはとにかく敵の機関銃弾から逃げなければならない。

すばやく被害を点検した。右頰から出血し、顔全体がじんじんと痛む。流れ出る血が飛行服や座席シートを赤く染めるが、いまはかまっていられない。操縦席正面の速度計と油圧計が吹き飛んでいる。発動機はいまのところ正常だが、計器盤を貫いた弾が何発か当たったか、かすめたかしているはずだ。そして右の下翼にもいくつか穴があいている。

うしろをふり返る。敵機はついてくる。

プロペラの先にカウリングをつけ、くちばしの太い烏《からす》のように見える機体は、アルバトロスDⅡだろう。フォッカーEⅢに替わるドイツの新しい主力追撃機だ。

その姿を確認すると、今度は操縦桿を引き、上昇にかかった。スロットル・レバーをうんと押し込み、速度もあげる。宙返りをしようとした。

「この野郎、調子に乗るな。うしろについているなら、そのうしろに回ってやる！」

アルバトロスは強力な発動機を積んでおり、時速百七十キロ以上の高速が出せる。スピード競争になると「べべ」はかなわない。だが小柄な「べべ」は旋回性能がすぐれていて、小回りが得意だ。

こちらが宙返りをすれば、うしろについている敵機もつづいて宙返りせざるを得ない。でないとこちらがうしろを取ることになる。だがアルバトロスの宙返りは、「べべ」より大きな円を描く。つまり宙返りに時間がかかる。

いまはうしろにつかれていても、何回か宙返りを繰り返せば、そのうちにこちらがアルバトロスのうしろにつけるはずだ。

そう思って宙返りをしたのだが、アルバトロスは乗らなかった。ただ左へ旋回し、離れていった。

宙返りの頂点まできた英彦は、目の端でその行動を見ていた。アルバトロスは距離をとったところで宙返りをはじめ、その頂点で横転した。すると速度を保ったままで、進行方向が百八十度変わった。離れていったはずなのに、またすぐに襲いかかる態勢になって、こちらへ向かってくる。

「インメルマン・ターンか。やるじゃねえか」

ドイツ軍の撃墜王、インメルマン——すでに故人だが、おそらく人類で最初に撃墜王と呼ばれた男——が使ったとされる技だ。易々とこなすところを見ると、敵は相当な技量の持ち主と見える。

こちらも宙返りを終えるとすぐに左旋回し、機首をアルバトロスに向けた。

どうせ先制の一撃をうけて機体もこの身も傷ついている。ひどく不利なこの場面から挽回《ばんかい》するには、衝突も辞さぬ覚悟で正面から撃ち合いを挑むしかない。

アルバトロスが急速に近づいてくる。たがいに全速に近い速度を出しているから、合わせて時速三百キロで接近していることになる。

引き金を引いた。頭上の機関銃がうなる。

「うわあっ」

思わず声が出た。光るものが機体の右側を駆け抜けていった。アルバトロスも撃ち返してきたのだ。

射撃中の機関銃に正面から向かってゆくという狂気の沙汰を、双方が演じている。だがどちらの機関銃弾も当たらず、距離は詰まるばかりだ。

アルバトロスの姿が目の前を覆った。

ぶつかる、と思った瞬間、アルバトロスは腹を見せて上昇していった。

目の前にまた雲と空があらわれた。

「くそっ、こちらも上昇しないと……」

互角の高度を保たねば、つぎの一撃でやられる。

だがスロットル・レバーを押し込んでも、発動機は言うことを聞かない。それどころか焦げ臭いにおいがする。出力が上がらない。

「おい、しっかりしろって！」

思わず計器盤をたたいた。やはり先ほどの銃撃でどこかやられたのだ。パイプ類が傷つき、燃料かオイルの供給が断たれたのかもしれない。これでは戦えない。

英彦はアルバトロスを目の端でとらえている。また襲ってくるだろう。もう応戦は無理だ。逃げるしかない。

操縦桿を押して下降にうつる。

幸い、ここはフランス軍の勢力範囲だ。不時着しても捕虜になることはない。

と思っていたが、地上を見るとその期待が怪しくなってきた。塹壕が折れ曲がりながら大地を切り裂いて延びているのが見える。つまり最前線ということになる。そして独仏どちらの塹壕かわからない。

空中戦をしながら、ドイツ側の領域に入り込んでいたのかもしれない。いや、離れたところに別の塹壕線が見えたから、ちょうど最前線の境界上なのだろう。

「冗談じゃねえ。なんとか味方の塹壕の向こう側へ降りなきゃ。捕虜なんてごめんだぜ」

磁気コンパスを見た。

いま北へ向かって飛んでいる。だめだ、西へ飛べ。東は敵陣だ。

左へ旋回したところで、発動機の調子がおかしくなってきた。同時に速度も落ちる。

うしろをふり返ると、アルバトロスが追ってくるのが見えた。

まだ距離はあるが、アルバトロスは速い。こちらは発動機の不調で全力が出せないから、すぐに詰め寄られるだろう。

地表がぐんぐん近づいてくる。不時着するのにふさわしい地をさがした。

境界線上の地は砲撃で掘り返され、木々も焼け焦げて枝ばかりになっている。

背後からアルバトロスが迫ってくる。

しかし少しだけ安心していた。あのアルバトロスは度胸があるのか、一発必中を狙っているのか、うんと近寄ってから発砲するのだ。いまは数百メートルの距離があるから、まだ撃ってはこないだろう。そして地上まではもう二、三百メートルだ。

だが願いはむなしく、発動機が止まってしまった。

おそらく味方と思われる塹壕までには、まだ距離がある。そして背後にはアルバトロスが迫っている。

ふらつく「べべ」を滑空させながら、平らな地表をさがした。すると茶色の大地の中で、数十メートル幅の草地が見えた。

――あそこしかない。

必死に機体をあやつって、草地に機首を向ける。なんとか滑り降りた。どすん、と落ちるような着地だったが、もはや恰好《かっこう》などかまっていられない。

機体が止まるや、英彦は操縦席から飛び出した。アルバトロスは……。

目前に迫っていた。

その機体は青く塗られ、機首の両側に大きな目とむき出しの歯が描かれていた。操縦席の男は鼻の下に髭を生やし、白い歯を見せている。

その表情を確かめた刹那、英彦は横へ飛びのいた。

機関銃弾が降りそそぎ、いま英彦がいた地面をうがち、草をなぎ倒して小石をはね上げた。

「おいおい、正気か。なんてやつだ。騎士道ってのを知らねえのか」

ふつうの操縦士なら、不時着した敵を撃つことはない。紳士的でないと見なされるからだ。だがこいつは違うようだ。

通りすぎたアルバトロスは、上昇しつつ低空で旋回している。旋回が終わると、機首はこちらに向いていた。

「あの野郎、また銃撃してくる気か。しつっけえぞ！」

あたりを見まわしたが、草地のほかは砲撃であいた穴と焼け焦げた木立ばかりで、隠れられそうな場所はない。そして武器もない。飛行服を着ているばかりで、ピストルひとつ持っていないのだ。

呆然と立ち尽くすしかなかった。

上空からアルバトロスが向かってくる。銃撃されたら、今度こそ助からない。

半ばあきらめかけたとき、背後で激しい銃声が起きた。それも一丁や二丁ではない。あちこちで機関銃や小銃が鋭い発砲音を響かせている。

塹壕の兵士たちが、アルバトロスを狙い撃ちしているのだ。

アルバトロスは急上昇した。そして高空へ舞いあがると、機尾をこちらに見せ、小さくなっていった。

英彦はしばらく空を見上げていたが、アルバトロスが去ったのを確認すると、味方の塹壕のほうへ手をふり、大きく一礼した。感謝の気持ちを伝えたのだ。

塹壕のフランス兵は、さかんに招くように手を振っている。そして何か叫んでいる。百メートル以上は離れているため、よく聞こえない。耳を向けると、「ヴィット、ヴィット」と聞こえた。早く早く、というのだ。

どこへ急ぐ必要があるのかと、英彦は笑いかけた。敵機は去ったではないか。

ゆっくりと塹壕の方へ歩き出した。安心したせいか、体が重い。

すると塹壕から兵が二人、三人と駆け出してきた。全力で英彦のところまでくると、英彦の飛行服をつかんで引っぱり、塹壕へ連れ込もうとする。

「急げ。死にたいのか!」

と言うから、事情が飲み込めぬまま英彦も全力で駆けて、塹壕に飛び込んだ。

そこは背丈ほどの深さで、人がやっとすれ違えるほどの幅しかない、まさに最前線の塹壕だった。

「やあ、ありがとう。助かった」

と居合わせた兵たちに礼を言っていると、重い爆発音がして地面がゆれた。

なにごとかと塹壕から顔を出して見ると、不時着した「べべ」の右方に土煙がたっていた。ドイツ軍の砲撃だ。

「見てろ。敵さんがあのままにしておくはずがない」

と兵たちが言う。見ていると三発、四発とつづけて着弾する。五発目の至近弾で「べべ」は吹き飛び、横転して翼が折れた。もはや修復もできない残骸となった。

「境界上に飛行機が不時着したなら、機体はともかくピロット（操縦士）は助けろと言われてるんでね。ま、命があってよかったな」

下士官と見える兵は、言葉なく立ちすくんでいる英彦の肩をぽんとたたいた。

二

「ああ、そいつは『ルカン・ブルー』ってやつだな」

と磯部中尉は言う。フランス語でルカンは鮫《さめ》、ブルーは青、つまり「青い鮫」である。

「近ごろ撃墜数をふやしているらしい。うちの中隊でも、やられたやつが出た」

不時着した英彦は顔を包帯でぐるぐる巻きにした姿で基地にもどったが、頬の傷が化《か》膿《のう》しかけていたので、ヴェルダン近くの野戦病院に回された。そこは学校を改装した病院のようで、教室だったらしい部屋にベッドがたくさんならんでいた。

診療にあたった医師は英彦の傷を見て、

「これは縫えない。デブリードマンと傷洗浄」

と言い、看護婦に英彦の頭を押さえさせて、麻酔もなしにメスとはさみで壊死《えし》した頬の肉を切り取り、ひどく浸《し》みる薬を塗りつけた。

英彦は悲鳴が出そうになるのを歯を食いしばってこらえ、そのあとじんじんする痛みが去るまで診療室で静養していた。すると看護婦のひとりから、少し前から日本人のパイロットがここに入院していると知らされた。

ひょっとして滋野男爵か、と思って病室をたずねると、男爵ではなかったが、知り合いだった。英彦より早くフランスに渡り、軍に志願した磯部鉄吉である。

磯部はもと日本海軍の機関少佐で、日露戦争では日本海海戦に駆逐艦「電《いなずま》」の機関長として参戦し、功五級金鵄《きんし》勲章を得た歴戦の勇士である。

アメリカの雑誌を読んで飛行機の発達を知り、自宅で模型飛行機を作るところから始めた。軍艦の甲板から飛行機を飛ばす実験などをしたのち、飛行に専念するために海軍をやめ、自分で実際に飛行機を組み立てたり、帝国飛行協会の技師をつとめるなどした。

青島要塞攻略戦の前には陸軍嘱託となって、ルンプラー・タウベの操縦を武田少尉に教え、また実戦には間に合わなかったが、自身、ルンプラー・タウベを飛ばすために青島まで来たこともある。だから英彦とも顔見知りだった。

そうした末に、滋野男爵を見習ってフランスへ渡って従軍したのだ。英彦や滋野男爵より年長だが、空を飛びたいという情熱と行動力は負けていない。

ただフランス語が話せず、また飛行機での実戦経験がないため、英彦のように飛行学校を三カ月で卒業とはゆかず、十カ月ほど在校していた。そのあいだに通常の飛行から空中戦のやり方までを学んだ。部隊に配属になったのは、この秋だった。

しかし実戦で飛び始めた直後に重い感冒にかかり、ここに入院していたのである。

ふたりとも部隊にいると当然ながら会話はフランス語ばかりだ。日本語で話ができるというだけでうれしいので、会話ははずんだ。

「ルカン・ブルー、そうですか。近ごろ売り出し中、ってやつでしょうかね」

「そういうことだ。ドイツ野郎は宣伝がうまいから、そのうち撃墜王として有名になるかもしれん」

「撃墜王か。たしかにうまかったな」

空中戦の模様は、いやでも頭の中によみがえってくる。

まず最初の一撃からして、相手が一枚上手だった。近づいてくる機影を英彦はまったく感知できなかった。

おそらくルカン・ブルーは、偵察機の護衛が任務だったのだろう。だが通常の護衛のように先行して、あるいは並行して飛ぶのではなく、偵察機から離れて飛行していた。

偵察機を囮《おとり》にして、襲いかかってくる敵機を逆に襲おうとしていたのだ。

英彦はその罠《わな》にまんまと引っかかってしまった。最初の一撃が致命傷にならなかったのは、幸運としかいいようがない。機関銃弾があと五センチ、いや三センチ内側にはいっていたら、命はなかったと思う。

そのあとの空中戦でも、接近戦に持ち込もうとした英彦の誘いにのらず、離脱しては一撃を繰り返すなど、終始、ルカン・ブルーがペースを握っていた。

「飛行機のあつかいもお手のものだったな。速かったし、無駄なく動いていた。こちらの手の内を読まれている感じもした。銃撃だって正確だったし、度胸もありましたね」

ぶつかるのを覚悟して、正面から撃ち合いにいったときも、ルカン・ブルーはぎりぎりまで避《よ》けなかった。撃ち合いながら衝突直前で機体をかわすなど、確かな腕前と度胸がなければできないことだ。

「いやあ、世の中には恐ろしいやつがいるもんだ。逃げるだけで精一杯でしたよ」

不時着して地上にいるところを機関銃で撃たれた、とまでは言わなかった。なんとなく触れたくなかったのだ。

「そんなやつにゃ、会いたくないね」

磯部は笑っている。

磯部の場合は、入隊して間もないこともあって、敵機と遭遇したのは一度だけだそうだ。しかも追いすがって五発ほど撃ったところで機関銃が故障し、ほうほうの体で逃げ帰ってきたという。

「空中戦は、なかなか思い通りにはいきゃしないさ」

「と言っても、出撃したら相手は選んでいられませんからね。なんとか工夫して、つぎは空中戦で勝てるようにしないと」

「ああ、その通りだ。腕を磨かなきゃあ」

という磯部の髪には白いものが混じっている。四十路《よそじ》も近いのだから無理もない。

「ああ、おれもあと十歳若かったらな。フランス語を憶えるのも苦労しなかっただろうし、飛行機ももっとうまく操縦できるだろうに。生まれるのが早すぎた」

とぼやきはじめた。

「たしかに、若さは武器ですね」

英彦も話を合わせた。

近ごろフランス軍で撃墜王として名高いギヌメール少尉など、二十歳そこそこだと聞いている。若いからこそ恐れを知らずに突っ込んでゆき、さらに反射神経も研ぎ澄まされているので、大きな戦果を挙げられるのではないかと思う。

「まだあんたは若くていいよ。おれなんかもう遠目が利かなくなっていて、敵機を見つけるのに苦労するんだよ」

「はあ、目が衰える……」

それは飛行機乗りにとっては一大事だ。とくに追撃機乗りには命に関わる大事である。

「危ないから……」

そろそろ引退したほうが、と言いかけたが、やめた。それで飛行機乗りをやめるくらいなら、わざわざフランスまで来ていないだろう。もともと危険は承知の上で飛行機に乗っているのだ。

そもそも磯部はここフランスでは中尉だが、日本では少佐だった。海軍のことはよくわからないが、陸軍で少佐といえば中隊長か大隊長で、中隊なら百数十人、大隊なら数百人の部下を統率する立場である。そんな高い地位をなげうって、しかもわざわざフランスまできて、一介の操縦士として飛行機に乗っている。世間の常識からすると、正気の沙汰ではない。

空を飛ぶという行為には魔力が潜んでいる、とつくづく思う。有史以来、どれだけの人間がこの魔力にとりつかれて、墜落死したり財産を無にしたりと、人生を台無しにしてきたことか。

そして犠牲者を踏み台にして、飛行機はますます高度に発達してゆく。まったく罪作りな存在である。

磯部も、飛行機の魔力に魅せられたひとりだった。

なおも年老いたと愚痴をこぼしたあと、胸の内にたまった思いを吐き出して気がすんだのか、磯部は顔をほころばせて言った。

「そういえば、日本の艦隊がこちらへ来るらしいな。まだ本決まりじゃないが、可能性は高いそうだ」

「おお、本当ですか。そりゃ心強い」

ドイツの潜水艦が商船をふくめて無差別に敵国の船を沈めるので、困った英仏両国は、商船の護衛のための艦隊を派遣してくれと日本に要請してきた。当初は乗り気でなかった日本だが、結局、駆逐艦と巡洋艦からなる艦隊を送ることになるらしいとか。

「なんでも秋山少将が、戦後の日本の地位向上のために派遣するのがよろしい、と意見したらしいな」

と磯部が言う。英彦は先日、滋野男爵がフランスに情勢視察にきた秋山少将を接待した、という話を思い出した。

「ここにいるわれらも、いくらかはお国の役に立っているんだろうよ」

と言う磯部は、日本を思い出したのか、遠い目になって窓の外を見やった。

英彦も口を閉じたが、これは痛み止めが切れて頰の痛みが強くなってきたからだった。

三

治療をうけた英彦は部隊にもどった。だが乗る飛行機がない。二日ほど機体整備の手伝いなどをしていると、中隊長からパリ近くの飛行場へ行け、と命令された。

「そこで新しい機体をうけとり、慣熟飛行と空中機動飛行の訓練を受けよ」

という。

新しい機体はニューポール17。「べべ」の改良型だから外見はそっくりだが、ひとまわり大きくなった上に発動機も強力になり、最高速もあがっている。

さらに同調機構つきの機関銃、それもルイス式より故障が少ないビッカース式が装備されている。四十七発入りの弾倉を使うルイス式とちがって、ビッカース式は二百五十発入りの弾帯で給弾するので、いちいち弾倉を取り替える必要がないというから、追撃機乗りにとっては頼もしい機体だ。

さっそく汽車に乗ってパリ近くの飛行場に出頭すると、小柄な若者に引き合わされた。

「ルード中尉だ。これより機動飛行の指導をする」

と言うので、少々おどろいた。軍服に制帽をきっちりとかぶった小柄な若者ははにかみ屋のようで、下を向いてぼそぼそとしゃべる上に、言葉数も少ない。

こんな男に追撃機が乗りこなせるのか、と心配になってしまう。ましてや「指導」するというのだ。

すでに実戦で二機撃墜しているこのおれに、こんな弱々しい若者がなにを教えるというのか。時間の無駄になるのではないか、と不満だった。

初日は挨拶だけで終わり、その夜から飛行場のバラックに泊まり込みとなった。五日間の教育訓練を受ける予定である。

翌朝、さっそくニューポール17の前につれて来られ、操縦方法の説明をうけた。

といっても機体自体が「べべ」とたいして違わないから、ふえた計器類の見方を教えてもらっただけである。操縦席に乗りこんでみると、いくらか空間が広くなっていた。そして目の前に機関銃が据えつけられている。同調機構つきのビッカース機関銃だ。

「これも、どうということはない。照準器で狙いをつけて、引き金を引くだけだ。陸上で機関銃を撃つのといっしょだ」

ルード中尉が言うので、実際に照準器——銃身の先に丸に十字の金具がついている——をのぞき込み、操縦桿についている引き金に手をかけてみた。たしかに日本の陸軍で習った機関銃の撃ち方と、さして変わらない。

「それで、本当にプロペラを避けて弾が出るのかな」

と問うと、ルード中尉が吹き出した。

「みんな、初めは心配する。無理もない。どうやらインメルマンも、自分でプロペラを撃って墜落したようだし」

ドイツの撃墜王、インメルマンの最期について、そんなうわさが流れていた。同調機構の故障によって、自分の撃った銃弾がプロペラを吹き飛ばし、インメルマンの飛行機は動力を失って真っ逆さまに地上に落ちた、というのだ。

「まあ、それは初期の装置だったからであって、いまは改良が進んでいるから滅多に故障しないそうだ」

「滅多にねえ」

「人間の造った機械だから、絶対に安全とはいえないだろうがね」

かったか。

初期の装置というが、インメルマンが死んだのはこの六月、つまり半年ほど前ではなかったか。

そういえば「フォッカーの懲罰」と言われたほどのドイツ軍飛行隊の圧倒的優位も、英仏軍機がドイツ軍と同様の同調機構つき機関銃をそなえたことで終わっていた。フォッカーEⅢに乗っていたインメルマンの死も、その象徴的な出来事なのかもしれない。

「飛行機の進歩は、速いな」

「進歩しなきゃ、死があるのみだからな」

ぼそぼそと不気味なことを言うやつだな、と思う。

射撃の練習はあとでやるというので、発動機の仕様や整備の仕方を教えてもらった。そのあと綿密に機体をチェックし、まずは実際に飛んでみた。

離陸し、時速七十キロ程度で水平飛行、ゆるい旋回、上昇、下降など、通常の飛行をひととおり試して、操縦桿の利き具合やスロットル・レバーの調子などを確認した。

「おう、着実に利くな。これならいい」

どうやら機体が大きいだけに、「べべ」より安定性が増しているようだ。

つぎに、思いっきりスロットル・レバーを押し込んで速度を出してみた。百キロ、百二十キロ、百四十キロと速度計の針が動く。

速度計が百六十キロを示したところで、スロットル・レバーをゆるめた。無理をすると発動機が焼け付くおそれがある。それでも出力はまだ余裕がありそうだったから、頑張れば百七十キロは出るのだろう。「べべ」よりよほど速い。なんとなくうれしくなる。

最後に、ゆったりと大きく宙返りをしてみた。さらに横転、インメルマン・ターンもやってみた。どれも滑らかに完遂できる。

満足して着陸した。

「いい機体ですね。これで射撃がうまくいけば、言うことはない」

ルード中尉に告げると、中尉は軽くうなずいて言った。

「じゃあ、あまり時間がないから、午後から機動飛行の練習をはじめる。少々きついと思うが、ついてきてくれ」

なにをもったいぶって、と英彦は腹の中で嗤《わら》っていた。宙返りや横転だったら軽くできる。これ以上どんな飛び方があるというのか。

その日は明るく晴れていた。西の方に少し綿雲が浮かんでいるほかは、高空にうっすらと筋雲が見えるだけだ。風も弱く、飛行にはうってつけの天候だ。

昼食後、ルード中尉は軍服ではなく、飛行服を着て控え室にあらわれた。

その姿を見ておどろいた。顔つきが変わっていて、厳しい軍人の雰囲気になっている。

おやおやと思っていると、

「少し離れて、ぼくのあとについて飛んでくれ。ぼくが上昇すれば上昇、宙返りをすればきみも宙返りをする。きっちりとあとについて、おなじ飛び方をするように」

と言う。朝は小さく弱々しく見えたのに、いまは態度が堂々として自信にあふれているると見える。

言われたとおり、ニューポール17二機でつれだって飛び立った。

英彦は、ルード中尉機の斜め後方百メートルほどのところに位置を占めた。しばらく高度五百メートルで飛ぶ。するとルード中尉がふり返り、こちらを見てから手をあげた。開始するぞ、という合図のようだ。

と、ルード中尉はいきなり急上昇にかかった。うしろの英彦に翼の上面がはっきり見えるほどの急角度で、ぐんぐん高みへと昇ってゆく。

置いていかれないようにと、英彦も上昇するが、あまりの急角度に、失速しないかと心配したほどだ。

高度千四百メートルまで昇ると、今度は急降下をはじめた。それも、機首を下にして真っ逆さまに落ちてゆくような降下だった。

英彦もついてゆく。体が前にのめって背中が椅子から離れる。ベルトで支えていなければ操縦もできないほどだ。地面が急速に近づいてくる。

このままでは地面にぶつかる、と危険を感じた直後、ルード中尉は水平飛行にうつった。四百メートルほどの高さだ。英彦はほっとしてあとにつづく。

しばらくそのまま飛ぶと、今度は翼をふってくるりと横転した。英彦も操縦桿をかたむけてそれに倣う。さらに逆方向に横転。一回転してもとにもどると、ぐいと機首をあげた。

「宙返りか。がってんだ」

ルード中尉はすでに宙返りの頂点まできている。英彦も機首をあげ、宙返りをうった。

一回転したところで、また横転。ついで速度をあげ、降下しつつ左に旋回する。これがまた急な旋回だった。ついていった英彦は体が強く座席に押しつけられるのを感じた。そして操縦桿が重くなり、力を込めないと思い通りに動かない。腕力を鍛えておいてよかったと思った。

高度二百メートルまで降下すると、しばらく水平に飛ぶ。速度はかなり落としている。

「おいおい、機体は大丈夫か」

ここまででも相当に無茶な飛び方をしている。機体が分解しないかと心配になるほどだ。そして上に下にとゆさぶられ、強い力で押しつけられたり引っぱられたりした体も、かなりまいっている。頬の傷も痛みはじめた。

だがルード中尉はまだつづけるつもりのようだ。ぐいと機首をあげた。

「ここでまた宙返りか！」

高度二百メートルでの宙返りは危険だ。ふつうは失敗したときのことを考えて、もっと高いところでやるものだ。

それでも英彦は意地でついていった。速度を最大にあげ、操縦桿を引く。目の前から空が消え、ついで頭の上に地上が見える。

宙返りしながら、ルード中尉を目の端にとらえていた。ルード中尉の宙返りは半径が小さく、速い。手早く回り終わって、今度は上昇にかかった。

かなり遅れたが、英彦もついていった。

千メートルまで上昇してから機体を水平にもどすと、ルード中尉はまた宙返りをはじめた。

英彦も宙返りにかかったが、上昇の直後のため、速度が足りなかった。

「あっ、いけねえ!」

と思った時には遅かった。機体は回りきれず、途中でずるずると機尾から後退をしはじめ、やがて失速して落下していった。

落下する中で、英彦はなんとか機体を立て直したが、もうルード中尉についてゆくのは無理だった。

「これくらいはこなしてほしいな。これでもまだ、機動飛行の訓練用として定められた行程の半分もやってないんだ。実戦ではもっと苦しい機動を強いられるぞ」

着陸し、機体を格納庫におさめたあと、ルード中尉に咎めるように言われた。英彦は言葉もない。

「ドイツ軍の技量はあがっている。腕っこきのピロットばかりあつめて、追撃機の大隊を作っているからな。その中で鍛錬するから、ますます腕があがる。こちらも鍛えないと、差をつけられるばかりだ」

たしかにドイツ軍の中にはすぐれた技量の者がいる。ルカン・ブルーのことを思い出し、英彦はうなずいた。

翌日、翌々日も訓練飛行が行われた。英彦は三日目の夕方に、やっと全行程を飛び終えることができた。

終わってみるとそれは、急上昇に急降下、連続宙返り、連続横転からの横滑り急降下、錐もみ降下からの急上昇など、空中格闘戦で考えられるあらゆる技法を織り込んだレッスンになっていた。

飛び終えたあとはひどく疲れを覚えたが、同時に充実感も味わっていた。

「まさに空を燕のように飛んだ、ってところかな」

これほど高度な飛び方を実践できるピロットは数少ないはずだ。

そう満足していると、

「これできみは基本を習得した」

とルード中尉は言う。

「あとはこれをどれだけ実戦で生かせるか、だ。もう撃墜経験があるのだから、生かし方はおのずとわかると思う」

これで基本か、と英彦は呆れた。ひどく高度な飛び方を手に入れたと思っていたのに、まだまだ上があるということだ。

「ああ、ドイツ軍の手慣れたピロットなら、これくらいは朝飯前にこなすと思ったほうがいい。もちろんわが軍のアスたちも、おなじだがな」

アス、つまり五機以上撃墜した猛者のことだ。ふと気づいてたずねた。

「失礼ながら……。あなたもアスですか」

「ああ、まだ七機だがね」

とルード中尉は言う。しかもシゴーニュ（こうのとり）大隊に所属しているというので、英彦は思わず敬礼をした。

「これは失礼しました」

「いいよ、そんなこと」

とルード中尉ははにかんでいる。飛行機に乗らなければ、弱々しい若者なのだ。

翌日は射撃訓練だった。

最初は地上にもうけた標的を撃つ。降下していって、機関銃の先についた照準器に標的を入れ、引き金を引く。標的自体は動かないので、照準器に入れさえすれば、命中させるのはさほどむずかしくなかった。

照準が合えば当たるとは自明なようだが、追撃機においてこれは驚異的なことだった。

翼の上に機関銃があった「べべ」では、操縦席の前にある照準を標的に合わせても、当たるとは限らなかった。銃口と照準器が離れすぎているので、ある一定の距離でないと照準と射線が一致しないのだ。

それが同調機構によって機関銃が目の前に置かれるようになったので、どの距離でも一致するようになった。おかげで命中率があがったのである。

「こんな武器を駆使していたとは、ドイツ軍機は強かったはずだな。くわばらくわばら」

フォッカーの懲罰、という言葉が脳裏によみがえり、思わずひとりごちた。そしてそれほどの威力を発揮した武器を、いま自分は手にしていると思うと感慨深い。

地上の標的のつぎは、空中の標的を撃った。ルード中尉が機体の下に三メートル四方ほどの布をぶら下げて飛ぶ。これが的である。英彦はその的をめがけて接近し、狙いをつけ、機関銃を撃つ。

この的は高速で動いているので、動く方向に向かって照準をずらす必要がある。だがその点と射撃前の機体の安定さえ気をつければ、「べべ」とは比べものにならぬほどよく当たった。

「おどろきますね。同調機構でこれほど変わるとは思わなかった」

と訓練を終えてからルード中尉に話すと、

「飛行機の進歩は速いんだよ。これだってもう時代遅れかもしれないぜ」

と言う。聞けば、ドイツ軍はすでに二丁の機関銃を同調させる技術を開発したようだ、とのことだった。

「プロペラのあいだから、二倍の銃弾が飛んでくる。もっとやっかいなことになるさ」

「わが軍は……」

「まだ聞いてないなあ。いずれできるだろうけど」

ルード中尉はのんびりと言う。

最終日には、訓練の仕上げとして模擬格闘戦をすることになった。相手はもちろんルード中尉である。

「じゃあ二千メートルに昇ったらはじめよう。いい頃合いにきたら、きみが翼をふってくれ。それが開始の合図だ。終了するときは、ぼくが翼をふる」

離陸前にそう打ち合わせをして、ふたりは自分の飛行機のところへ行った。

念入りに機体を点検しつつ、昨夜から考えてきた作戦を思い返す。

互いに相手が見えている状態からはじめるのだから、高いところから不意打ちに襲いかかる、という戦法はできない。となれば相手のうしろにつくことが肝心だ。それには切れよく旋回しなければならない。

——とにかく相手より高い位置を占めることだ。

常に相手を見下ろすような位置にいれば、反応しやすいし動きも速くなる。いずれは勝機が見えてくる。

先に英彦が離陸した。二千メートルまで高度をあげると、ルード中尉もすぐに追いかけてきた。五百メートルほど離れ、おなじ高度で水平飛行する状態になったとき、英彦は手をあげ、同時に左右に翼をふった。

ルード中尉は返事のつもりか、右手をあげた。そして直後に急上昇をはじめた。

「いけねえ。先手を打たれた。やはり考えることはおなじか」

英彦も操縦桿を引き、スロットル・レバーを押し込む。発動機の音が大きくなり、機体が傾《かし》いで高空の――おそらく高度一万メートルほどにある――筋雲が前面に見えてきた。

三千メートルまで上昇したところで、ルード中尉機が旋回をはじめた。こちらに向かってくる。

「おっと。まずは機関銃を向けないと」

英彦も機首をルード中尉機へ向けた。たちまち距離が詰まる。

しかし正面からの撃ち合いは不正確になりがちだし、短時間に終わるから、それで勝負がつくことはない。

衝突直前で、英彦は右上に、ルード中尉は左下に抜けていった。

「よおし、上に来たぞ。これでいい」

ここから攻勢をとる。ルード中尉機を目の端に入れつつ、英彦は機体を斜め宙返りさせた。背面飛行から横転して姿勢をもどし、下降にうつる。下方に見えるルード中尉機をめがけて突っ込んでいった。

ルード中尉機はゆるく上昇しつつも、こちらから距離をとろうとしているように見えた。下になったので、いったん逃げようというのか。

速度をあげてルード中尉機に襲いかかる。百メートル以内に迫れば、機関銃弾の命中率はかなり高くなる。まずは一撃を浴びせたい。

ちらりと、あれは誘いではないか、という疑念が湧いたが、いやこれは銃撃を浴びせるいい機会だと思い直した。

英彦が後方から迫ると、ルード中尉機は待っていたように宙返りをはじめた。これを許すと、うしろにつかれる。逃がさじと、英彦も追いかけて宙返りにかかる。

前方に見えていたルード中尉機が、上方に見えるようになった。そしてその機影がだんだんと後方にうつってゆく。ルード中尉機をとらえきれず、二回転目にかかる。するとルード中尉機は見えなくなった。

「待て、どこだ、どこだ。急にいなくなった」

うしろをふり返った。ルード中尉機はこちらのうしろにつこうとしていた。

「こいつはまずい。遅れちまったか」

宙返りの頂点にきたところで、背面飛行から通常の姿勢にもどり、そのまま前方へ直進した。距離をとろうとしたのだ。

だがそれでは振り切れなかった。ルード中尉は直進する英彦のうしろにぴったりとついてきた。もし実戦なら、この瞬間、うしろからいやというほど機関銃弾を浴びせられるところだ。

あきらめて英彦は右手をふった。降参のつもりだった。

十秒ほどその態勢をつづけて、ルード中尉は翼をふった。模擬格闘戦は終わり。英彦の完敗だ。

その日のうちに三度試みて、英彦は三度とも完敗した。いつもうしろをとられるか、英彦が機体を制御できずに錐もみ状態で高度を失うかして、決着がついた。操縦技術にどうしても越えられない差がある。

一矢も報いられないまま、訓練は終わった。

「ひとつだけ言っておこう」

ルード中尉は感情のない顔つきで言った。追撃機のピロットとしては通用しないとか、ピロットをやめちまえなどと辛辣なことを言われるのかと、英彦は身がまえた。だがそうではなかった。

「ラダー・ペダルの使い方を考えたほうがいい」

「ラダー・ペダル？」

尾翼にある方向舵（ラダー）を動かすペダルである。機首を左に向けるときには左のペダルを踏み、右に向けるときは右を踏む。これと主翼にある補助翼を動かす操縦桿の操作とを合わせて、飛行機は左右に旋回する。

「そう。横の動きと言い換えてもいい。きみは上下にはすばやく動く。相手の機体を見失うこともなく、反応も速い。おそらく視力と運動神経がいいのだろうな。しかし左右の動きが鈍い。だから動きが単調で、つぎの行動が読みやすい。もっと左右の動きを鋭くしたほうがいい。そのためにラダー・ペダルをうまく使うんだ」

言われてみれば、ラダー・ペダルの踏み方を真剣に考えたことはなかった。

生まれて初めて乗ったアンリ・ファルマン機にはラダー・ペダルがなかった。操縦桿で操作する補助翼の動きだけで左右に旋回していたのだ。そんなアンリ・ファルマン機で操縦をおぼえたものだから、いまでもラダー・ペダルを使いこなせていないのかもしれない。最初についた癖はこわい。

「いろいろと飛び方を試してみるがいい。ラダー・ペダルの使い方でずいぶんと飛び方が変わる。それと」

ひと息おいて、ルード中尉は言った。

「わかっていると思うが、これは特殊な飛び方だ。多用すると失敗して墜落もするだろうし、機体も傷む。できればしないほうがいい。攻撃するときは、一撃で相手を倒す方法を考えることだ。それが失敗したとき、初めてこの飛び方が役に立つ。いいね。使わないほうがいいんだ」

それが指導教官としての、はなむけの言葉のようだった。英彦は礼を述べて飛行場を去った。

訓練を終えたあと、部隊に帰る前に英彦はパリに寄り、タクシーでトゥーリエ街に向かった。

以前に投宿した下宿屋を訪れ、画家の田川の部屋をノックすると、折よく在宅だった。

「おや、なつかしい。いや、どうしたんだ、その顔は」

まずは挨拶がわりに頬の傷について説明をしなければならなかった。機関銃弾がかすめたという話に納得した田川に、

「まあ、危ない話だが、軍人さんじゃ当たり前か。ご活躍のようだね。ときどき寄ってくれよ。ああ、そうだそうだ」

と部屋の中に招き入れられ、大きな封筒を渡された。

「日本から手紙がきている。あずかっておいたよ」

「いやあ、ありがてえ。恩に着る」

入隊の前に日本に手紙を出し、どの部隊に配属になるかわからなかったので、返事の宛先として田川の住所を書いておいたのだ。

その封筒には三つの小さな封筒がはいっていた。

「ありがとう。お礼をしたいが、今日のところは帰らないといけねえんでね。また今度、おごらせてもらうよ」

英彦はタクシーで東駅に向かった。今日中に訓練を受けた飛行場にもどらねばならない。そして明日には帰隊だ。

汽車の中で、封筒をあけた。

三つの封筒は妻、父、母からのものだった。

父の手紙には、日本の名を辱めぬよう立派に戦え、ただし異国の地で異国のために死

ぬのはまかりならぬ、必ず生きて帰ってこいと、矛盾したことが書かれていた。正直な人なのだと、思わず笑ってしまった。

妻亜希子の手紙は一番長く、便箋五枚におよんでいた。しかし夫がいないために不便をかこっているとの愚痴、日本で伝えられている欧州大戦のうわさ、実家の動静などばかりで、亜希子自身の感情は、文面からはほとんど感じられなかった。

ため息をついて、最後に母からの封筒をあけた。

やけに薄い。中に便箋はたった一枚だった。そこには、

一筆啓上

あしきどうらくはやめて女房大切とはやばやきこくこそ肝要とおぼえ候

かしく　母

とだけあった。

英彦は大きく息をつき、封筒をしまった。

――悪しき道楽か。

言い得て妙だと思う。空を自由に飛ぶなど、道楽といえば道楽であり、しかも人生を

破壊しかねない悪い道楽だ。

わかっているが、やめられない。

明日は支給されたニューポール17に乗って、ヴェルダン近くの自分の部隊に帰るのだ。そしてまた、ドイツ軍機と戦うために空を舞うだろう。

いつ日本に帰るのか。この戦争の帰趨《きすう》によるだろうが、いまのところ終わりが見えない。二年後か、三年後か。いや、飛行機乗りは損耗が激しいから、骨になって帰ることになるかもしれない。

道楽を極めようとすれば、当然、代償も重くなる。

白い骨壺《こつつぼ》を思い浮かべて、英彦は目を閉じた。それでも恐怖も嫌悪も感じなかった。ただ、新たに習得した飛行術を駆使して大空を駆ける自分の姿を、頭の中に思い描くばかりだった。

四

英彦が基地にもどってしばらくすると、ヴェルダンの戦いは一段落した。

十二月の半ばにフランス軍が大攻勢をかけて、ドイツ軍に占領されていた堡塁をとりもどしたのである。

押し返されたドイツ軍は、もう反撃してこなかった。十カ月にわたる激しい戦いで、何十万人という膨大な死傷者を出したためだろう。両軍はにらみ合いに終始するようになり、また戦線は膠着した。

陸上の戦いが鎮まると飛行機の出番も少なくなり、英彦がニューポール17でパトルイユに出ても、敵機と遭遇することは稀になった。またせっかく敵と出会っても遠すぎて追いつけなかったり、発動機や機関銃の不調で取り逃がしたりして、習い覚えた飛行術も使う機会がないまま大正五（一九一六）年が暮れた。

年が明けると、英彦の部隊はパリの北方へ移動することになった。どうやら今度はその方面で攻勢が予定されているようだ。

飛行機は飛行場から飛行場へ飛べばいいのだが、整備用の機材や燃料弾薬、その他の生活物資は汽車と自動車で運ばねばならない。部隊が稼働できるようになったのは、一月も終わりのころだった。

だがここでもドイツ軍は静かで、フランス軍の陣地に攻勢をかけてくる気配はなかった。そのため空中での戦いも少なく、パトルイユに出てもなにごともなく帰投する日々がつづいた。

様相が変わったのは、二月にはいってからだった。

ドイツ軍はパリの北東方面の突出した前線を、新たに構築したヒンデンブルグ線と呼ばれる要塞線にまで後退させた。

ドイツではこの冬、主食のじゃがいもが不作で、かわりに家畜の飼料であるカブラを人々が食べざるを得なくなっていた。イギリス海軍による海上封鎖と合わせ、「カブラの冬」と言われる食糧危機となっていたのである。

軍隊もこの影響をうけ、防御に必要な人員や弾薬の負担を軽くするため、一時的に戦線を縮小したのだった。

これがフランス軍首脳の、攻勢への意欲をかきたてた。

後退したといっても、ヒンデンブルグ線はまだまだ戦前のフランス国境の内側深くに入り込んでいたから、弱ったドイツ軍に一大攻勢をかけて国境の外へ追い出してやろう、と考えるのは自然な流れである。

フランス軍では、最高司令官をジョッフル将軍からニヴェル将軍に交替させ、新たに攻勢をとることになった。

そこで、この方面での飛行機の活動もさかんになってきた。


二月半ば、英彦はブレゲー14偵察機を僚機とともに護衛し、ドイツの支配地域をめざして飛行していた。

ヒンデンブルグ線の内側まで飛行してドイツ軍陣地や背後のようすを写真撮影し、ついでに倉庫や司令部に爆弾を落としてくるのが、三機に課せられた任務だった。

高度二千メートル付近に多くのちぎれ雲が浮かび、高空に筋雲が流れている。雲は多かったが、晴れ間は見えていた。

三機編隊の指揮官はブレゲー14を操縦するリヴィエール中尉だが、敵機が襲ってきたら英彦が僚機を指揮してブレゲー14を守らねばならない。

僚機はおなじニューポール17で、ピロットはペール軍曹といい、長身痩軀《ちょうしんそうく》、三十すぎのベテランである。ただし長く偵察機に乗っていて、追撃機に乗るのは三カ月前からだった。敵機の撃墜経験はない。頼りになるとはいいがたいが、誠実な人柄なので敵機を前にして逃げ出すこともないと思えた。

ペール軍曹の機は、高度千四百メートルを飛ぶブレゲー14偵察機の斜めうしろにつき、英彦は五百メートルほど上方を飛んでいた。離陸前の打ち合わせで、そう決めておいたのだ。以前、ルカン・ブルーにやられた戦術を、こちらも試してみるつもりである。

三十分ほど飛ぶと、ひと月前までドイツ軍の支配領域であった地域にはいった。もうどこから敵機があらわれても不思議ではない。前方はもちろん、上下左右を慎重に見張りながら飛ぶ。ときどき後方も確認する。

しばらくは対空砲火もなく、敵機も飛んでこなかった。

「やはりドイツ軍が戦線を縮小したのは、本当のようだな」

とつぶやきながらさらに飛びつづけ、ヒンデンブルグ線の上空にさしかかった。

「おっと、きやがったか」

とたんに前下方に黒い花が咲いた。対空砲火である。こちらの前進に合わせるように、黒い花はまっすぐに列をつくる。花が咲くたびに機体が少々ゆれた。

ブレゲー14とペール軍曹の機が高度をあげた。英彦も合わせて上昇する。

さらに飛びつづけると、対空砲火が止んだ。そして目標とする駅の近くまできた。ブレゲー14は高度を下げ、駅の上空を旋回しはじめた。写真を撮影しているのだ。ついでに、駅の近くの倉庫らしき建物めがけて爆弾を落とした。

そのあいだ、英彦は旋回しつつあたりを見張っていた。まだ敵機は見えない。

爆弾が倉庫の屋根で破裂し、光と煙、それに衝撃波が波紋のようにひろがるのが見えた。直後、ブレゲー14が翼をひるがえし、引き返しにかかった。

英彦は五百メートルの高度差を保ちつつ、ブレゲー14にしたがって帰路についた。

後方に黒い点を発見したのは、ヒンデンブルグ線の上空をすぎたころだった。距離はおそらく五キロほど。

「やはり、なにもなしに帰れるほど甘くはないってこった」

そう思いつつ英彦は翼をふり、下方を飛ぶ僚機に異常を知らせた。なおも観察していると、黒い点は三つにふえた。

――三機か……。

どのように戦えばよいのか、すばやく頭を巡らせる。逃げ切れればいいが、敵の追撃機は速いから、五キロの距離などすぐに詰めてくるだろう。

英彦は上昇にかかった。まずは三千メートルまで。そこで反転し、迫ってくる敵機のようすをうかがう。

三つの点は小型の複葉機だった。おそらくアルバトロスDⅡだ。まっすぐにブレゲー

14をめがけて飛んでいる。上空の英彦には気づいていないようだ。

「いいぞ、これならいける」

全身の血が沸騰するのを感じた。英彦は先頭の一機に狙いをつけた。操縦桿を押し込み、降下にかかる。スロットル・レバーも押し、加速する。

ブレゲー14は速度をあげて逃走にかかり、ペール軍曹のニューポール17は敵機に向かっていった。

敵の先頭をゆく機体が近づいてくる。やはり黒十字を翼に描いたアルバトロスだ。操縦桿とラダー・ペダルを細かく操作し、高速で降下しつつある機体を安定させ、機関銃の照準器をのぞき込んだ。照準器の中にアルバトロスの機影をとらえた。

機影が照準器のやや上方に移ったのを確認して、引き金を引く。

目の前で白煙があがるや、ほとんど同時にアルバトロスの機体が左に横すべりした。気づかれて、回避されたのだ。

銃弾は狙った機体中央部をそれ、右の主翼あたりに吸い込まれていった。

「ちくしょう、しくじったか」

ひやりとした。上空からの第一撃に失敗したら、その直後に立場が逆転する。

英彦のニューポール17は、そのままアルバトロスの機尾の方向をすり抜け、高度千二百メートル付近まで一気に降下した。

機体を引き起こし、左に旋回しながら上空をあおいだ。いまは自分が敵機より低い位置になるから、受け身にならざるを得ない。襲ってくるであろう敵機はどこだ。

だが目にはいったのは、アルバトロスが地上めがけて力なく落ちてゆく光景だった。見れば右の主翼が折れている。英彦の銃弾が主翼の木製の桁を撃ち砕いたところに、横転飛行で主翼に大きな負荷がかかって折れたのだろう。

上空から急降下して不意打ちの一撃、という戦法は、やはり有効だった。

だが撃墜を喜んでいる暇はなかった。別のアルバトロスがブレゲー14に迫っている。もう一機はペール軍曹と格闘していた。

「おう、そちらはまかせたぜ」

英彦は、ブレゲー14に追いすがるアルバトロスに狙いを定めた。うしろ下方から急追する。

ブレゲー14はヴォワザンⅤとおなじほどの大きさの複葉二人乗りだが、機首に発動機とプロペラがある牽引式で、角張った胴体はモノコック工法でがっしりと作られており、ヴォワザンⅤのように骨組みだけという頼りない機体ではない。

しかも配備がはじまったばかりの新型機だけあって高性能で、最高速はニューポール17も顔負けだった。その上、後席に二連装の機関銃をそなえている。高速で逃げながらこれを乱射しているので、さすがにアルバトロスでも手こずっており、なかなか近寄れないでいる。

アルバトロスのうしろ下方から百メートルの距離まで近づくと、英彦は狙いをさだめて引き金を引いた。

今度は気づかれなかった。銃弾はアルバトロスの操縦席から発動機のあたりに集中した。機体が動揺し、小さな破片が飛び散るのが見えた。さらに近づいて一連射を送ると、アルバトロスは発動機から青い煙を吐き出し、機首を下にして落ちていった。

ブレゲー14の後席で、射撃手が両腕をあげて喜んでいる。

英彦も手をあげて応えたあと、周囲を見まわした。

「ペール軍曹はどこだ。見えねえぞ。まさかやられたんじゃなかろうな」

あたりに見えるのは雲ばかりだった。反転して先刻ペール軍曹を見たあたりまで引き返したが、ニューポールもアルバトロスも見当たらない。

上空を警戒しつつ地上を探した。どちらかの機が墜落し、煙があがっているのではないかと気をつけて目を走らせたが、そんなようすもない。

ペール軍曹を失ったとしたら、大変だ。二機も敵機を撃墜したのに、喜ぶどころではない。高まっていた高揚感が冷めてゆく。

地上を見ているうちに、光景が異様なことに気づいた。草原の緑や畑の土はそのままだが、集落にある木々は焼け焦げ、建物は崩れている。あたり一面、そんな情景ばかりだ。

「ドイツ軍のしわざか。まったくひでえことをしやがるな」

このあたりは、ドイツ軍がヒンデンブルグ線に退却する前まで占拠していた地域だ。

おそらくドイツ軍が退却前に、使えそうなものを破壊していったのだろう。

五分ほど探しまわったが、ペール軍曹の機体は見当たらない。アルバトロスも飛び去ったようだ。燃料も残り少なくなったので、帰投することにした。

基地に着いてみると、やはりペール軍曹はもどっていなかった。すぐに捜索のために飛行機を飛ばすことになり、英彦は案内者としてもう一度飛ぶ仕度にかかった。

だが結局、その必要はなかった。最前線の部隊から、ニューポールらしき機体が不時着し、操縦者を救助した、そちらの部隊のペール軍曹と名乗っている、という連絡が入ったのだ。

「よかった！」

基地の中は安堵《あんど》と歓喜で沸いた。偵察と爆撃に成功した上、敵機を二機撃墜し、こちらは一機が損傷したものの人員の損失はなし、という戦果をあげたのだ。

翌日、自動車で基地にもどってきたペール軍曹は、

「アルバトロスと空戦になったが、むこうのほうが身軽で宙返りもうまく、うしろにつかれて機関銃弾を浴びせられた。錐もみ降下をしてなんとか逃げたが、浴びた銃弾のためか方向舵が利かなくなり、操縦できなくなったのでやむを得ず不時着した」

と申告した。負傷はしていなかったが、疲れ果てた顔で休暇がほしいと言う。

中隊長は軍曹の肩をたたき、四十八時間の休暇を与えた。

追撃機乗りとして最初の飛行で空中戦をして、戦死しなかっただけでも上々の出来だ

と、英彦もペール軍曹をねぎらった。

近ごろでは飛行隊もピロットもふえたが、その分、戦死や事故死がふえていて、新人ピロットが部隊に配属されてからの平均寿命は三カ月だ、いや三週間だ、などと揶揄《やゆ》されているほどだった。それほどピロットの損耗ははげしいのだ。

その後、

「ペール軍曹は少々闘志が足りないように見える。追撃機乗りのままにしておいていいだろうか」

と中隊長から問われて、英彦は考え込んでしまった。結局、もう少しようすを見ることになったが、近いうちにペール軍曹は配置換えになるかもしれない。

戦場で生き残るのはむずかしいが、追撃機乗りになるのも、また追撃機乗りでありつづけるのも、どうしてどうして厳しい道だ。

――おれは、生き残って飛びつづける。

しおれていたペール軍曹を思い出しながら、英彦は思う。

英彦の二機撃墜の戦果は証人が複数いたことで認められ、これまでの合計で四機の撃墜を記録することとなった。

五

二機を撃墜したあとも英彦は基地に詰め、偵察機の護衛やパトルイユの指令があれば飛んだが、強風が吹いたり大雨が降ったりして、飛べない日も多かった。フランスでも春は気候が安定しないのだ。

そのあいだ、英彦がいるパリ北部の戦線こそ落ち着いていたものの、世界全体の戦況は大きく揺れ動いていた。

大西洋では二月からドイツが無制限潜水艦作戦を宣言し、アメリカをふくむ連合国の艦艇を撃沈する挙に打って出ていた。そのために商船が撃沈されたアメリカでは、世論が沸騰して参戦にかたむいてゆく。

また地中海には、日本海軍の特務艦隊が向かっていた。

英仏両国からの護衛艦隊派遣要請を、日本は正式に受諾し、日露戦争で活躍した巡洋艦出雲《いずも》を旗艦とする駆逐艦十二、巡洋艦一の特務艦隊を一月の末に出航させたのである。

地中海は以前からドイツの潜水艦が連合国の商船を狙い撃ちし、それを護衛する連合国の艦隊とのあいだで戦闘が繰り広げられている海域だった。特務艦隊は連合国の一員として、対ドイツ潜水艦戦闘に従事することとなる。

三月に入るとロシアで二月革命が勃発、ニコライ二世が退位を余儀なくされた。これでイギリス、フランスとともに連合国の一員であったロシアは、戦線から離れる可能性がでてきた。東部戦線でドイツをはじめとする同盟国側が有利になる状況となったのである。

同盟国側では昨年十一月、オーストリア・ハンガリー帝国のヨーゼフ一世が死去していた。戦争が三年近くつづいたことで、開戦時の各国首脳が消え去る例も見られるようになっているのだ。

そんな三月中旬、英彦は一通の電報をうけとった。

なぜ自分に電報がくるのか、と不審に思いつつ一読して、おお、と声をあげた。

磯部中尉が重傷を負って入院している、というのだ。

発信人は滋野男爵である。滋野自身、見舞いに行っているらしい。

磯部中尉は、当地では数少ない日本人の戦友である。最期の別れになるかもしれないと思い、休暇をとって見舞いにゆくことにした。

磯部中尉が入院しているのは、ヴェルダン近くの野戦病院だった。以前、英彦も手当をうけたことがある。

「ああ、よく来たね。まあ、命は別状ないようだけど」

と、ベッド脇にいた滋野男爵に言われて、急いで駆けつけた英彦はほっとした。

見れば、磯部中尉は昏々《こんこん》と寝ている。顔に青黒い痣《あざ》がついていた。痣は飛行眼鏡の形だったから、頭部をなにかに強烈に打ちつけたらしい。

「話によると、ニューポールで離陸直後にモトゥール（発動機）が故障して、百五十メートルの高さから落ちたんだって。すぐに救助されて病院にかつぎ込まれたってんだから、まあ運はいいんだろうけどね」

「怪我は……、どんな具合でしょうか」

「どうやら頭を強く打ったらしい。ほかは大丈夫みたいだ。でもよほど強烈に打ったのか、ずっとこんなありさまだよ。ときどき目覚めるんだけど、なんだか言うことが脈絡がなくてね。ここはどこだ、なぜ自分はフランスにいるんだとか、困っちゃうよ」

滋野男爵は悲しげな顔をしている。滋野男爵は磯部中尉の上官から、磯部中尉が会いたがっているとの電報をうけて飛んできたのだとか。

「錦織くんのような筋肉もりもりの体なら、もう少し軽くすんだかもしれないけどね」

「……いや、それはないでしょう」

「すでにパリの日本大使館にも、磯部死亡と連絡がいってしまったらしい。日本の新聞にも出ているだろうな。世間はこういうの、好きだから。そんなつもりはないのに、ぼくたちはどうしても目立ってしまう」

「まあ、命があってよかったですよ」

磯部中尉は飛行学校を出て部隊に配属になったのが昨年の秋で、そこから感冒にかかって入院し、年末にやっと退院して部隊にもどったそうだから、従軍歴は今月で三カ月程度になる。

命は落とさなかったものの、もう軍務には耐えられないだろうから、新人パイロットの寿命は三カ月という戯《ざ》れ言《ごと》がずばりと当たっている形だ。

ふと気づくと、ベッドの枕元の壁に勲章がかけてある。それもふたつ。レジオン・ドヌール勲章とクロワード・ゲール勲章だ。

「ああ、これはどうやら、戦死と見なされて授与されたらしいんだが」

滋野男爵が聞いたところでは、磯部中尉は三カ月の部隊勤務中に撃墜歴はなく、敵機と戦ったのも三度だけというから、勲功をめでるための授与ではないようだ。

百五十メートルの高さから落ちるのを見れば、その者は死んだと誰しもが思うだろう。

「命と引き換えにもらうには、高いのだか安いのだか」

滋野男爵はため息まじりに言う。

そこに、

「ああ、ここでしたか」

と声をかけた者がいる。日本語である。

「小林《おばやし》くんか。やあ、来てくれたんだね」

見れば、くりくりとした目が愛らしい小柄な若者だった。フランス陸軍の軍服を着ていて、肩章は伍長を示している。

「紹介しよう。小林祝之助《しゆくのすけ》くんだ。やはり飛行機乗りだよ。こちら、錦織中尉。うわさは聞いているよね」

滋野男爵に紹介された若い男は、きびきびと姿勢をただし、英彦に敬礼をした。

「初めてお目にかかります。小林であります。ただいまはG30飛行大隊におります」

「おいおい、日本人同士だし、堅苦しい挨拶はいいよ。錦織だ。よろしくな」

英彦は微笑んで手をあげた。

小林伍長は当年二十五歳。京都の立命館に学んでいたが、大空を飛翔したいとの思いにとりつかれ、航空術を学ぶために二年前にフランスにきたという。

それを聞いて英彦は内心、大きくうなずいていた。やはり空を飛ぶことに魅せられてしまい、人生を狂わされた同志のようだ。

磯部中尉とは渡仏当初、滋野男爵をたずねた時に出会い、いっしょにヴォワザン飛行機工場を見学したりしたという。

はじめは従軍するつもりはなかったが、すでに大戦の最中であり、民間で航空術を学ぶのはむずかしかった。そこで十カ月ほどフランス語を学び、陸軍にはいって飛行機乗りをめざした。

「コロトアの学校で飛行術を学びましたのや。部隊には、今月から配属になりました」

安心したのか、関西弁で小林は言う。

「いまは、何に乗ってるの。Gということはコードロンか」

「はあ、コードロンG４でおます」

二人乗りの偵察爆撃機だ。やや旧式だが、いまでも多くが現役だった。

「まだ実戦には出てまへん。いまは腕が鳴ってますのや」

その気持ちはわかる。英彦はうなずいた。

そのとき、ふと滋野男爵を見て気がついた。顔色が悪い。目の下に黒い隈《くま》ができていて、口角も下がっている。以前に見たときよりも年老いたように見える。

追撃機乗りは激務なのだと、あらためて悟った。ことに滋野男爵は「アス」ばかりをあつめたシゴーニュ大隊にいる。ふつうの部隊より戦い方が激しいのだろう。

聞いてみると、よほどの悪天候でないかぎり、毎日出撃しているようだ。

「飛行に慣れた者ばかりだから、そんなこともできるのでしょうね」

「まあ、おかげで大変だよ。なかなか休みもとれない」

滋野男爵は苦笑いを浮かべて言う。

三人が話をしているあいだ、磯部中尉は眠ったままだった。

——これが、おれの未来の姿かもしれないな。

磯部中尉を見ながら思う。いや、自分だけでなく、滋野男爵や小林伍長らすべての飛行機乗りの未来かもしれないと思い、いくらか暗い気分になった。

三人は今後も連絡をとりあい、磯部中尉の回復を見守ろうとの意見で一致し、その日は解散した。

汽車で基地に向かいながら、まとわりついてくる暗い気分を振り払おうと、英彦はつとめた。ただでさえ飛行機乗りは危ない仕事なのだ。悪い方へ考えを向けると、いくらでも悪く思えてしまい、抜け出せなくなる。

かといって、手柄を立てようとあまりに心が逸ってもいけない。飛んでいるときも、飛んでいないときも、いつも平常心でいることが肝心だ。

それはわかっているが、実際にいつも平常心でいるのはむずかしい。

「よし、まずは『アス』になることをめざそう。飛行機乗りとしての頂点だ」

そうした目標をもてば、暗い気分になることもない。それにはあと一機、撃墜するのだ。

「そうだ。おれは空戦の腕をあげてアスになる。それからあのルカン・ブルーにひと泡ふかせてやる。じゃないと気がすまねえ」

その目標は素直に胸におさまった。汽車の窓をすかし、闇の中にときおり見える家の明かりを追いながら、英彦は静かにうなずいていた。

第六章　軍服と白衣

一

空は灰色の積雲におおわれているが、西の方にある切れ目からは陽光が射していた。

離陸した英彦は、上昇を急いだ。

上空にはおなじ中隊のニューポール17が七機、舞っている。あと三機が離陸し、自分と合わせて十一機で敵の追撃に向かうことになっていた。

出撃前に伝えられた情報では、

「アミアン近くの飛行場にゴーダG４爆撃機が三、四機、護衛の追撃機が五、六機で夜明けとともに襲来し、飛行場の格納庫や滑走路に爆弾を落とし、宿舎を銃撃したあと東方に去っていった」

という。帰投しつつあるその編隊を攻撃し、

「一機たりとも無事に基地へ帰すな、それがきみたちの任務だ」

と命じられて飛び立ったのだ。

うしろ下方を確認する。ペール軍曹の乗機がついてきている。

ニューポール17の編隊は、翼をつらねて北東へ向かう。やつらはベルギーにある基地にもどる。であればこの方角へ飛べば見つかるはずだ。

途中、雲の切れ目から上昇し、その上に出た。すると眼下には日射しをあびて白く光る雲の絨毯《じゅうたん》が、上空には紺色の空と薄い筋雲が見えるばかりとなった。

「これなら敵も容易に発見できるだろうが……、攻撃するのはむずかしいな」

敵が飛行する方角からして、太陽を背にして敵に迫るのは無理で、真正面から襲撃するしかなさそうだ。それではこちらにも損害がふえる。

このところフランス陸軍は混乱していた。

ヴェルダンでの大きな損害の責任をとる形で、大正五（一九一六）年の末に司令官のジョッフル将軍は更迭され、新たにニヴェル将軍が司令官となっていた。

ニヴェル将軍は移動弾幕射撃という新戦術——砲兵があらかじめ決められた時間割にそって砲撃の着弾点を敵陣の奥へと移動させてゆき、歩兵はそれを追って前進してゆく——でヴェルダンのドイツ軍を一時後退させた実績をもっていた。そこでこの新戦術を用いてヒンデンブルグ線の南方、シュマン・デ・ダーム高地を奪回すべく、フランス軍は新たな攻勢に出た。

新戦術は当初、うまくいきそうに見えたが、結局は机上の理論でしかなかった。ドイツ軍兵士は壕の深い場所でフランス軍の弾幕をやりすごし、生きのびると、そのあと地表の壕にもどり、のこのこと前進してきたフランス軍歩兵に機関銃弾を浴びせたのだ。

フランス軍は十八万人以上の死傷者を出しながら五百メートルしか前進できず、攻勢は半月ほどで頓挫した。結果として、ヴェルダンの攻防戦と変わらない消耗戦になってしまったのである。

ここに至って、開戦以来、人員の死傷があまりに多すぎると兵士たちは不満の声をあげ、四月末にはついに反乱を起こした。百五十個ほどの師団のうち、じつに六十八個師団において兵士が上官の命令を聞かなくなったのだ。

もはや兵士たちは突撃命令を下されても突撃しなくなったが、幸い、パリに進撃して政府を倒そうとするほどの過激な動きをする兵士はいなかった。ロシアとちがって、フランスには打倒すべき皇帝はいないからだ。

政府はニヴェル将軍を更迭した上で兵士の休暇を増やすなど、待遇を改善することで事態の収拾をはかった。

そうした軍内の混乱をドイツ軍から隠すためにも、あたかもこれから攻勢に出るように見せかける必要があった。そこでフランス軍はまだ反乱を起こしていない飛行隊を使い、さかんに爆撃をおこなったのだ。

ドイツ軍も、フランス軍の攻勢には攻勢で応じるつもりのようで、フランス軍の施設への爆撃を頻繁におこなうようになっていた。

前方にいくつかの黒点が見えてきたのは、三十分ほど飛んだあとだった。

先頭をゆく中隊長機が翼を左右にふった。散開せよ、という合図だ。ここからは小隊単位で戦うことになる。

英彦は小隊長であり、本来なら自身をふくめて三機で戦うはずだが、搭乗員と機材の不足で一機は欠員となっており、部下はペール軍曹だけである。

今日は最後尾の爆撃機の攻撃を割り当てられていた。護衛の追撃機が邪魔をしてくるだろうが、それにかまわずただ爆撃機のみを狙うのだ。

これは恐ろしい任務である。

ゴーダＧ４爆撃機は複葉双発の三人乗りで、推進式なのでプロペラはうしろ向きについている。主翼の幅はニューポール17の三倍近くあり、爆弾は六百キロほども積める。巨大な機体にふさわしく、操縦席の前後にひとつずつ、そして後部席の床下と、合計三丁の旋回式機関銃を装備していた。そんな巨大機に、機関銃一丁だけをもって突っ込んでゆくのだ。

この機を攻めるには、まず護衛の追撃機の銃撃をかいくぐらねばならない。しかし弾丸は巨大な獲物のためにとっておかねばならないので、敵の追撃機に反撃するわけにはいかず、ただかわすしかないというつらい立場におかれる。そしてうまくかわしても、つぎには爆撃機の機関銃に狙われる。

やっと銃弾の当たる距離まで迫っても、ただ当てるだけでは駄目で、操縦士や発動機、燃料タンクといった急所に命中させないと撃墜できない。

さらに爆撃機の編隊が恐ろしいのは、何機かが組んで飛んでいるから、こちらが狙いをつけた機の機関銃だけでなく、前後左右の機からも銃弾が飛んでくる、という点だ。

だからこちらも銃弾をたっぷり浴びる覚悟でかからないと、とても撃ち落とせない。

だが危険なだけに、報酬は大きい。巨大機を落とせば名誉この上ないだけでなく、英彦は五機撃墜でアスの仲間入りをするのだ。だから戦意はいつもより高い。

敵の機影がスズメほどの大きさに見えてくる。ゴーダ爆撃機は四機だった。菱形《ひしがた》に戦陣をくみ、その上方と前後を二機ずつ追撃機が守っている。

こちらに気づいた敵の追撃機が向かってきた。

英彦は上昇にかかった。ペール軍曹もついてくる。

敵機は正面から迫ってきた。四、五百メートル離れたところから機関銃を撃ってくる。

「よしよし、くるがいいさ」

そんな遠くからでは当たらない。二百メートルあたりまで引きつけておいて、いきなり右にかわした。敵機は機関銃弾を放ちつつ、飛びちがえていった。

「たのむぞペール軍曹、うまくやってくれ」

離陸前の打ち合わせで、護衛の追撃機はペール軍曹が受けもつ、と決めてある。あとは祈るしかない。

ゴーダ爆撃機を見下ろすところまで上昇してから、降下する勢いをのせて襲いかかった。

敵機から機関銃弾がまき散らされる。当たらずとも追撃機を寄せつけなければいいのだから、遠くからでも容赦なく撃ってくる。

「まったく、遠慮会釈もねえな」

英彦はラダー・ペダルを軽く交互に踏み、操縦桿の操作と合わせ、機体をわずかに左右に動かして、機関銃の照準をはずしながら近づいてゆく。

そして二百メートルにまで迫ったら、機体をまっすぐ敵に向ける。銃弾が飛んできても、ここに至っては機体をまっすぐに保つ。

照準器をのぞく。射撃が許される時間はほんの一、二秒だ。

操縦席のあたりを狙った。

「よし、ここだ。撃てっ」

引き金を引く。目の前が白い煙で覆われ、機体が震えた。銃弾が敵の機体に向かって飛んでゆく。

だが多くははずれ、わずかに主翼に数発当たっただけだった。

「くそっ、やり直しか」

刹那、操縦桿を押して目の前に迫った大きな機体を寸前で避け、降下してゆく。ゴーダ爆撃機から銃弾の追い討ちがあるが、横滑りも加えて射線から逃げた。

機体を引き起こし、上昇に転じて第二撃にかかる。左右を見まわしたが、敵機はいなかった。頭上に見えるゴーダ爆撃機の下面へ向かった。

今度の狙いは発動機だ。発動機かその近くにある燃料タンクに銃弾が当たれば、さしも巨大な機体も火を噴いて落ちてゆく。

上昇しながら照準器をのぞく。と、上空から敵の追撃機が向かってくるのが見えた。

「なんの、へでもねえ」

正面から向かってくる敵は恐くない。互いに百五十キロ近い高速で接近するので、銃撃できるのは一瞬だからだ。そんな短いあいだに狙いを定めて命中させられる腕前の操縦士など、世の中にそうはいない。

機体を横転させて小さく左によけると、案の定、追撃機は一瞬、機関銃弾を振りまいただけで飛び去っていった。

またゴーダ爆撃機に向かう。スロットル・レバーを押し込む。発動機がうなりをあげるが、上昇角を大きくとっているだけに速度はあがらない。そのうちにゴーダ爆撃機下面の機関銃が発砲をはじめた。

「おいおい、何をもたもたしてんだ。早くしねえと、いま飛び去っていった追撃機も反転して追いすがってくるじゃねえか！」

目の前の計器盤を叩いて発動機を叱咤《しった》しても、思ったように距離が詰まらない。うしろをふり返ると、旋回した敵追撃機がこちらへ向かってくるのが見える。

焦る気持ちをおさえて迫ってゆく。距離は二百メートルになった。照準器をのぞく。操縦桿を少しだけ押して、ゴーダ爆撃機の大きな発動機の少し前方に照準を合わせる。

「南無三、当たれっ」

引き金を引いた。機体が震え、銃弾が発動機のあたりに吸い込まれてゆく。もう一連射。この銃弾も発動機に向かってゆく。

上昇をつづけて爆撃機を抜き去ったところで宙返りを打った。その途中で左に横転して降りそそぐ機関銃弾を避け、すぐに機体の姿勢を水平にもどした。下方から追いかけてくる敵追撃機に注意を向ける。

ちらりと右側を見ると、ゴーダ爆撃機の発動機が煙を噴き出していた。だがそれ以上、見ている暇はなかった。こちらに向かってくる敵追撃機が機関銃を乱射している。

「うるせえな。いま相手してやるって」

左に横転しつつ降下してこれを避けると、今度はすぐに反転上昇して、敵追撃機のうしろをとりにかかった。弾倉に銃弾がどれほど残っているか不安だったが、敵が目の前にいるのでは立ち向かうしかない。

敵追撃機も宙返りにかかった。負けじと英彦のうしろをとろうというのだ。英彦もこれを追って宙返りにはいった。

どちらが早く小さく回れるかの勝負だ。

一回転では勝負がつかない。どちらも相手を照準器に入れる態勢には入れない位置だった。二回転目、上方にあったはずの敵の姿が見えにくくなる。敵のほうが少し小さく回ったようだ。

「おっとしくじった。まずい。撃たれるぞ」

もう一回転すればうしろをとられそうだ。そうなったら銃弾を浴びることになる。

だが回転の頂点から下降にはいったとき、頭上に敵追撃機の姿は見えなかった。あわてて後方を見たが、そこにもない。と、火を噴いてこちらの翼の下方を落ちてゆく機体が目にはいった。

「なんだ、なにが起きたんだ」

左右を見まわすと、ペール軍曹の乗機がゆるい角度で降下していった。通りすぎてゆく一瞬、ペール軍曹が笑顔でこちらに手をふったのが見えた。

二

「新しいアスに、乾杯！」

ペール軍曹が大声をあげ、英彦に向かってシャンパンのグラスをかかげた。

「サンテ（健康を）！」

と英彦もグラスをあげる。五機目、しかもゴーダ爆撃機という大物の撃墜が認められ、アスの仲間入りをしたのだ。これで勲章も間違いなしというところである。

乾杯の仲間たちは、ペール軍曹のほかにニューポール17の整備を担当するメカニシアン二名。そしておなじ数の着飾った女たち。

グラスをあげる中には、サンテ、チンチン、という乾杯の決まり文句でなく、ヴィクトワール（勝利）と言う者もいる。

空戦で戦果をあげたご褒美に、久しぶりに休暇を認められて、四人はパリにきていた。

おおいに羽根をのばそうというペール軍曹の発案で、いま名高いミュージック・ホールのフォリー・ベルジェールに席を占めている。

ホールの中はほとんど満員の盛況だ。薄暗い照明の下で酒の匂いと紫煙のたちこめる中、音楽と話し声、女たちの嬌声が交錯し、なんともにぎやかだ。

――おいおい、戦争中だろ。

グラスを手に、英彦は首をひねる。国土が侵略され、多くの若い男が戦死しても、まだまだフランスは余裕があるようだ。それとも、もはやややけくそになっているのか。

「ねえ、ピロットさん、空中戦ってどうやるの。聞きたいわ」

とペール軍曹の隣にすわる、白いドレスの美女が問う。

自分たちがピロットだとは、ペール軍曹が一番に口にした言葉である。ピロットは女性にもてる、とここへ来るまでに軍曹はさかんに言っていた。

それは、政府や新聞社が死傷者数の多い悲惨な地上戦より、爽やかに見える空中戦の戦果を報道するのを好む傾向があり、ピロットが新聞などで英雄あつかいされることが多いせいだった。

われらはピロットだと言うと、たしかに女性たちはとても好意的な反応を示すな、と英彦は冷静に観察していた。

「高いところで宙返りするんでしょう。恐くないの」

と言う化粧の濃い女は、胸元の大きく開いた紫色のドレスを着ている。

フォリー・ベルジェールは娼婦《しょうふ》のたまり場でもある。ホール内のバーで酒を頼むと、娼婦が運んでくれて、そのまま横にすわる。乾杯して他愛のない話をしたあと、商談にうつる仕組みだ。

「ああ恐いとも。それでも君たちのような美しいご婦人を守るためなら、何度でもひっくり返るさ」

ペール軍曹はにやにやしながら応える。当初、不器用にニューポール機を操縦していた軍曹も、一機を撃墜して自信をつけたようだ。

そのとき場内が暗くなり、前方の舞台で小太鼓のロール打ちがはじまった。やがてスポットライトが踊り子たちを照らし出す。

網タイツと小さな布きれをつけただけの、ほとんど裸であらわれた踊り子たちは、トランペットとベース、ピアノ、ドラムスの楽団が奏でる音楽に合わせ、妖しげに体をくねらせはじめた。歓声や口笛が飛ぶ。

「あなたは、どこの国のお人？」

娼婦のひとりに問われて日本と答えると、なぜ軍服を着ているのかと不思議そうな顔をされた。

「遠い東洋からわざわざ船でフランスにきて、軍に志願したんだ。飛行機に乗りたくてね」

「まあ、冗談ばっかり。コメディアンか何かでしょ」

これには面食らった。日本人がなぜコメディアンなのかとたずねると、別の女が説明してくれた。どうやら日本の大道芸の一座がきて、ここでショーをしていったことがあったらしい。その一味だと思われているようだ。

たしかに日本人がフランス軍のピロットで、さらにアスだなど、なかなか信じてもらえない話だと、英彦自身も認めざるを得ない。説明するのをためらっていると、

「あはは、こりゃいいや。そうだよ。この人はコメディアンだ」

と、美女に囲まれてご機嫌なペール軍曹までが言いはやす。言い返そうにも、こうした席になると早口の上に卑猥《ひわい》な俗語がたくさん使われるので、勉強して身につけたフランス語しか知らない英彦はついていけない。

周囲を見れば、メカニシアンの二人は娼婦の品定めに夢中のようで、こちらの話など聞いていない。

――なんだ、ペール軍曹にはめられたか。

英彦はむっつりと口を閉じ、舞台の踊り子たちを見ているしかなかった。早く宿舎にもどって腕立て伏せか懸垂でもしたいと思った。

翌朝、英彦はパリのホテルを出ると、タクシーでトゥーリエ街の下宿屋へ向かった。昨日パリに着いたときに電報を打っておいたので、田川は部屋で待っていてくれた。

「よく来た。活躍は聞いているよ」

まずは入れ、日本の茶でもいれるよ、と田川は相変わらず親切だ。

「できれば米の飯を食わせてもらいたいな。もうずいぶん食べてないんだ」

「おう、そりゃかわいそうに。じゃあ昼飯はすき焼きにするか」

田川が米を炊いたり葱をきざんでいるあいだに、預かってもらっていた日本からの手紙に目をとおした。

到着していたのは、妻の亜希子からのものだけだった。それも便箋二枚と短くなっており、内容も、ふだんの暮らしは変わりないことと、フランスで活躍している日本人飛行機乗りのことが新聞にのった、というだけのあっさりしたもので、亜希子の感情というものがまったく感じられなかった。

「これじゃ事務連絡じゃねえかよ」

英彦はつぶやいた。恨《うら》み辛《つら》みなり怒りなりを伝えてくれれば、まだしも絆《きずな》を感じられるのに、そうしたものもない。

「去る者日々に疎し、か」

仕方がないと思う。日本を去ったのは、まったく自分のわがままだったのだから。

豆腐もしらたきもなく、肉と葱だけのすき焼きだったが、醬油の香りをかぎ、米の飯を味わって英彦は幸せだった。

食事のあいだ中、話し好きの田川はパリの日本人社会のようすや、美術界のうわさ話などを一方的にしゃべった。英彦は聞き役に徹した。どうやらパリの暮らしは、さほど戦争に影響されていないようだ。

「ときどき空襲があるだろう。そのときはどうしているんだ？」

「ああ、夜中に物騒な音がするね。そりゃもう、しょうがないさ。どこに爆弾が落ちるかわからないいんだから、逃げたところでそこに落ちるかもしれない。毛布をかぶって寝ているのが一番だ」

「なるほど、慣れれば悟りも開けるってことかな」

「悟りなものか。ただの開き直りだよ。ああ、悟りといえば、磯部中尉が帰国したのを知っているかい」

「お、そりゃ初耳だ。治ったのかい」

発動機の故障で墜落し、頭を打って入院していたのを見舞ったのが三カ月ほど前のことだ。そのあとは英彦自身が戦闘任務に忙殺されてしまい、磯部のことはまったく意識から消えていた。

「磯部中尉は四十日ほども入院していて、やっと本復したそうだ。といってもずっと流動食だったから、痩せこけていてね、とても軍務に耐えられないとなって、長期休暇の形で帰国したよ」

ずっと基地にいた英彦には、そうしたうわさ話も伝わってこなかった。

「マルセイユから出航する前にパリで挨拶回りしていてね、ぼくは会わなかったが、見た人の話ではもう顔つきが穏やかになっていて、とても軍人と思えなかったそうだ」

「ははあ、穏やかにね」

「あれはあれで、やりたいことをやり尽くして悟りの境地に達したんだろうって、まあそんな話だ」

「やりたいことを……。まあ、そうかもしれないな」

飛行機乗りたさにフランスまで来て、一年ほども飛行学校で訓練をうけ、存分に空を舞った。そして空戦も経験し、墜落はしたものの命びろいをして、五体満足のまま帰国した。

あのまま前線で飛びつづけていたら、いつ戦死するかわからない――その可能性は非常に高い――ことを思うと、磯部中尉はきわめて幸運な人なのかもしれない。

「なんにしても治ってよかったよ」

田川との昼食のあと、英彦は柳田の会社に電話をした。柳田はなつかしがり、ぜひ今晩、メシを食おうという話になった。昼にすき焼きを食べたというと、

「じゃあうまいプロヴァンス料理を食わせる店を知っているから、そこにしましょう。あれは日本人の口にも合いますよ」

と言う。プロヴァンス料理がどんなものか知らないが、英彦に否やはない。

「ほほう、五機落としてアスになりなさったか。ご出世ですね」

先に来てワインを飲んでいた柳田は、つややかな頬をゆるめて言う。顔を合わせた途

端に頰の傷におどろかれたので、空戦の模様などを話したところだった。

「いや、出世など」

英彦もワインを飲みながら応ずる。

目の前の皿は、イカの墨和《あ》えというのか、イカを内臓ごとぶつ切りにして、手早く油炒《あぶらいた》めしたものだった。にんにくとバターの香りが食欲をそそる。なるほど、日本人の口に合う料理というのは、うそではなさそうだ。

店は庶民的な造りで、テーブルは小さめで椅子は酒樽《さかだる》だった。入り口は大きく開け放たれ、歩道にもテーブルを出していた。初夏の風が奥にまではいってくる。

「少し前に帰国された磯部さんが、空のいくさはむずかしい、自分は一機も撃墜できなかったとおっしゃってたそうですが、撃墜する人はつぎつぎとするんですね」

柳田の言葉に英彦は軽くうなずく。それはそうかもしれない。

「空中戦も剣術の試合とおなじで、たいていは腕前が上の者が勝ちますからね。ただ剣術の試合と違うのは、多くの場合、負けた者は死ぬので、負けを糧にして練習し、強くなってふたたび試合に臨む、ということができない点でしょうか」

英彦の知る限り、一機でも敵機を撃墜した経験があるピロットは十人のうちせいぜい二、三人といったところだ。そしてその二、三人が、部隊の撃墜数のほとんどをかせぎ出す。あとの七、八人は敵機を撃墜する前に撃墜されるか、故障や事故で死傷して前線を去ってゆく。そして飛行学校を出たばかりの新人が補充される。

「以前、お話ししたときに教えてもらった新兵器、それ、同調機構つき機関銃ですか。あれをうちであつかおうとしていろいろ当たったんですがね、どうも無理ですね」

柳田は言う。

「そもそも日本の軍部じゃ、飛行機といっても関心が薄いようで。いまだに旧式の飛行機を飛ばして満足しているようだし、数も少ないそうで。それに飛行機を造る会社もまだない。輸入しようとしても、それじゃ話になりませんよ」

「そうでしょうね。遅れてますよ、日本は。モーリス・ファルマンで宙返りしようとしているようじゃ、とてもとても」

ヨーロッパでは燕のように飛べる高性能の飛行機が群舞しているのに、日本ではいまだに凧の親戚筋が幅をきかせている。日進月歩の飛行機技術に、まったくついていけてないのだ。

「飛行機そのものを買って日本にもっていこうとしても、こちらでは最新式の飛行機は売ってくれない。一機でも多く前線に送りたいのに、輸出などとんでもないって」

そんな話をしているところに足音がした。見ればフサエが立っていた。

髪をうしろにまとめ、薄茶色のワンピースに焦げ茶の上着をまとっている。地味だがよく似合っていた。

「ごめんなさい。上がり際に急患がはいってしまって」

フサエは柳田の横にすわった。どうやら妹もいっしょにご馳走しようとの腹らしい。

「なに、まだ宵の口さ。まずはアペリティフを選びなさい。どれにする？」

「明日もあるから、軽いものを」

「じゃリキュールにするか」

英彦はフサエと向き合う形となった。薄く化粧をしているのか、唇の色が鮮やかだ。目が合うとフサエは、

「あら、お顔に傷が」

とおどろいた顔をした。英彦が負傷した経緯を話すと、

「そうですか。大変でしたね。でも痕は目立つけど、ちゃんと治ってますね」

フサエが医療者の顔で英彦の顔をのぞきこむ。頰の傷は茶色に肉が盛りあがって瘢痕《はんこん》になっていた。

「向こう傷は男の勲章といいますからね。軍人さんらしい顔になった」

柳田が赤い顔で言う。英彦はフサエに目を向けてたずねた。

「サン・ルイ病院は相変わらず忙しいですか」

「ええ。戦地で応急手当をしただけの傷病者が絶えず送られてくるので、いつも満床です。怪我もひどくて、いくら手当をしても毎日、何人も死ぬの。本当、きりがないわ。正直、看護しても無駄だって患者ばかり。……あら、あたし、何てことを」

フサエは口を手でおおった。英彦も何と答えていいかわからず、三人はしばし沈黙した。

ちょうどそこに料理が運ばれてきた。パイ生地でスズキの切り身を包んで焼いたものだそうだ。三人はナイフとフォークをとった。

「さあ、どうですか、前線のようすは。どちらが勝ちそうですか」

雰囲気を変えようというのか、柳田が身を乗り出してたずねてくる。

「どうですかね。勝ち負けはまだ見えませんが、こと空戦に関していえば、こちらが押され気味だったのが、五分に持ち込んだか、やや押しているか、という感じでしょうか」

「ほう、そうですか」

「ええ。飛行機の性能ではまだドイツが少々いいかもしれませんが、大差はないですし、数でいえば、どうもこちらのほうが優勢になってきているようです」

「このまま押し切れそうですか」

「それはなんとも。でも、ドイツもかなり弱っているようですから、長くはもたないのではないですか」

「うむ、連合軍が海路を遮断してますからね。輸入が途切れたままでは、ドイツも苦しいでしょうな」

「海路といえば、日本海軍の艦隊が地中海まで来ているのですよね。あれは活躍しているのですか」

「おお、かなり奮闘しているようです。軍艦の数は少ないが、訓練が行き届いて技量が確かなので、イタリアやフランスの海軍より頼りにされているとか、聞こえてきますがね。うちはマルセイユにも支店があるので、海軍さんのお世話も少々しているのですよ」

自慢げに柳田が言う。

ふと気づくと、フサエがナイフとフォークをおき、柳田に目を向けていた。海軍という言葉に反応したようだ。

「フサエさんは、海軍に知り合いがいらっしゃるのですか」

思いついてたずねてみた。

「ええ、まあ……」

なぜかフサエは口ごもっている。かわりに柳田が答えた。

「こいつの旦那が、海軍の軍人なのですよ。ま、別に地中海に来ているわけじゃありませんがね。いまは戦艦の砲術士官かな」

フサエが結婚していると初めて知った。

――そりゃそうだよな、娘という年齢でもないし。

見たことのないフサエの夫を想像する。戦艦乗りでしかも砲術士官となれば、海軍の花形だ。海軍兵学校の同期でも出世頭だろう。切れるやつにちがいない。

「さぞお似合いのご夫婦なんでしょうね」

と言ってみたが、ふたりの反応はなかった。なにかまずいことを言ったのかと思って英彦も口を閉じたので、しばし無言の時がすぎた。

しかしそんな夫をほうり出してパリに来ているとは、どういうことなのだろうか。

――職業婦人として腕を極めたいのかな。

なんとなく自分と同類の匂いをかいだ気がして、少々おかしく思うと同時に、フサエに親しみも感じた。負傷したらサン・ルイ病院で診てもらってもいいなと思う。

柳田はさかんに会社の仕事の話をし、ふたりはうなずきながら聞き役をつとめた。

「さあ、締めは寄せ鍋といきますか。こちらではブイヤベースというそうですが、どう見ても寄せ鍋でしょう」

オマール海老《えび》やムール貝、魚の切り身がいっぱい入った鉄鍋がテーブルの中央に置かれた。汁がオレンジ色なのに目をつぶれば、寄せ鍋と言えなくもない。めいめいが取り皿に好きなものをとる。

「いや、貴重な話をありがとう。じつは東京の本社から、戦争のようすはどうだ、どちらが勝ちそうか、といつもたずねられてましてね。そうは言っても新聞や雑誌の記事じゃ真相はわからない。困っていたのですよ。前線で戦っている人の感覚が一番確かでしょうから、今日は収穫がありました。また聞かせてください」

柳田の言葉で、宴はお開きとなった。

三

八月。春以来いくつか激しい戦いがあったにもかかわらず、西部戦線はなお膠着し、ドイツ軍も英仏軍も自陣から大きく動けないでいた。

その日、朝から偵察機の護衛に飛んでいた英彦は、基地にもどると中隊長に呼ばれた。

「辞令が出ている。配置換えだ。すぐに荷物をまとめて出頭しろ」

と言われ、パリの北にあるアミアンの基地を示された。出頭の刻限は明日の朝十時半とある。

ずいぶん急である。しかもいま部隊は猫の手も借りたいほど忙しいのに、なぜ配置換えなのか、と不思議に思っていると、

「これまでよくやってくれた。新しい配属先は第十二飛行大隊のSPA26中隊だ。シゴーニュ（こうのとり）大隊だから、大変だろうが名誉なことだ。今後も励んでくれ」

と中隊長は言い、笑顔で握手をもとめてきた。英彦は思わず「おう」と声をあげていた。

英彦は腕前を認められ、フランスの航空隊でも最精鋭の部隊に選抜されたのだ。

大隊は、最新式のスパッドSⅧ型追撃機を装備した四つの中隊で構成されている。しかもSPA26（旧N26）中隊といえば、滋野男爵が所属しているはずだ。

「光栄です。全力を尽くして勤務いたします」

飛行機乗りとしては最高の栄誉である。英彦は感激し、きりりと敬礼を返した。

そのあとはあちこちを回って転属に必要な書類をあつめる仕事に追われ、ペール軍曹

らとは別れの宴をする暇もなかった。夕刻にあわただしく基地を出立し、翌日から英彦はSPA26中隊の一員となった。

シゴーニュ大隊は、最前線のアミアン市近くに駐屯している。アミアンからドイツ軍との境界線まで、近いところでは三十キロほどしかない。

町の内外には兵士があふれて——フランス兵だけでなく、イギリス兵やオーストラリア兵も多い——おり、補給物資を運ぶ車列で道路はいつも混み合っていた。

与えられた宿舎は急造のバラックで、壁からはすきま風が入り、折りたたみ式のベッドに薄っぺらい布団が敷かれていた。

これが精鋭部隊のあつかいかと少々落胆したが、最前線とあれば仕方がない。前途の厳しさを予感した。しかし士官である英彦はまだいい方で、兵士やメカニシアンたちは、テント式の格納庫の中で飛行機といっしょに寝ているのである。文句は言えなかった。

中隊長の前に出頭して最初に知ったのは、滋野男爵が過労から発熱して倒れ、入院しているという事実だった。

「きみは滋野男爵の跡継ぎだ。健闘を祈る」

と中隊長に言われるまで、英彦はそれを知らなかった。よほど急なことだったらしい。

いずれ見舞いに行かねばと思いつつも、入隊のその日から与えられた新式のスパッドSⅩⅢ型機で慣熟飛行をするという、多忙な日常に否応《いやおう》なく没入していった。

この新式のスパッドは滋野男爵の乗機で、胴体に部隊のマークであるこうのとりでなく、優美な丹頂鶴《たんちょうづる》の絵が描かれていた。シゴーニュ大隊の中で、たった一羽の鶴であるが、こうのとりと丹頂鶴はよく似ているので、違和感はない。

与えられた新型スパッドは、それまで英彦が乗っていたニューポール17よりひとまわり大きく、重量もかなりふえていた。それもそのはずで、発動機の出力がなんと二百二十馬力と、ニューポール17の二倍になっていた。最高速力も水平飛行で二百二十キロ以上と、世界最速クラスである。

乗った感じは、ニューポール17がおとなしい牝馬《ひんば》とすればまさに荒れ馬で、加速の力強さが段違いだった。スロットル・レバーをちょっと押し込めば、操縦席の背もたれに押しつけられる感じがするほどの加速があり、急降下すれば速度計の針は三百キロを軽く超える。

機首の機関銃もビッカース式が二丁になっていた。これなら大きな爆撃機に立ち向かうにも心強い。速度といい武装といい、世界最強の追撃機ということになるだろう。

「飛行機もここまできたか。技術の進歩ってのは、速いんだな」

凧のようなアンリ・ファルマン機に乗って喜んでいたころを思うと、隔世の感がある。

二日ほど慣熟飛行をしたところで、英彦は中隊長からふたりの先任士官を紹介された。

「シモン大尉とサンドラル中尉だ。わが大隊で教導役をつとめている。これから三日間、空中戦の技術をきみに教えてくれる」

口髭を蓄えたシモン大尉は痩せぎすの長身で、サンドラル中尉は中肉中背でどこかふわふわした目つきをしていた。英彦はふたりと固く握手をかわした。空中戦の技術が学べるとは、望むところだと思っていた。

「さっそくだが、これまでに空中戦の教育は受けたかね」

シモン大尉の問いに英彦は、前の部隊にいたときルード中尉から空中機動の訓練を受けた、と答えた。

「うちにいたルード中尉か。それはそれは」

その言葉と、目を細めた顔つきに引っかかって、英彦はたずねた。

「いた、というと、もう異動したのですか」

「いや、一週間前に名誉の戦死を遂げた」

思わず息をのんだ。あれほどの名手でも戦死するのか。

「訓練の最後にルード中尉と模擬戦をしましたが、一度も勝てませんでした。大変な名手と思っていましたが」

「そうだろうな。彼は格闘戦には強かった。だが不幸が彼を襲った」

どうやらドイツ軍機と格闘戦の最中に、機関銃が故障したらしい。

最初に相手のうしろをとったのはルード中尉だったが、撃てないとなってたちまち立場が逆転し、その場から離脱しようとするルード中尉が後方から機関銃弾を浴びる羽目になった。結果、燃料が燃えだして、ルード中尉のスパッドは炎と煙を吐きながら墜落していったという。

「惜しい男をなくした。きみも教えを受けたのなら、仇をとるつもりでやってくれ」

しんみりしてはいられない。大尉から訓練の説明を受けた。

「実戦的な訓練を行う。きみもアスなのだから、相当の腕前だろう。だから困難な状況をつくる。一対二だ」

「一対二！」

「そうだ。いまは編隊を組んで飛行することが多いから、実戦では一対一で戦うより、多数の飛行機が入り乱れる戦いとなる場合が多い。そこで、多対多の戦い方の基礎となる一対二の戦いをやる。慣れておけば、いざ実戦となったときにあわてずにすむ」

なるほどと思った。たしかに実戦的だし、そんな訓練は受けたことがない。

「われわれが二機できみに立ち向かう。隙を突いて一機でも落とし、きみが落とされなかったら、きみの勝ちだ。ただし離れて戦う一撃離脱戦法は使わないこと。これは格闘戦の訓練だ」

相手の機体から百メートル以内に近づいて機体を照準器に入れ、その態勢を三秒以上維持したら勝ち、というのがルールだった。三秒あれば機関銃を二連射はでき、十分に撃ち落とせる、という計算である。

合理的で有意義な訓練だ。さすがは天下のシゴーニュ大隊だと感心していると、シモン大尉はにやにやしながら言う。

「こいつはむずかしいから、訓練を受ける側はなかなか勝てない。三日間できみが一度でも勝ったら、たいしたものだ。そこで訓練を終わりにして、一杯おごってやろう」

「けっこうですね」

英彦が応じると、シモン大尉はいたずらっぽくウィンクして付け加えた。

「しかしきみが三日間で一度も勝てなかったら、つぎの昼飯どきに、『負けました』という看板を首からぶら下げて、食堂の入り口に立ってもらう」

「は?」

なんだそれは。恥をかかせる気か。しかもあまりにも子供っぽくて笑うこともできない。天下のシゴーニュ大隊のやることか。

「うちではそういう習慣になっている。新人のお披露目にもなるしな。なあに、敵に撃墜されることを考えればお安いものだ」

面食らったが、新人には逆らうことも許されない。ほかに簡単な打ち合わせをして、さっそく始めることになった。

離陸して高度二千メートルまで上昇すると、一キロ離れて互いに向かい合わせになった。不公平にならぬよう、太陽は三機の横ななめ上にある。シモン大尉の機が翼をふった。模擬戦のはじまりだ。

英彦は、まず上昇した。少なくとも、相手より低い位置にはいたくない。高い位置にいれば、降下する勢いを利用して高速で相手に突っ込める有利さがある。するとニ機は左右にわかれ、英彦の機をはさみ込むように動いた。

警戒されているので、一気に突っ込んでいって三秒間も照準を維持するのは無理だ。英彦は、左手のサンドラル中尉の機に狙いをつけ、その後方に回り込もうと左旋回をした。すばやくうしろにつき、シモン大尉の機に邪魔されぬうちに三秒間、維持する。それしか勝ち目はないと思われた。

だがサンドラル中尉も強者である。容易にはうしろをとらせてくれない。互いに操縦桿を目いっぱいに引き、旋回を重ねる展開となった。すると何回転目かのとき、サンドラル中尉が手をふり、親指をたててうしろを指すしぐさを見せた。英彦がふり返ると、後方百メートルほどにシモン大尉の機がぴったりとついていた。

——なるほど、負けだ。

単純な戦法では、二機を相手にしては勝てない。頭を使う必要がある。

二回目は、まずシモン大尉に挑んだ。やはり旋回を重ねる展開となったとき、後方を注意していて、サンドラル中尉が忍びよってくるのを待った。そしてサンドラル中尉の機が左側から英彦のうしろをとろうと加速した瞬間、英彦は操縦桿を倒して左のラダー・ペダルを踏み込み、降下しつつ目いっぱいに左旋回した。

いったんサンドラル中尉の前を横切って旋回し、加速して直進してくるサンドラル中尉をやりすごして、うしろをとるつもりだった。ブレーキのない飛行機は急に減速できないから、これは効く。

しかしサンドラル中尉はすばやく反応した。おなじく左旋回にはいり、英彦にうしろをとらせまいとする。英彦はこれを嫌って右旋回をしたが、サンドラル中尉もまた右旋回で応える。

　結局、サンドラル中尉と旋回を重ねる形になり、そのあいだにまたシモン大尉にうしろをとられてしまった。

「なんてこった。工夫がまるで通じねえ」

　やはり一対二はむずかしすぎる。ふたりとも、英彦より撃墜数の多いベテランだ。一対一でも勝てるかどうかわからないのに、二人がかりでは勝てるはずがない。

　結局その日は六回のぞんで、六回とも完敗だった。

　地上に降りたときは、いつもと違う疲れを感じていた。旋回を重ねると、体が強い力で操縦席に押しつけられる。それに逆らって操縦桿やスロットル・レバーを動かし、体をひねって後方や上方を見なければならないので、体力を消耗するのだ。

　——もっと工夫しねえと……。

　尋常なやり方では勝てない。といっても勝てそうな戦法など思い浮かばない。

　考えあぐみつつ夕食をとり、自室にもどってベッドに入っても考えつづけたが、よいアイデアなどまったく出てこない。何とかしなければと思いつつ、疲労には勝てずに寝てしまった。

　翌朝も快晴。だが英彦は気分が重い。新しい工夫がないままでは負けを重ねるのは必定だ。そう思うと、飛ぶ気すら湧いてこない。

「さあ、はじめようか」

とシモン大尉はやる気満々で口髭をひねっている。サンドラル中尉はあいかわらずぼうっとしているが、この見た目が曲者《くせもの》だった。飛行機に乗れば鋭い反応を示し、絶対にうしろにつかせてくれない。

しかし昨日一日で一対二の戦いの速さとタイミングには慣れたはずだから、おなじ戦法でも結果はちがってくるかもしれない。

空は晴れており、空戦に使えそうな雲もない。一丁やってやるかと気を取りなおして、入念に機体を点検したあと離陸し、高度二千メートルで二機に向かい合った。

昨日とおなじように上昇し、まずはサンドラル中尉に立ち向かう。接近し、すれ違ったあと、互いにうしろをとるために旋回にはいった。そこへシモン大尉が近づいてくる。シモン大尉にうしろをとられそうになった瞬間を見計らい、急降下してシモン大尉の機の下をくぐり、一転急上昇してシモン大尉のうしろにつこうとした。

だがシモン大尉もすぐに左斜めに宙返りをはじめ、英彦の狙いをはずす。今度はシモン大尉とうしろをとりあうため、宙返りを繰り返すことになった。

――これは、まずい。

と思ったが、どうすることもできない。シモン大尉と宙返りをしているうちにサンドラル中尉にうしろにつかれて、一回戦は終了。また負けである。

二回戦でも、なんとかサンドラル中尉のうしろにつこうとしたが、駄目だった。幾度か急降下と急上昇、左右の旋回を繰り返したが、結局はシモン大尉にうしろにつかれた。

「無理だ。二機を相手にして勝てるわけがねえ。端《はな》っから無理な話だぜ」

ここに至って、英彦にもこの訓練の真の狙いが見えてきた。格闘戦の訓練というのは二の次で、じつはアスとなって天狗《てんぐ》になっている新入りの鼻を、へし折ってやろうというのではないか。

「世の中にはおまえより強いやつがいっぱいいる、謙虚になれ、ってんだろう。そうに違いねえ」

昼休みに、食堂でふたりと一緒に昼食をとりながら、英彦はそうした見解を披露してみた。するとシモン大尉は微笑みを浮かべながら言った。

「そう思うのも無理はない。一対二で勝つのはむずかしいからな」

「ええ。無理ですよ。一対一でも勝てるかどうかわからないのに」

「しかし、一対二というのは実戦でしばしば起きる事態だ。ドイツ野郎が二機で来るのに、無理ですよ、で済ませられるかね」

「…………」

「むずかしいことはむずかしい。だが絶対に無理ということはない。現にわれらに勝ったやつが、この大隊にふたりはいる」

「ふたり……。ギヌメール大尉とかですか」

「やつが新入りできたときは、まだこの訓練はやってなかった。だからやつではない。

とにかく、ふたりは勝った」

「……どうやって？」

「そいつは教えるわけにはいかん。自分で見つけるんだな」

満足そうにワインを飲み干し、食後のデザートとして出た苺《いちご》のコンポートまで平らげてから、シモン大尉は悠々と席を立った。

午後になっても事態は変わらなかった。二機を相手にうしろをとろうとして、常にとられて終わった。午前中に三敗、午後に二敗して、通算で十一連敗となった。さすがに心が折れそうになってくる。

夕食どきの食堂で、英彦はおなじ年頃の隊員を見つけては話しかけ、一対二の訓練で勝った隊員は誰か、とたずねてみた。どうやって勝ったのか、教えを請うつもりだった。

「一対二で勝ったやつ？　ひとりはフォンクだろう。もうひとりは知らないな」

フォンク大尉はギヌメールにつぐ撃墜数を誇るアスの中のアスである。だが気むずかしい性格で、まともに訊いても教えてくれるわけがない、とその隊員は言う。

ではもうひとりは誰かとたずね回ってみると、その名はコーリ中尉と判明したが、ちょうど休暇をとっているという。会いたくても、明日の訓練には間に合わない。

とうとう必勝法がわからないまま三日目の朝となった。重い体と心をひきずって、英彦は滑走路に出た。

「なかなか元気だな」

シモン大尉が声をかけてきた。英彦は小さく首を横にふった。

「いや、疲れてます」

「ふつうの者は、三日目になればもっと疲労困憊《ひろうこんぱい》しているものだが。目の下に隈を作ったりげっそりした顔になったりするが、きみはさほど変わっていない。まだ余裕がありそうだ」

「そうですか。ずいぶん困って疲れているのですが」

「ふん。ま、もともと体力があるのだろうな。飛行機乗りにはいいことだ」

そんな会話をかわしてから、それぞれの機体に向かった。

――とにかく、すばやく旋回するしかない。

どう考えても、それしか勝てる方法は思い浮かばなかった。相手の機体を照準器にとらえて三秒持続する、という条件を満たすには、相手のうしろにつくしかない。前や横に位置していては、三秒も保てないのだ。

うしろにつこうとすると、相手はそれを避け、むしろこちらのうしろにつこうとするから、追いかけっこのように旋回し合うことになる。しかもゆっくりやっていては、二機目の相手にうしろをとられてしまう。となると、どれだけ速く小さく旋回するかが勝負を分ける。二機目の相手が対応できない速さで、すばやく一機目のうしろをとらなければ、永遠に勝てない。

だが、そんな方法があるのだろうか。

何も思いつかないまま離陸し、高度二千メートルまで上昇すると、また戦闘訓練がはじまった。

午前中に三度、対戦した。そして三度とも負けた。どうしても一機と宙返りや旋回をし合う形になり、そこへ二機目がきてうしろをとられてしまう。

もちろん、英彦も飛び方をさまざまに変えている。一機目と旋回合戦になって、二機目がうしろをとろうとするときに、急上昇したり左や右に急降下してみたりした。そのタイミングも早くしたり、逆にうしろをとられる寸前にしてみたりと、とにかく考えられるありとあらゆる選択肢を試した。

それでも結果はおなじだった。

昼休みに、シモン大尉らとおなじテーブルで昼食をとったが、胃袋になにか詰まっているようで、スープ以外は口にできなかった。

「さあ、仕上げといくか」

デザートのスイカひと切れを平らげたシモン大尉は、陽気に言ってくれる。

「まったくどうしようもねえな。こうなったらもう、捨て身でやるしかねえ。身を捨ててこそ浮かぶ瀬もあれ、だ」

一対二では負けて当然だ。残り半日、思い切っていろいろやってみよう。そう思うと少し気が軽くなった。

午後の訓練でも、一回目は負けだった。

二回目も、勝てる方策がまったく思いつかないまま始めなければならなかった。

まずサンドラル中尉の機と、うしろをとりあって宙返りをし合う形になった。

――早くうしろをとらねば。

ぐずぐずしていると、シモン大尉の狙いにはまる。だがサンドラル中尉も慣れたもので、ゆるまずに宙返りしている。

これでは駄目だ、とあきらめかけたとき、不意に「ラダー・ペダルをもっと使え」というルード中尉の言葉が脳裏に蘇《よみがえ》った。その言葉に操られるように、宙返りの半ばで操縦桿を左に倒し、さらにラダー・ペダルを踏んだ。

すると急に機体が思いがけなく鋭い角度で降下した。一瞬、操作を間違えたかとおどろき焦ったが、そこから錐もみになりかかる機体を立て直して上昇にかかると、すぐ目の前にサンドラル中尉機の後部が見えた。

鋭い角度で降下したことで、旋回するはずだった円の何分の一かをカットした形になったようだ。

英彦はサンドラル中尉機のうしろにぴったりとついた。うしろを見たが、シモン大尉の機体は遠く離れている。サンドラル中尉は左旋回して逃れようとしたが、それにはやすやすと追従できた。

照準器にサンドラル中尉の機体を入れて、三秒は十分にたった。

サンドラル中尉が、操縦席で両手をあげるのが見えた。英彦の勝ちをみとめたのだ。

「あれは、どうしたのかね」

夕方、近くの酒場でシャンパンを片手にしたシモン大尉にたずねられた。

「あれほど鋭い宙返りは、あまり見たことがない。どういう操作をしたんだね」

離れたところにいたシモン大尉からは、一瞬、翼が折れたか発動機の故障かで、機体が不自然な形で落下してゆくように見えたという。だがそこからすぐに立ち直り、サンドラル中尉の機をとらえたので、驚愕《きょうがく》したようだ。

「いや、それが……。自分でもどうやったのか、わからないのです」

「わからない？　隠すことはないじゃないか」

「いや、本当に憶えていないんです。操縦桿を左に倒し、ラダー・ペダルも踏んだのは憶えているのですが、どのタイミングでどちらのラダー・ペダルをどの程度踏んだのか、それがわからなくて」

「とっさに出た技だ、ということか。そんなことがあるのかね」

「追い詰められていたので、何かまちがった操作をしたのかもしれません」

おそらく通常はしない操作をしたのだ。それで機体が不思議な反応をしたとしか思えなかった。

「ふむ。まちがいにしても何にしても、あれは武器になる。あんなに鋭く回られては、まったくついていけない。あの技を自在に使えれば、格闘戦では無敵になるだろう」

「でも、どうやったのかわからないので……」

「それならこれからいろいろ確かめて、自分のものにしておきなさい。それが自分の命を救い、ひいては撃墜王への武器になるかもしれんからな」

シモン大尉はシャンパンを飲み干すと、コニャックを一杯、とカウンターへ怒鳴った。

四

そののち数日のあいだに編隊飛行の訓練、それに戦況や大隊としての戦闘方式の講義をうけた英彦は、八月の末に小隊の一員として三機で初出撃した。

この日の飛行は、ドイツ軍支配領域まで侵入するパトルイユだった。要するに「獲物をもとめてうろつく」のである。シゴーニュ大隊の出撃は、こうした少ない機数でのパトルイユが基本のようだった。

三機をひきいる小隊長はガルニエ中尉、七機撃墜で、英彦の頭が顎までしか届かない大男。僚機のサッカリー少尉は五機撃墜。小柄だががっしりした体格の物静かな男だ。

早朝から雨と風が強く、飛行は無理かと思っていたが、それでも出撃するという。

「われらはよほどの嵐でもないかぎり、毎日飛ぶ。心得ておいてくれ」

とガルニエ中尉から言われ、おどろきつつ仕度をしたのだった。実際、ガルニエ中尉もサッカリー少尉も慣れたもので、機体の点検から離陸まで流れるように作業をこなし、じつに手際がよい。飛行士としての腕前が、こうしたところにもあらわれているのだ。

朝八時になって少々小降りになってきたものの、まだ見通しの悪い中を出撃した。

雨の中を二千メートルまで上昇する。雲を抜けると太陽と青空が見えた。高度二千五百メートルに昇ってから三機で三角形をつくり、水平飛行にうつる。ときどき高度を変えつつ一時間ほど飛行した。

最初に獲物を見つけたのは、先頭をゆくガルニエ中尉だった。翼をふって合図すると、右に旋回しつつ上昇しはじめた。英彦らも、隊形をくずさぬよう注意しながらついてゆく。

青く広がる空の左上前方に小さな点があらわれたのに、英彦も気づいていた。方角からしておそらくドイツ軍機だ。ガルニエ中尉はまず太陽を背にする位置を占め、そこから近づいてゆくつもりだろう。

黒い点が蝶《ちょう》ほどの大きさになったとき、垂直尾翼に描かれた黒十字が読みとれた。偵察機と護衛の追撃機だ。まだこちらに気づいていない。

ガルニエ中尉は五百メートルほど上昇すると、そこから一気に加速して降下にうつった。一直線に獲物に襲いかかってゆく。サッカリー少尉がつづき、英彦も遅れじと速度をあげたが、やや出遅れた。

結局、ドイツ軍機は最後までこちらの襲撃に気づかなかった。

ガルニエ中尉は高みから急降下しての一撃で、油断していた偵察機の発動機を撃ち抜き、サッカリー少尉も護衛の追撃機に機関銃弾を浴びせ、火を噴かせた。

敵の二機は、黒煙を長く引きながら雲の中に落ちていった。

ふたりの鮮やかな手際を、英彦は呆然と見ているだけだった。

帰投した基地にはまだ雨が降っていた。三人は本部で戦果を報告する。英彦の役目といえば、撃墜の目撃者として証言し、書類にサインすることだけだった。

そののちいっしょにスープとバゲット、チーズ、缶詰肉の昼食をとった。

ここでは昼食時に話すことも、それまで英彦がいた部隊とは少しちがっていた。

基地の食事のまずさや付近の娼婦の評判などは一向に出ず、今日は太陽が味方してくれただとか、片側の機関銃が故障していたとか、敵機を探す方角をもっと考えたほうがいいなどと、もっぱら空戦の話題になった。そこに自軍やドイツの撃墜王のうわさ話が加わる。つまり仕事の話ばかりである。

新入りの英彦は神妙に聞いている。

「どうやらウーデッドが休暇中というのは、本当の話らしいな」

「近ごろうわさを聞かないと思ったら、やはりそうですか」

とふたりが話しているのは、ドイツ軍の撃墜王として名高いウーデッドと、シゴーニュ大隊が、いやフランスが誇る撃墜王、ギヌメールとの一騎打ちの件だった。

英彦もうわさには聞いていた。それは六月に行われ、一対一で激しい格闘戦を繰り広げたあげく、ウーデッドの機関銃が故障した。それを知ったギヌメールが情けをかけ、とどめを刺さずに手を引いた、という話である。ウーデッドはそれに衝撃をうけ、精神的に立ち直れていない、ということのようだ。

ギヌメールは大尉なので気楽に話しかけられないが、となりのＳＰＡ３中隊にいて、ときどき見かける。

見たところ小柄で愛らしいというより、なよなよした感じの童顔の青年だが、一度愛機の「年上のシャルル」――ギヌメールが最初に撃墜を記録した飛行機がシャルルという中年の飛行士のお古で、機体にその名前が書いてあった（おなじ隊にシャルルがふたりいて、年長の方の愛機だという意味で「年上の」とあったらしい）。以来、験を担いで、機体を変えてもその名を記しつづけた――に乗ると、人間が変わるという。

とにかく勇猛果敢で、敵機とみれば危険を顧みずに突っ込んでゆく。もちろん飛行の腕前は抜群で、高空から急降下して一撃で敵を倒す戦法が得意だが、もつれて旋回を繰り返す格闘戦になってもあとに引かず、必ず敵機を撃ち落としてきた。

すでに五十機以上を撃墜しており、数多くのアスの中でも撃墜数では抜きん出ている。勲章をもらい尽くして、もはやもらえる勲章はない、と言われるほどだった。

新聞でもその活躍は大きく取りあげられ、フランス国内で英雄になっているばかりか、世界中にその名は鳴り響いていた。

ほかの撃墜王たちの話も出た。

ドイツ軍の赤く塗ったフォッカーＤｒⅠが、イギリス軍機をさんざん撃ち落として話題になっており、そのピロットは女性だとのうわさが流れていた。だがどうやらその正体はリヒトホーフェンという男性で、しかも男爵だという。イギリス軍の中では「レッドバロン」と称されて恐れられているとか。

こうしたことは以前にV18中隊にいたときは、いわば天上を仰ぎ見てするうわさ話にすぎなかったが、自分がシゴーニュ大隊に入ったいまでは、日常の中で当たり前に触れられる話題になっている。

そのことに感銘をうけていると、ルカン・ブルーの名も出た。二十機近く撃墜し、いま名をあげつつあるらしい。

「ああ、その中の一機が私ですよ。撃たれて、撃墜というか不時着したんですが、たぶん数に入れているな」

英彦が言うと、ガルニエ中尉はうなずいた。

「ドイツ野郎の撃墜数は、認め方が甘いからな。たぶん本人の申告で認めているんだろう。こっちはふたり以上の証人が必要なのにな」

するとサッカリー少尉が言う。

「機首に鮫の歯を描いているやつか？　そいつなら少し前に見た。近ごろこのあたりに来るようになったのかもしれん」

ルカン・ブルーはゴーダ爆撃機を護衛していたという。その編隊は高空を飛んでいたため、迎撃に舞い上がっても捕まえ切れなかったが、ルカン・ブルーは単機で降下してきて、上昇中のこちらを威嚇したという。

「ちょうどいいじゃないか。いずれ復讐《ふくしゅう》する機会がくるだろうさ」

ガルニエ中尉が軽い調子で言う。

——そういえば、ひどいやつだったな。

あのとき、地上に降りて抵抗する術がなくなった自分を、遠慮なく銃撃してきたルカン・ブルーの冷酷なやり方を思い出した。怒りを覚えつつ食後のコーヒーを飲んでいると、

「つぎの出撃は十四時からにする。少し休んだら、用意するように」

とガルニエ中尉に言われた。

二機撃墜の戦果をあげたのに、この雨の中をまた出撃するのか、と英彦はおどろいたが、サッカリー少尉は当然のようにうなずいている。どうやらここでは普通のことらしい。

あきれながら、英彦は再出撃の用意にかかった。

八月いっぱい、英彦は毎日二、三度の出撃をこなし、シゴーニュ大隊になじんでいった。

そのあいだに時間を見つけては宙返りの練習をした。入隊当初の一対二の訓練で夢中で行った素早い宙返りのやり方を、身につけようとしたのだ。

当初は暗中模索といった案配だったが、ラダー・ペダルの踏み方をいろいろと試していって、やっとそれらしい飛び方を見つけた。やはり予想外の操作方法だった。

宙返りの途中、機体が水平より十度ほど上向きになったとき、操縦桿を右にいっぱいに倒しつつ、右のラダー・ペダルを踏み込む。これは通常の操作である。

そして機体が起き上がりかけると、今度は操縦桿を右に倒したまま、左のラダー・ペダルを踏み込む。

ふつうは操縦桿の向きとラダー・ペダルを踏む方向はいっしょだが、それを反対にするのだ。異常な操作といえた。

しかしこの異常な操作によって機首が左下方へ素早くまわり、一回の宙返りが通常よりよほど速く小さく完結する。まん丸な円を描いて宙返りをするのでなく、描くのが半円といっていいほど小さな宙返りができた。

左斜め宙返りのときは、とくに鋭く回れた。おそらくプロペラの回転方向によって、飛行機自体にいつも左向きの力がかかっているせいだろう。

小さく素早く宙返りできるとなれば、敵機と格闘戦になったとき、非常に有利になる。あとは射撃さえ落ち着いて行えば、常勝も夢ではない。それほどの技術だった。

英彦はこれを「燕返し」と呼ぶことにした。燕のように身軽な回転だからだ。

練習台になってくれた味方の操縦士からは、

「実戦で役に立つことはまちがいないが、危ない技だな」

と言われていた。鋭く回転しても、ときどき機体の姿勢を制御できずに錐もみ降下したり、近づきすぎて相手の機体にぶつかりそうになったりしたからだ。

ともあれ日々練習を重ねて熟達していったが、一方で撃墜数は増えていなかった。出撃するときは三機の小隊単位でのパトルイユが基本だが、その中で英彦は、攻撃する小隊長の援護役に回ることが多かったためである。九月に入ると疲れとともに、少々焦りも感じていた。

ちょうどそのころ、部隊に悲報が飛び込んできた。ギヌメール大尉が行方不明になったというのだ。

基地の中はちょっとした騒ぎになった。

いつものように朝からパトルイユに出ていたギヌメールは、ドイツの偵察機を発見し、僚機とともに追いかけたが、そこに上空から数機のドイツ追撃機が襲ってきた。いつかの英彦とおなじように、ドイツ軍の仕掛けた罠にはまったのである。

僚機はなんとか追撃を振り切って帰投したが、ギヌメールは帰ってこなかった。しばらくのあいだ生死の確認ができなかったが、状況からみて撃墜されたと考えざるを得ない。

「あんな死神の申し子のようなやつでも死ぬんですかね」

「ああ、そうらしいな」

とガルニエ中尉も英彦も虚を突かれた思いだったが、冷静に考えればギヌメールも人の子であり、いくら飛行術に長《た》けていても、多くの敵に襲いかかられれば防ぎきれないのは自明だった。

不思議なことに、いずれは自分もああなる、とは思わなかった。あまりに多くの死に接していると、そうした感覚が麻痺《まひ》するらしい。

なおギヌメールは国民的英雄となっていたので、行方不明のままにはしておけず、フランス政府はスペイン大使館を経由してドイツ政府に調査を依頼した。

回答は四カ月後にあった。それによると、九月十一日午前十時ごろ、ギヌメール大尉はドイツ軍のクルト・ヴィッセマン中尉により頭部を撃ち抜かれ、愛機とともにポールカペレ墓地に墜落した。

撃墜王はここに散ったのだが、その地点はちょうどイギリス軍の激しい砲撃に曝され ており、遺体の収容はできなかった。そして翌日には砲撃によりその周辺は破壊しつくされており、遺体も機体も発見できなかったという。

フランス国内では、

「ギヌメールはあまりに高く飛びすぎて、降りてこられなくなった」

といってその死を悼んだ。このとき撃墜数は五十四機に達していた。

五

十一月下旬のその日、日直となった英彦は夜明け前に起き、メカニシアンや兵らを監督して、出撃予定の機体をずらりと格納庫前にならべた。

あいにくと朝から小雨模様で、予報では一日中降りつづくとされていたが、シゴーニュ大隊の出撃を妨げるものではなかった。

そして自分も出撃の仕度にかかった。いつものように、ガルニエ中尉らと小隊でパトルイユに出るのだ。

数日前からアミアンの北東方面で、連合軍はイギリス軍が主体となって大きな攻勢に出ていた。その援護の意味もあって、シゴーニュ大隊の出撃回数も増えていた。

「そろそろ錦織中尉にも手柄を渡すべきだな」

とガルニエ中尉に言われていた。

「今日はわれわれが援護にまわるから、きみが攻撃の主体となれ」

と言う。撃墜数を伸ばすチャンスである。

小雨をついて三機は離陸し、上昇して雨雲の上に出た。

太陽が大きく見える。西の方には大きな積乱雲が盛りあがって空をふさいでいた。高度五千メートル付近にも、無数の雲の塊が浮かんでいる。

こんな日でもドイツの偵察機は活動しているはずだが、発見して追いかけても、雲の中に逃げられれば追い切れない。狩りにはあまり適していない日ではある。

しかしシゴーニュ大隊に転属して以来、一機も撃墜を記録していない英彦としては、このあたりで撃墜の成果をあげたいと渇望していた。

――さあて、敵は……。

ドイツ軍との境界線のあたりを南北に行き来しつつ飛びながら、いつもよりいっそう注意して、空のすみずみまで見張りをつづける。

待望の獲物を発見したのは、離陸して一時間半ほどすぎ、そろそろ帰投しようかというころだった。

ドイツの偵察機が二百メートルほど下方を単機で東に向かっていた。偵察を終えて基地にもどるところと見える。

「しかしあやしい。いい獲物だが、くさいぞ」

発見した英彦の第一感は、これは罠だというものだった。自分もルカン・ブルーにやられたし、ギヌメールも引っかかった罠だ。おそらく上空に護衛の敵追撃機が隠れている。もし罠なら、面倒なことになる。追撃機同士の格闘戦を強いられるだろう。燃料も残り少なくなっているから、避けたほうがよいのではないか。

しかし、敵を前にして逃げるのではシゴーニュ大隊の名がすたる。

英彦は速度をあげて前をゆく小隊長機にならび、小隊長ガルニエ中尉の注意をひくと、偵察機の方向を指さし、ついで上空をさして指をぐるぐると回した。

それだけで意は通じた。小隊長はうなずくと上昇にかかった。やはりやる気だ。

敵追撃機は、少し高いところから偵察機を見張っているはずだと思い、五百メートルほど上昇した。するとやはり偵察機の後方上空に敵機が見えた。それも三機。短い三枚の主翼をもつ姿から、ドイツの最新鋭機、フォッカーＤｒＩとわかった。

敵もこちらを認めたようだ。つぎつぎに旋回してこちらに向かってきた。

「よし、よき敵ござんなれ」

英彦の小隊もそれぞれ相手を決め、向かってゆく。

フォッカーDrIと対戦したことはないが、三葉機でありスパッドよりひとまわり小さいことから、空中戦になると小回りがきくだろうことは想像できた。

ならば互いにうしろを取りあう戦い方ではなく、離れて戦ったほうがいい。そう考えながらスロットル・レバーを押し込み、速度をあげた。向かってくるフォッカーに正面から突っ込んでゆく。

三百メートルまで近づいたところで、フォッカーはふわりと浮くように上昇し、英彦のスパッドをやりすごそうとする。英彦は下から一連射浴びせようと思ったが、フォッカーはつづいて横転し右旋回にかかるなど激しく動くので、狙いがつけられない。

結局、撃てずに通りすぎた。すぐにうしろを見ると、すでに体勢を立て直したフォッカーが真後ろについていた。

「こいつ、なんて軽い動きをするんだ」

英彦は内心、舌を巻いていた。こいつは燕でも鷹でもない。蝶だ。蝶の動きだ。

うしろから撃たれてはたまらない。スロットル・レバーを目いっぱい押し込んだ。発動機のうなり声が一段と高くなり、速度計の針は時速二百キロを超えた。フォッカーの機影が小さくなる。小回りがきくかわりに、あのフォッカーはさほど速くは飛べないようだ。

十分に引き離したところで、宙返りにかかった。インメルマン・ターンをきめてフォッカーに向き直る。もう一度、正面から襲いかかった。

フォッカーは今回もふわりと浮きあがり、英彦を円運動に誘い込もうとする。そうはさせじと、操縦桿とラダー・ペダルを駆使して機首をフォッカーに向ける。速度をゆるめ、フォッカーの動きに合わせる。距離は二百メートル。照準器をのぞき込む。フォッカーをとらえた。いまだ。

引き金を引く。二丁の機関銃が白煙をあげ、機体が振動する。銃弾が飛んでゆく。

だが全弾がフォッカーのうしろを抜けていった。フォッカーはいきなり速度をあげて射線をかわしたのだ。

つづいてフォッカーは宙返りをはじめた。こちらのうしろに回り込もうというのだ。

「よし、応じてやろうじゃねえか」

機体の特性上、こちらが不利だとわかっていたが、習得したばかりの「燕返し」をためしてみたくなった。この敵を相手に成功すれば、どんな敵にも通用するだろう。

英彦はフォッカーの機尾を見ながら宙返りにかかった。それもやや左方向に傾いた宙返りだ。フォッカーは頭上にある。

宙返りにかかったばかりなのに、早くもフォッカーが視界から消えかけている。英彦のスパッドより小さく回りつつあるのだ。

「それ、ここだ！」

フォッカーを目で追いながら左斜め宙返りの途中、機体が起きたところで操縦桿を右に倒し、左のラダー・ペダルを思い切り踏んだ。

視界がぐるりと回り、背景の青空が緑の大地に変わったとき、目の前にフォッカーの機尾が見えた。フォッカーより素早く小さく回ったのだ。いまや敵機との距離は五十メートルほどしかない。

あとは引き金を引くだけだった。機関銃弾がおもしろいようにフォッカーの機体に吸い込まれていった。

フォッカーは細かな破片をまき散らしたあと、機首から煙を吹き出し、左斜め下方へ落ちていった。

「おお、使える。燕返しは使えるぞ」

英彦はおどろいていた。むずかしく苦しい格闘戦に、あっさり勝ってしまったではないか。燕返しがここまで効果的だとは思わなかった。ひょっとすると、宝物のような武器を手に入れたのかと思った。

ちらりと燃料計を見た。尽きかけている。さきほど全速力を出したせいで、思いのほか消費したのだ。もってもあと十分だろう。早く決着をつけねばならない。

左右を見回すと、遠くにガルニエ中尉の機体が見えた。フォッカーに手を焼いているようだ。

サッカリー少尉はどこにも見えない。離れたところで戦っているのか、それとも撃ち落とされたのか。

　そう考えたとき、いやな予感がした。

　――もしサッカリー少尉が撃ち落とされたなら、撃ち落としたフォッカーは、いまどうしているのか。

　はっとして、首をひねってうしろを見た。

　予感どおり、もう一機のフォッカーが至近にまで迫っていた。その機体は青く塗られ、機首に鮫の顔と白い歯が描かれていた。

　ルカン・ブルーだ。

　反射的に左のラダー・ペダルを踏み、操縦桿を左に倒しつつ押し込んだ。横転して急降下……、だが遅かった。

　轟音とともに熱い暴風が通りすぎた。

　右肩に焼けた鉄棒を押しつけられたような衝撃を感じた。計器盤が火花を散らし、速度計と前方の機関銃が一台、はじけ飛んだ。

「おめえさんとこんな形で再会するとは、思いもよらなかったぜ」

　痛みをこらえ、錐もみ降下で追撃を避けながら、発動機の音に注意を払った。どうやら正常に動いている。では、どこまで降下するのか。下は雲だ。まずは雲に隠れろ。

　右腕は痺《しび》れて動かない。左腕一本でスロットル・レバーと操縦桿を交互に操作し、錐もみ状態から機体をたてなおすと、そのまま降下をつづけて雲の中へ突っ込んだ。

雲の中は白い闇で、周囲はまったく見えない。その分、敵に見つかるおそれはない。右肩から血が流れている。止めたいが、無理だ。

ここで最善の方策はなにか。

逃げることだ。一撃をうけ、しかも相手がルカン・ブルーでは勝ち目はない。基地まで行き着かずとも、フランス軍の勢力圏に不時着すれば命は助かる。雲の中を飛べば、敵に見つかることもない。

白い霧に包まれている中、磁気コンパスを見て、西へ向かうべく操縦桿を左にまわした。つい臆病風にふかれた。

そのとき、目の前にガルニエ中尉の顔が浮かんだ。

ここで英彦が逃げ出すと、ガルニエ中尉は残ったフォッカーと二対一の戦いになる。それではいくらアスでも勝てるはずがない。

それでも助けなければ。

だが左手一本で戦えるのか。それに機関銃も損傷している。出血も止まらない。

左手で引き金を引いてみた。

残った一台の機関銃は、ちゃんと弾を撃ち出した。

「だったら、逃げるわけにはいかねえ」

覚悟を決めて操縦桿を引き、上昇する。雲を抜けて太陽をあおぐと、すぐに敵と味方をさがした。右、左、上、下、後方と目を走らせる。

だが、なにも見えなかった。

あるのは青い空と輝く太陽、そして眼下にひろがる灰色の雲や、高空に浮かぶ雲、遠くにある盛りあがった積乱雲。

すべてが終わったあとの舞台のように、しんとして動きがない。

「ガルニエ中尉、サッカリー少尉！」

無駄とわかっていたが、叫ばずにはいられなかった。

しばらく呆然と周回していたが、燃料計を見て我に返った。飛べるのはあと数分だ。帰らなくては。

だが基地にはもどれそうにない。

そもそもここはどこだ。

ヒンデンブルグ線の近くのはずだが、地上が雲の下にあるので、確かめようがない。

とにかく飛べるだけ飛ぼうと決心し、機首を西に向けた。燃料が尽きそうになったらそこで雲の中へ突っ込み、雲の下へ出たら滑空してどこかに不時着する。運がよければ味方の領域に達して、病院に運んでもらえるだろう。

寒気がする。どれだけ出血したことか。そもそも高空は地上より気温が何十度も低い極寒の世界である。ピロットとして寒さには慣れているはずなのに、いまは体の芯から寒いと感じる。

ついで極度の疲労がやってきた。体が重くて動かない。ラダー・ペダルを踏むのも難儀だ。めまいがしてきた。

燃料計がよく見えないが、どうやら針は底を示しているようだ。

操縦桿を押して降下にかかった。雲の中に突っ込む。周囲は白い闇となった。

前が見えないので緊張したが、飛んでいるうちに心地よくなってきた。飛行機で飛んでいるのではなく、雲の中に浮いているような気さえした。まるで夢の中のようだ。

実際、雲の中にいれば、敵機にも地上からの対空砲火にも遭わずにすむ。心身ともに休める場所ではないか。

しばらく磁気コンパスを頼りに、雲の中を飛行した。

眠気が忍び寄ってくる。それほど静かな飛行だった。

いけないと思いつつ、あくびをした。

その瞬間、いきなり機首が強い力で押し下げられた。

なにごとかと思う間もなく、機体は錐もみ状態で真っ逆さまに落ちていった。

もはや眠気などと言っていられない。あわてて操縦桿を引き起こし、降下を止めにかかった。だが強い力が機体を押し下げている。降下は止まらない。

――いや、逆らうな。逆らうとかえって危ない。

自然の大きな力にはかなわない。操縦桿をニュートラルに保って機体の回転を止め、そのまま降下してゆくと、急に視界が開け、周囲に色がもどった。雲から出たのだ。

同時に機体を押し下げる気流も消えた。

──乱気流に巻き込まれたんだ。

雲の中を飛行しているうちに、積乱雲に突っ込んだのだろう。ほかの雲とちがって、積乱雲の中は激しい気流がうずまいている。飛行機など簡単に翻弄し、ときに破壊してしまう強い気流だ。いま雲から出たことで、乱気流から解放されたのだ。

雲の下は雨が降っていた。操縦席の中にも雨が降り込んでくる。たちまち濡れ鼠になった。

「で、ここはどこだ」

地上を見下ろした。雨に煙ってはっきりわからないが、町ではない。茶色の地面がむき出しになっている。

目をこらすと、箱形の大きなものがうごめいている。その周囲に兵士も見える。

「あれは……、戦車じゃねえか！」

二両や三両ではなかった。見えるだけでも十数両の戦車が、戦場いっぱいに広がって前進している。

なんと、戦場の真上ではないか。

もう一度燃料計を見た。やはり針はほぼ0を指し示している。もう飛べない。とにかく不時着する場所を探さなくては！

とうとう発動機の音がおかしくなってきた。苦しそうに咳《せ》き込んでいる。

少し先の方に森が見えたとき、ついに発動機が止まった。あとは滑空してゆくしかない。

うるさい発動機が止まると、砲声や砲弾の破裂する音、機関銃の連続した発砲音が聞こえるようになった。まさに戦場のまっただ中だ。

失速しないよう、さりとて降下しすぎないよう、操縦桿を慎重に動かして滑空をつづけた。森が近づいてくる。高度は百メートルもない。

森までは来た。だがもう英彦のスパッドに飛びつづける力は残っていなかった。がくんと機首が下がり、目の前が緑の海でいっぱいになった。

「うおーっ」

引き起こそうと操縦桿を引いたが、反応がない。操縦不能だ。

英彦の叫び声とともに、スパッドは機首から森の木立に突っ込んでいった。

六

ひどく気分が悪い。

頭は万力で締めつけられているようで、息を吸う力が衰えているのか、胸も苦しい。

それに寒い。まるで寒風の中に裸で立たされているようだ。

目を開いた。明るくなっている。朝だ。白い天井が見えた。周囲は静かだ。

「ご気分はいかが」

という声にふり向くと、白衣を着て頭を白い頭巾でおおった若い女だった。

「フサエさん……」

「うなされていたみたい。隣のベッドのようすがおかしいって、呼び出しをうけたんですけど」

そうだった。野戦病院から、フサエのいるサン・ルイ病院へ後送してもらっていたのだ。

英彦のスパッドは森に墜落したが、森の木々がクッションになって、地面に激突する惨事は避けられた。それでも英彦は機体からほうり出され、木の幹に叩きつけられたあと地上に落下して肋骨と大腿骨《だいたいこつ》を骨折した。同時に頭部も強打してしばし意識を失ったが、一命はとりとめた。

そのあと一昼夜、英彦はその場を動けずにいたが、戦場から引き揚げてきた歩兵部隊に発見され、野戦病院へと運ばれたのだ。

野戦病院では肩の銃創を洗浄し、包帯をしてくれた。弾はどうやら骨には達せず、皮膚と筋肉を吹き飛ばしただけで大きな血管も無事だったようだ。骨折した足にも添え木をあててくれた。

その上で後方へ送られたのだが、どうせなら知り合いがいるからパリのサン・ルイ病院へ送ってくれと頼んだところ、アスであったせいか希望が通ったのである。

いまはサン・ルイ病院の、将校用の四人部屋に寝かされている。

「寒い。毛布を。なんだかちょっと……、おかしい。熱っぽいし息苦しい」

自分の体に異変が起きている。そうフサエに訴えた。

「毛布はいま、もってきます。お熱は……」

フサエの手が額に伸びる。額に冷たさを感じた。

「ちょっと目を見せてください」

フサエが正面から英彦の目をのぞき込む。そして手首を握った。

「ご気分は？　吐き気などないですか」

「最悪だ。頭痛と悪寒がする。息が……、うまく吸えない」

「いつから？」

「……昨晩は大丈夫だった。今朝、起きてみたらおかしくなっていた」

「ちょっと待ってて」

フサエは早足でその場を離れた。このやりとりだけでも疲れを覚え、英彦は目を閉じた。

――やはりフサエのいる病院でよかった。

と英彦は思う。入院当初、フサエは期待したほどは親身になってくれなかった。ほかの患者と差をつけないように注意しているようだった。冷たいと感じるほどだった。

「看護婦として患者に依怙贔屓《えこひいき》はできない立場だから、仕方がねえか」

と自分に言い聞かせて納得していたのだが、状態がこうひどくなると、フサエもほうってはおけないのだろう。

それにしても寒い。震えが止まらない。フサエはどこへ行ったんだ……。

「急に容態が変わりました。悪寒と高熱、目がうつろで……」

フサエがフランス語で説明する声が聞こえた。医師らしき足音と声もする。ああ、それより毛布を、と思いながら、英彦は周囲の声が遠くなり、視界が暗くなってゆくのを感じた。しだいに意識が薄れていって、そのまま闇の中へと落ちていった。


いま、嵐の中を飛行している。

上空は黒雲で覆われ、強風が吹き荒れていた。大粒の雨が横殴りに降りかかり、飛行服はびしょ濡れだ。寒くて歯の根が合わないほど震えている。

撃たれた右肩が痛む。操縦桿が握れない。左手で操作しているが、まっすぐ飛ぶのがひどくむずかしい上に、失血のせいか頭がふらふらする。

帰るべき基地までは、まだ百キロ以上ある。しかも乗っているのはおんぼろのヴォワザンVだ。速度が出ないから、こんな天候の中をあと一時間以上も飛行しなければならない。耐えられるのか。

いやな音がした。発動機だ。背後の発動機がくしゃみをしたのだ。機銃弾を受けておかしくなったらしい。

ふたつばかりくしゃみをしたあと、急に発動機の音が不規則になってきた。

これはだめだ。発動機が止まる前に、どこかに不時着したほうがいい。

「不時着するぞ！」

と前席に乗る者に怒鳴った。そういえば誰が乗っていたのだっけ。クーディエ中尉は、骨折が治ったのだろうか。

前席の者は、前を向いたまま身動きもしない。返事くらいしてくれと思っていると、暗い空がぱっと明るくなった。

稲妻が走ったのだ。

どろどろと雷鳴が轟《とどろ》く中、前席の者がふり向いた。

それは白衣姿のフサエだった。

別におどろきはなかった。そうだ、フサエと飛行していたのだと思った。

「この機は落ちる。不時着するから、しっかりつかまっているんだ！」

と叫ぶと、フサエは無表情のまま手を伸ばしてきた。なにげなくその手に触れると、ふわりと体が浮いた。

英彦はフサエと手をつないだまま操縦席を抜け出し、上空へと昇ってゆく。下を見ると落ちてゆくヴォワザンVが見えた。

すぐ横にフサエがいる。口を開いて何か言っているが、聞こえない。「えっ」と言って耳をかたむけたとき、目が覚めた。

白い天井が見えた。病室だった。

そしてフサエがこちらを見下ろし、脈をみていた。目が合うと、フサエが事務的な口調でたずねた。

「気がつきましたか。ご気分は？」

「危ないところは脱したようだ。よく体がもったものだ」

と言う銀髪の医師に英彦は答えた。

「ありがとうございます。おかげで気分もいいです」

すでに目覚めてから三時間ほどすぎ、昼近くになっている。フサエに寒さを訴えてからかぞえると三日が過ぎていた。

そのあいだ英彦は昏々と寝込んでいたのだそうだ。高熱が出たあと血圧が低下し、さらに呼吸困難となり、意識を失って生死の間をさまよっていた。肩の傷が化膿して細菌が全身にまわり、敗血症になったのだ。

英彦自身にはその三日間の記憶がまったくなく、今朝目覚めてそう知らされ、びっくりしたものだった。

「なんの。きみの手柄だ。正直な話、いくつかの薬は投与したが、敗血症に決定的に効く薬はない。敗血症の患者に対して病院ができるのは、体を温かくして安静に保ち、患者自身の抵抗力が細菌に打ち勝つのを待つだけなんだ」

救助が遅れ、負傷してから一昼夜ほうっておかれたのがよくなかったらしい。そういえばあのときは、半日ほど雨に打たれていたと思い出した。そのために体力が低下し、傷が化膿したのだ。

「だから勝ったのはきみ自身だ。きみの体力が死神に勝ったんだ。ああ、それと」

と医師は横に立つフサエに目をやった。

「献身的な看護も、もちろん重要だった。彼女は君が重篤だった三日のあいだ、よく世話をしてくれた」

　言われたフサエは小さく首をふった。

「ただ看護婦のつとめを果たしただけです」

「ただのつとめには見えなかったが。ま、遠い異国で孤独な同胞を看護するというのは、また独特の味わいがあるのだろうな」

　そう言うと医師はにやりと笑い、

「危地は脱したが、まだ安静にしていること。興奮するようなことは避ける。間違っても彼女を口説こうとしてはいけない」

　と言い、去っていった。残されたフサエは、

「昼は食べられますか。といっても許されているのはスープだけですけど」

　と表情のない顔で事務的にたずねてくる。まるで先ほどの医師の言葉を聞かなかったかのようだ。

「ええ、頼みます。スプーンなら左手でもあつかえるしね」

「じゃあ、厨房《ちゆうぼう》に届けてきます」

　と言って病室を出て行った。

「やれやれ、相変わらず無愛想だな。命の恩人だから文句も言えねえけど」

　とつぶやいたところ、

て入院していた。

「失礼、つかぬことを訊くが、あの看護婦はきみの恋人かね」

と声がかかった。隣のベッドからだった。歩兵大尉だが、砲撃で片足を吹き飛ばされて入院していた。

あの事務的な態度が恋人に見えるのかと不思議に思いつつ、

「いえ、ただの知り合いです。彼女は結婚していますし」

と答えると、

「結婚しているからといって、恋人にならないとは限るまい」

と返ってきた。おお、大胆にもフランス流だなと思っていると、大尉はさらに言った。

「いや、彼女がきみのことをかなり知っていて、しかも心配していたんでね」

「そうなんですか」

心配していたというのは初耳だ。

「ああ。きみが意識不明のあいだに、医師は化膿した右腕を切り落とそうとしたんだ。それが命を救う早道だと言ってね。まあ外科医はすぐに切りたがるからな」

ぎょっとした。そんなことがあったのか。

「ところが彼女が、この人は腕のいいピロットで、飛ぶためにわざわざ日本からフランスへ来たくらいだから、右腕を失って飛べなくなったら生きがいを失ってしまう、と言って止めたんだ。それならと言うので、医師も保存療法に切り替えたが、きみが死ぬか生きるか、ぎりぎりの選択だったようだ。ここで聞いていたが、なかなか緊迫したやりとりだったよ」

　英彦は言葉もなかった。

「そのあと、夜中にようすを見に来てずれた毛布や包帯を直したり、決まった時間に注射をしたりと、熱心に面倒をみていたな。まあ、あの看護婦はきちんとした仕事をすると評判だから、信念にしたがって仕事をしただけのことかもしれんが。とにかくきみは彼女に感謝すべきだ」

「……ええ、もちろん」

　フサエがそんなことを言ってくれたとは、思いもしなかった。

「ことによると、きみの幸運の女神かもしれん。その縁を大切にしたまえ」

と言う大尉には感謝の言葉をのべて、しばらくフサエのことを考えていると、

「そいつはどうかな」

と声がかかった。足の方のベッドに寝ている少佐からだ。こちらは機関銃弾を胸にうけて気胸を起こし、開胸手術をうけていた。

「おまえは右腕を失わずにすんだが、治ったらまたピロットとして部隊にもどるのだろう」

「ええ、そのつもりです」

「するとドイツ機と戦うことになる。今度は撃たれて墜落し、助からないかもしれない。あのとき手術しておけば右腕一本失っただけですんだものを、なまじ右腕があったため

に命を失う羽目になるってことだ。そう考えると、あの看護婦は幸運の女神でなく、おまえのファム・ファタルかもしれんぞ」

ファム・ファタル。出会ったがために男をねじ曲げる運命の女、という意味だ。男を破滅させる魔性の女、という含意がある。

英彦にとってフサエはファム・ファタルだというのか。

「幸運の女神かファム・ファタルか。いやいや、ひどい差だな。話を聞いているとどちらとも思えるから、厄介だな」

と、今度は対角線上にいる患者が面白そうにはやした。三人は女神だ、いやファム・ファタルだと口論をはじめた。退屈な病床生活の中、格好の肴《さかな》にされた形だった。

「いや、幸運の女神ですよ」

部屋の空気に逆らうように、英彦はきっぱりと言った。

「飛行機に乗っていて死ぬなら、私は本望です。銃弾に撃ち抜かれて死んでも、墜落死しても、悔いはありません。これから空を飛べずに一生を送るより、よほどいい。だから彼女は私の幸運の女神です。決してファム・ファタルなんかじゃない」

英彦の剣幕におどろいたのか、三人はだまってしまい、口論はおさまった。

——幸運の女神か。

英彦のまぶたの裏には、フサエの姿がくっきりと焼き付いていた。

第七章　飛行機乗りの本望

一

「本日、退院を許可する。このあとの保養休暇は十五日間とする」

医師からそう言い渡されたのは、英彦が森に墜落してからほぼ二カ月後のことだった。

入院中に見舞いにきた中隊長からは、ガルニエ中尉もサッカリー少尉も戦死した、と教えられた。ふたりともやはりあの場で撃墜されたのだ。

英彦は落胆し、ふたりの冥福を祈った。そして戦闘のようすをたずねられたので、ありのままを伝えた。

結局、こういうことだろう。追撃機同士、三対三ではじまった空中戦で、最初にサッカリー少尉がルカン・ブルーに撃ち落とされた。つぎに英彦が敵機を落としたものの、ルカン・ブルーに襲われて雲の中に逃げたので、残ったガルニエ中尉が一対二の戦いを強いられ、逃げ切れなかったのだ。

あのときもっと早く雲から出ていれば、と悔やむ英彦を、

「仕方がない。きみも負傷したのだから」

と中隊長は慰めてくれ、隊に帰っていった。

ともあれ足の添え木がはずされ、松葉杖《まつばづえ》も不要となった。右肩の傷も治り、ぎこちな

いながら腕が動くようになっている。頑丈な体でよかったと思う。あとは体力の回復につとめ、前線復帰にそなえよ、と言われて病院をあとにした。

入院中に年が明け、大正七（一九一八）年一月になっていた。

まずはパリに出てホテルに投宿した。数日は滞在するが、のんびりするつもりはなかった。できるだけ早く体力を回復し、戦線に復帰したい。そしてルカン・ブルーにひと太刀浴びせるのだ。やられっぱなしで済ませるわけにはいかない。

寝る前にこわごわ腕立て伏せをやってみて、愕然とした。一度もできない。左腕はともかく、右腕の力がまったくない。これはひどいと思ったが、肩の肉が吹き飛ばされたのだから当然といえば当然だった。

だが動くことは動くので、鍛えれば筋力もつけられるはずだ。これから頑張って、少なくとも操縦桿を動かせるまではもどさねばならないと思う。

翌朝、まず柳田の会社に電話を入れ、夜に会う約束をした。アパートに来いという。それからトゥーリエ街にタクシーを走らせた。

田川の下宿をおとずれ、負傷入院していたことを告げると、田川はおどろき、心配してくれた。

「水くさいなあ。連絡してくれれば見舞いに行ったものを」

と言われたが、惨めな姿を見られるのは好みではないから連絡しなかっただけのことである。しかしそうは言わず、ただ礼を言っておいた。

「それじゃあ日本メシが恋しいだろう。昼は天ぷらを作ってやろう。ま、腕前は威張れないから天ぷらもどきだがね。米の飯といっしょに胃袋に詰め込むんだな」

それこそ期待していた言葉である。

「ありがたい、恩に着る。日本のメシを食えばすぐ元気になると思う」

「ちょっと市場に買い出しに行ってくる。ああ、そのあいだにこれを読むがいいさ」

と、田川は日本からの郵便物を渡してくれた。

今回も一通だけだった。しかしけっこう厚い。差出人はと見ると、父だった。

父からの手紙とは珍しいな、と思うとともに、妻の亜希子からの便りがないことに不満をおぼえた。亭主に留守中の家庭の様子を知らせるくらいはしたらどうだ、と思ったのだ。

――あいつはなにもかも手抜きだな。

と思いつつ父の手紙を読んだ。

市場から帰ってきた田川は、すぐ台所に立ってたまねぎを切り、海老をさばいた。そして米を炊く鍋の火加減を見ながら、小麦粉を水でとき、小さな鍋に油を熱して器用に揚げていった。

「天つゆは作れないから、塩と醤油で。それでもけっこういけるぞ」

と紙を敷いた皿の上にたまねぎと海老の天ぷらを盛り上げ、すすめてくれる。

礼を言いつつ、英彦はおいしそうに食べたが、内心は天ぷらどころではなかった。

父の手紙には、亜希子が離婚したいと申し立ててきた、と書かれていた。それも弁護士を立ててきたから本気だと。

民法によれば戸主は家族を扶養する義務を負うのに、英彦は妻をほうり出してフランスへ渡ったまま、便りも稀にしかよこさない、これでは扶養しているとはいえない、と亜希子側は申し立てているという。

協議離婚に応ぜよ、応じなければ裁判に訴える、と亜希子の側は強硬だから、すぐに帰国せよ、と父は書いていた。戦って名をあげるのは結構だが、よその国に命を捧《ささ》げることはない、すぐに帰国して亜希子に離婚を思いとどまらせ、軍に復帰するなり堅い会社につとめるなどして、まともに暮らせ、とも。

一読して衝撃を受け、深い穴に落ちたような気持ちになった。不仲なのはわかっていたが、そこまで亜希子に嫌われていたとは思っていなかった。

しかし、すぐに猛然と腹が立ってきた。家事もろくにせずになにを言うのか、一人前に妻のつとめを果たしてから言え、離婚したいのならしてやる、未練などない、自分には飛行機があれば十分だ、と思うのだ。

とはいえ離婚となれば簡単ではない。面倒な話し合いをしなければならないだろう。考えると気分が滅入《めい》ってくる。

だがそれは田川とは関係がない話である。好意に甘える身では、不機嫌な顔はできない。怒りと悲しみで沸騰する心を抑えるのには苦労したが、なんとかにこやかに昼食を終えた。

ホテルでしばし休み、夕方になって気持ちが落ち着いたところで、町の花屋で花束を買い、柳田のアパートをたずねた。亜希子のことは、ひとまず頭から追い払った。いずれじっくり考えねばならないが、いまはまずパリで心身を休め、体力をつけるのが先決だ。

柳田は目を細くして迎えてくれた。

「やあ、退院おめでとう。二カ月も入院とは、大変な目に遭いましたな」

「まあ派手にやられました」

「それでも生き残っているのだから、いや運の強いお方だ」

と珍しいものを見るような目でじろじろと見られた。

「その節は、大変お世話になりました」

とフサエには深々と頭を下げ、感謝の気持ちとして花束を進呈した。

日赤病院が閉鎖となって以来、フサエは柳田のアパートで暮らし、サン・ルイ病院に通勤していた。今日も当然のように柳田と出迎えてくれた。

「本当に感謝に堪えません。よくぞこの右腕を救ってくれました」

もちろん、病院の中でお礼は言ってあるが、それだけでは足りない。なにか女性が喜ぶようなものを、とも考えたが、看護婦として当然のことをしたまでだと、受けとってくれないことも考え、花束にしたのだ。

「あら、本来ならこちらが快気祝いに花束を贈る立場なのに」

ととまどった顔を見せながらも、フサエは受けとってくれた。

「でも、顔つきは変わっていませんね」

とフサエは言う。

「少々お痩せになったようだけど、それだけ。雰囲気は変わりませんね」

「どんな雰囲気ですか」

「ええ、そうですね」

英彦の問いにフサエは首をひねる。

「うまく言えないけど、軍人さんの雰囲気。ちょっと近寄りがたいような」

不思議なことを言うと思った。夫が海軍軍人なのに、軍人が近寄りがたいとは、どういう意味なのか。追及したかったが、失礼になるかと思い、やめておいた。

夕食はフサエが作ってくれた。魚の切り身とソーセージを焼き、清《す》まし汁《じる》と米のご飯。

「純粋な日本の味とは言いがたいが、あっさりしていて、たまにはいいでしょう」

と言う柳田は、もう二杯目のワインをあけている。

「いや、こんなうまいメシは久しぶりですよ。病院の食事は、やはり味気ないですよ」

昼こそ一応、前菜、主菜、デザートのフルコースとなっているが、それもひとつのお盆にのって出てくる。朝はバゲットひと切れとカフェオレのみ、夜は野菜スープとチーズ、パスタかキッシュと簡素なものだった。幾度、米の飯が食いたいと思ったことか。
英彦も、ワイングラスに口をつけた。酒も久しぶりである。

見ればフサエも飲んでいる。それも、迷いもためらいもなくうまそうに。

「こいつもなかなかいける口でしてね。ま、今日は仕事も終わったし、少しくらい過ごしても問題ないでしょう」

英彦の視線に気づいたのか、柳田が言う。

「ワインがおいしいってことには、ずっと前に気づいていましたけど、日赤にいたころにはおおっぴらに飲めませんでしたからね、遠慮なく飲むようになったのは、最近かな」

とフサエは言い、乾杯する仕草をした。

「サンテ！」

と英彦も笑顔で応じた。

まずは英彦の戦傷の話になった。

「今回は敵に銃撃されたあと、なんとか雲の中に逃れて、そのあと燃料切れで不時着したんです。そこが幸運にも味方の領域だったから、命びろいしました。燃料が一分早く切れていたら、いま私はここにはいませんよ」

「はあ、そんなものですか」

柳田は玄妙な顔つきになった。

そのあと、柳田が雄弁に会社の仕事を語り、フサエが口数少なく病院のようすを告げた。

「去年の十一月から十二月にかけては戦場から送られてきた兵隊さんの手当で大わらわでしたけど、いまはちょっと静かになっていますね。戦争も落ち着いているのかしら」

「ああ、こちらの西部戦線は一段落しているね。東部戦線はいまも激しいようだが。ロシアが苦しいようだ。革命なんかしている場合じゃないのに」

と柳田が言うのは、昨大正六（一九一七）年二月にロシアで帝政が倒れたあとも、混乱がつづいていることを指す。ロシアでは十月にふたたび革命があり、そこで政権を奪ったボルシェビキは前の政権とちがって停戦を模索した。しかしドイツとの停戦交渉は長引き、いまも戦闘はつづいている。

対照的に西部戦線は静かだった。昨年の十一月にカンブレー付近で大きな戦いがあったが、それ以降は両軍ともなりをひそめ、小競り合いに終始していた。

「しかしまあ、いずれロシアは停戦せざるを得ないだろう。するとドイツは東部戦線がなくなるから、その軍団を西部戦線に回せるようになる。西部戦線では兵力が倍増するから、攻勢に出てくるにちがいない。フランスは苦しいことになる」

「あら、でもアメリカが参戦したんでしょ。どんどん兵隊さんを送り込んでくるんじゃないの」

フサエが静かに言う。柳田が首をふった。

「ああ、その通りと言いたいが、アメリカさんは宣戦布告してから兵隊をあつめているからな、まだたいした兵数になっていない。若者をあつめて訓練してフランスに送り込むとなると、あと数カ月かかるらしいよ。それまで西部戦線は、フランスとイギリスで支えるしかない」

「ドイツが東部戦線から兵力を回すのと、アメリカの兵隊さんが来るのと、どちらが早いか、ってことかしら」

「まあ、そういうことだな。いずれにしても、そろそろ決着がつくだろうよ。もう三年以上もつづいているんだから、いくらヨーロッパの大国といえど、国力がもたないよ」

ふたりの会話を、英彦はうなずきながら聞いていた。さすがに商社員だけあって、状況を的確に把握していると思った。

気がつくとワインが三本目になっている。三人ともかなり飲んだようだ。

「ちょっと失礼」

と柳田が席を外し、うい、とおくびを漏らしながら部屋から消えた。

フサエと二人きりになった。フサエも酔ったのか、顔を赤くしている。

「フサエさんは」

と英彦は思いきってたずねてみた。

「なぜフランスへ来たのですか。やはり看護術の修行のためですか」

パリ日赤病院の看護は、巻いた包帯がずれないとか、止血のために何時間でも患部を押さえていてくれるとか、手厚く高度なことで評判だった。その一員だったフサエも高度な手技を手に入れるため、熱心に学んだ過去があるのだろう。熟練の技術者が、さらに高みを目指して困難な仕事に志願したのではないか、というのが英彦の推量である。

だがフサエは首をふった。そして言った。

「そんなことじゃないの。まったくちがうのよ。あたしの事情なの」

「おや、ちがうのですか」

「ええ。修行なんて、買いかぶりよ」

ではは何だろうか。不思議に思っていると、フサエはあっさりと言った。

「亭主から逃げてきたの」

「は?」

間抜けな相づちをうった英彦にかまわず、フサエはつづける。

「亭主は軍人で、外面はいいのだけど、家では酒を飲んで暴れるの。何度、顔が曲がるほど殴られたことか。でも柔道も剣術もやっている猛者だから、逆らえない。だからフランスへ派遣する看護婦の募集があったとき、ちょうどいいと思ったのよ」

つい先ほど、フサエが軍人は近寄りがたいと言っていたのを思い出した。

「亭主と離れて一人になってみたら、こんなに楽なことはないと思ったわ。それで離婚することにしたの。いま親が向こうに申し立てているわ。ちょっと長引いているから、決着がつくまでフランスにいたいの。だから日赤の派遣団が帰国しても、ひとりで残ったってわけ」

英彦は唖然として聞いていた。

「逃げてきたの。日本にいたくなかった。貞淑な女とはとても言えないわね。親も親戚も嘆いているわ」

フサエは重ねて言う。

「フランスも住みやすいとは言いがたいけど、兄もいるし、こういうときは便利」

言葉を失いながらも英彦は、ここに生身の女がいる、と感じていた。フサエは女神などではない。世間で揉まれ、悩みながら生きているふつうの女だ。いや、ふつうの女より少し勇気と気力のある、尊敬すべき女だ。

ちょっと笑みを浮かべたフサエは、言葉をついだ。

「フランスへ来る日本人なんて、多かれ少なかれ、そんな事情を抱えているんじゃないのかしら。表向きはみんな、勉強だの修行だのって言うけど」

フサエは酔いで据わった目を英彦にむけ、言い放った。

「で、あなたは何から逃げてきたの？」

二

大正七（一九一八）年七月――。

英彦は半日の休暇を与えられて、宿舎のベッドで死んだように寝ていた。

退院してから半年ほどになる。

休暇をへてシゴーニュ大隊に復帰すると、しばらく地上勤務ののち飛行訓練をやり直した。そしてまた戦闘に参加するようになっていた。ことにこの半月ほどは休みなく出撃を繰り返したので、疲れ果てていたのだ。

そこにノックの音がした。

見れば時計の針は朝八時半を指している。まだ朝寝坊と非難されるほどの時刻ではない。毛布を頭からかぶってふて寝を決め込もうとしたが、ノックは止まない。

仕方なくベッドを抜け出てドアをあけると、若い伝令兵だった。大隊長の命令として、

「今日の休暇は取り消されます。至急本部へ出頭してください」

と早口で伝えて去っていった。

「おいおい、いったい何ごとだ……」

疲労は、まだ体の奥深くに残っている。しかもカーテンをあけてみれば、外は雨が降っていた。風もある。

しばらくベッドに腰かけてぼうっとしていたが、さすがに命令は無視できない。やむなく着替えて、朝の日課である腹筋と腕立てをした。努力の甲斐あって、腕立て伏せもやっと十回できるまでに回復していた。操縦もふつうにこなせるようになっている。

このころ、大まかにいって西部戦線の北方はイギリス軍が受け持ち、中央から南方は

フランス軍が保持していた。そのためシゴーニュ大隊も、春先にアミアンの近くからパリ東方のシャンパーニュへと移動していた。

そのイギリス軍の受け持ち地域であるサン・カンタン付近からアラスにかけて、三月下旬、ドイツの大軍が攻め込んできた。

ドイツは、革命による国内混乱で弱り切っていたロシアと、三月三日に休戦協定をむすんだ。そのためロシアと対峙《たいじ》していた東部戦線に兵力を張りつけておく必要がなくなり、不要になった四十個師団ほどを西部戦線に回してきた。この強大になった兵力で大攻勢をかけてきたのだ。

不意をつかれたイギリス軍は大混乱に陥り、後退を重ねたが、予備部隊を繰り出して四月末にはドイツ軍の攻勢を止めた。

その後しばらく、ドイツ軍は静かになっていたが、五月に入ると今度は西部戦線の中央部を守るフランス軍に狙いを定めて、攻勢をかけてきた。

ドイツ軍はまず砲兵が弾幕をはり、さらに飛行機が地上を機銃掃射し、塹壕にひそむ兵士を倒してから歩兵が前進する。

先陣を切る歩兵は、小銃のかわりに短機関銃という新兵器——小銃弾のかわりに拳銃弾をばらまく機関銃。射程は短いが軽量で、兵士ひとりで扱え、走りながらでも撃てる——をもち、その圧倒的な火力でフランス軍の陣地を制圧していった。

しかしそうしたドイツ軍の攻勢は、補給線が伸びるにつれて鈍っていった。ドイツは国力を使い果たしつつあったのだ。

それをみたフランス軍は七月半ば、パリの北東、エーヌ川畔《かはん》にあるソワソン付近から反攻に出た。五月の末についにアメリカ軍がヨーロッパでの戦いに参加したこともあって、すでに連合軍の兵力はドイツ軍を凌駕《りょうが》するまでに充実していた。

フランス第十軍は、移動弾幕射撃のあと戦車を先頭にして前進し、ドイツ軍の塹壕陣地を踏みにじってゆく。

空の争いも激化した。フランス軍機とドイツ軍機がそれぞれ地上の兵士を援護しようと、戦場の上空で制空権をあらそう。

数の上ではフランスのほうが優勢だが、ドイツも優秀な機体と操縦士を送り込んできて、一歩もひかない。いまも空陸で激戦がつづいていた。


本部では大隊長と参謀が待っていた。

「すぐに出撃の用意をしてくれ。緊急事態が発生した。きみの小隊の出番だ」

挨拶もなしに、参謀が言う。

英彦は小隊長になっていた。戦闘に復帰後、敵の偵察機と追撃機をそれぞれ二機ずつ撃墜したので、その功を認められたのだ。

アスがあつまるシゴーニュ大隊でも戦死者が続出しており、英彦は古株に数えられるようになっていたから、小隊長への就任も当然とみられていた。

皮肉なことに、負傷前にくらべると自慢の腕力も落ち、ありあまるほどあった体力もなくなっていたが、逆に軍務は忙しく、責任も重くなっているのだ。

「はあ……。休暇は取り消しですか」

英彦が不満もあらわに応じると、参謀はむっとしたように言った。

「いいか、ひとつの大隊が危機に陥っているのだぞ。五百人の命ときみの休暇と、どっちが大事かね」

大隊？　五百人の命？　何の話だかわからない。

「さきほど、第十軍の軍司令部から連絡があった」

それまでだまっていた大隊長が、話に割ってはいった。

「麾下《きか》の第十七師団の歩兵大隊が、進撃したあげくに孤立し、敵に包囲されてしまった。悪いことにその大隊は、一日分の食料と二日分の弾薬しかもっていない。そして、包囲されてもう二日すぎている。つまり食料も弾薬も尽きかけているか、もう尽きているということだ」

「……第十七師団が助けられないのですか」

「もちろん、必死に敵の包囲網を突破しようとしている。だがいまだに味方の最前線から孤立した大隊までは十二キロもある」

「……それで？」

「昨日の朝、第八ブレゲー中隊の連中が、食料と弾薬を積んで飛行し、大隊の上から投下した」

英彦はうなずいた。偵察爆撃機のブレゲー14なら三百キロほど積めるから、空輸には適任だろうと思った。

「だがうまく届かず、どうやら敵の手に渡ってしまったらしい。おまけにそのブレゲーは引き返すときにドイツ機に見つかり、撃墜されてしまった」

「………」

「午後にもう一度、ブレゲーが飛んでいったが、今度は大隊の上空に行き着く前に撃墜された。敵も大隊を殲滅《せんめつ》しようとして、戦力をあつめているらしい。そこで第十軍は」

大隊長は言葉を切って英彦を見据えた。英彦はいやな予感がして目をそらせた。

「うちに泣きついてきた。何とかしてくれと」

「ああ、つまりブレゲーの護衛をしろというのですね」

なるほど、それで非番で寝ていた自分にお呼びがかかったのか、とようやく納得した。疲労困憊の身にはきついが、五百人の命がかかっているとあれば断れない、そう思っていると、大隊長は首をふった。

「護衛じゃない」

「……ちがうのですか」

「ブレゲー中隊は、二機も落とされて怖《お》じ気《け》づいてしまった。もうあの地へは飛びたくないそうだ。こちらだけで行ってくれと言っている」

「うちだけ？　といっても、食料や弾薬を積める機体はどこにあるのですか」

　シゴーニュ大隊にはスパッド追撃機しか配備されていない。おどろいていると、大隊長は平然と言った。

「だから仕方がない。スパッドに積むさ」

「……そんなこと、できるのですか」

「メカニシアンと検討した結果、操縦席の床下に括《くく》りつけるのがいいだろうということになった。いま、きみの小隊の機体に吊り下げ用の細工をしている」

　どうやら弾薬と食料の入った木箱を防水嚢に包み、操縦席の下、車輪のあいだに括りつけて飛ぶことになるらしい。そして大隊の所在地へ行って落としてくるのだとか。

「いや、それは……」

　英彦はとまどい、首をひねった。そんなものを括りつけて、果たして飛べるのだろうか。スパッドの発動機は強力だから飛ぶことは飛ぶだろうが、重心の位置が変わるし、積んで運んでいる最中に敵機に襲われたらどうなるのか。それにこの雨と風だ。ただ飛行するだけでむずかしいというのに。

「一機あたり百キロだ。三機で三百キロ。それだけの弾薬と食料、いやほとんど弾薬になるが、それで助けがくるまで耐えてくれ、ということだな」

　参謀が横から口を出す。

「弾薬が爆発しないようにそっと落としてくれよ。敵に見つからぬよう侵入し、着陸の要領で地面すれすれまで降下して、そっと荷を落として帰ってくる。それが今日の任務だ」

「ええと、途中で敵機と出会ったら、どうすればいいでしょうか」

「逃げ切って、弾薬を大隊に届けてから戦ってくれ」

「無理な場合は？」

「その場合はやむをえん。弾薬を落としてから戦ってもいいが、そうなると五百人の命が危うくなる。機関銃弾なしで戦う歩兵大隊のことを想像してみたまえ。耐えられると思うか」

英彦は首をふった。

「考えるのもいやになります。一日たりとて生き延びられないでしょうね」

歩兵同士の戦いにおいて、機関銃の存在は大きい。守りにまわったとき、機関銃一丁が適切な場所に据えてあれば、攻めてくる敵が数十人の一個小隊であっても、強力な弾幕を張って耐えることができる。

しかしそれも弾薬があっての話である。弾切れで機関銃の咆哮《ほうこう》が止めば、味方の陣地は突撃してくる敵兵によってたちまち蹂躙《じゅうりん》されてしまうだろう。弾薬が尽きたときが、大隊が消えるときだ。

「わかっているなら、答は明白だろう。是が非でも弾薬を届けてやってくれ」

「いや、ほかの誰かに頼めませんか。そんな任務には慣れておりません」

「きみだけじゃない。誰もやったことはない。慣れた者などおらんよ。それに見ろ。非番でない者はみな出払っている。きみの小隊しか残っておらん。いいな、これは命令だ」

どうやら拒否できないようだ。英彦は敬礼し、部下を呼びあつめるべく宿舎にもどった。

ふたりの部下は年配のサンデル軍曹――短軀だが胸板は厚い。アジア系の血を引くらしく濃い茶髪に黒い大きな瞳をもつ――と若いマートン少尉だ。当然、二名ともアスである。

サンデル軍曹とマートン少尉は、英彦とおなじく半日休暇で朝寝を決め込んでいたのを起こされ、不機嫌なようすだった。

「無茶だ。そんなこと、やったこともないし、できるとも思えない」

任務を説明すると、マートン少尉が突っかかってきた。二十歳をすぎたばかりのマートン少尉は、鼻の下に細い八の字髭をきれいに調えている洒落者《しゃれもの》だが、一方で血気盛んで、ときに英彦の言うことをきかない。編隊飛行でも隊長機である英彦の機を抜いて前に出ようとするなど、あつかいのむずかしい部下だ。

「そもそもスパッドに荷物なんて積めないでしょう。どこに積むのですか」

「その心配はいらん。いまメカニシアンがわれわれの機体に穴をあけて、荷物を括りつけているそうだ。スパッドでも弾薬を抱いて飛べるぞ」

「そんな荷物を抱えていては、敵機に襲われたら終わりだ」

「見つからないように飛行する。見つかったら逃げる。どうしても逃げ切れないときは、荷物を捨てて戦う」

「戦っていいのですね。それなら、まあ仕方がないか」

と、しぶしぶ納得したようすだった。

一方、サンデル軍曹は沈黙している。

「サンデル軍曹、なにか質問は」

「いや、わからないことだらけですが、どうせ出撃前に打ち合わせをするのでしょう」

「まあ、そうだ」

「じゃあそのときに」

と特に文句を言うでもない。一見、従順なようだが、こちらも厄介だった。サンデル軍曹はときに、静かに命令を無視するような振る舞いを見せる。つまり部下はふたりとも曲者なのだ。上官としては油断ならない。

朝食後、飛行服を着た三人は、参謀とメカニシアン、それに気象予報官をまじえて出撃前の打ち合わせをした。

参謀の話では、孤立した大隊は当初、ほかの五つの大隊とともに高地の奪還を命じられ、進撃していったのだという。ところがほかの大隊はドイツ軍に阻まれて前進できず、高地にたどり着けなかったが、その大隊だけはドイツ軍陣地の隙間を縫うように前進し、高地に至ったのだ。

しかし高地を奪還したものの、周囲はドイツ軍だらけだ。友軍の到着を待ったが、フランス国旗はどこにも見えない。そのうちに退路もふさがれてしまった。そこで大隊長は、連絡の手段として持参した伝書鳩を飛ばし、援軍を依頼した。

伝書鳩が司令部に着いて、司令部はやっとその大隊の所在地を知った。それまで、大隊は行方不明になったとされていたのだ。

司令部は青ざめた。戦況からみて、ドイツ軍を押しのけて高地にたどり着くのは、一日や二日では無理だ。一日分の食料と二日分の弾薬しか持たない大隊は壊滅してしまう。

そこで、まず食料と弾薬の補給が考えられた。二人乗りの偵察爆撃機に荷を積み、パラシュートをつけて投下するのだ。

パラシュートは、かなり以前から気球の乗組員には用意されていたが、飛行機の搭乗員には与えられていなかった。初期のパラシュートには木の枠がついていて——それにつかまって降りてくる——かさばるので、せまい飛行機内に持ち込みにくいのと、搭乗員が任務を放棄して飛行機から脱出するのを防止するのが理由だとされる。

それでもドイツ軍はこのころ、改良したパラシュートを飛行機の搭乗員にも支給していたが、勇敢なるフランス軍のピロットは、いまもパラシュートなしで飛行している。

さっそく弾薬と食料を積んだブレゲー偵察爆撃機が出撃した。さらに大隊を援護するために、砲兵に周辺のドイツ軍を砲撃するよう指令が下った。

一夜明けて、早朝にまた伝書鳩が司令部に着いた。鳩が運んできた文書には、パラシュートは見たが、ドイツ軍陣地に落下したことと、友軍の砲撃は大隊の上に降りそそいでいるので、即刻中止してくれとあった。また伝書鳩はこれが最後の一羽なので、以後は連絡できないともあった。

パラシュートを落とした偵察爆撃機ももどっておらず、撃墜されたと考えざるを得なかった。そこで司令部は砲撃の中止を命ずるとともに、ふたたび弾薬の空輸を試みた。だが急いで出撃した二機目の偵察爆撃機は、大隊の上空に達する前にドイツ軍追撃機に撃ち落とされてしまった。

「なんとも悲惨な話ですね」

マートン少尉がため息まじりに言う。参謀はつづけた。

「伝書鳩を発した時点では、まだ大隊の大多数が生き残っていたそうだ。それから一日たっているいま、どうなっているかは情報がない。それと、今日一日で前線を十二キロ押し上げるのは不可能に近いと、司令部は言っている」

「そこでわれらの出番ですか」

「ああ。まずは飛行経路を検討しよう」

地図がひろげられた。いまシゴーニュ大隊のいるこのシャンパーニュの基地から、ソワソン南方の大隊がいる高地までは百キロ以上ある。

基地を飛び立ってからマルヌ川にそって西へ飛び、シャトー・チエリの町から北上する航路を選んだ。ただしこのあたりはいま雨雲に覆われているので、大部分は磁気コンパスと速度計を見ての飛行となる。

「重い荷を積んでいることを考えると、スパッドでこの基地とソワソンとのあいだを往復するのはむずかしい。荷を下ろしたら、近くの飛行場へ降りるしかない」

そこでマルヌ川の近くにある飛行場や、以前にシゴーニュ大隊のいたアミアン近くの飛行場が示された。これらの飛行場には、念のために連絡を入れておく、と参謀は言う。

「ソワソンの近くまでは味方の領地を飛ぶからいいが、ソワソンの東と西には対空砲火をそなえた敵陣がある。近づかないほうがいい。それと、大隊の上空には敵機がうじゃうじゃいるようだ。雲を利用して見つからぬように飛ぶのがいいだろう。そうなると、この雨もありがたく思えてくるな」

「お言葉ですが、ソワソンのあたりはこのあと、晴れると予想されます。そのあとはまた雨になるでしょうが」

気象予報官の言葉に、参謀は眉をひそめた。

「では低空を這うように飛ぶのがいいか。まあ、そこはまかせる」

重大な任務にしては、司令部のサポートは貧弱なようだ。

「大隊の場所はもっと詳細にわかりませんか。荷を落とすにしても、目印は」

「ああ、それは心配するな。大隊は近くの空き地に白い布でVの字を描いているそうだ。そこへ落としてくれとの依頼だ」

「……それは、どれくらいの大きさで？」

サンデル軍曹が、黒い大きな目をぎょろつかせてたずねた。

「わからん。そこまでの情報はない。だがまあ、飛行機から容易に見えるようにはなっているだろう」

「それが昨日の朝の話ですね。それ以後の状況は、わかりませんか」

英彦は不安だった。地上戦のようすなど、一日で大きく変わってしまう。白いVの字など、砲撃で跡形もなくなっているかもしれない。そもそも大隊自体、すでに壊滅している可能性もある。

「さきほども言ったように、最後の伝書鳩が伝えてきたんだ。もう大隊からの連絡はない。そして前線と大隊のあいだは十二キロだが、今朝から第十軍の進撃が始まっているから、きみたちが到着するころにはいくらか近くなっているだろうな」

なんとも頼りない話だったが、それ以上たずねても情報は出てきそうにない。納得するしかなかった。

その後、天気図が示されて予報官から説明をうけた。この雨は西から晴れてゆく、夕方にはこのあたりも晴れているだろう、との予報だった。

「ただし風は強くなるかもしれない。雲は少なくなると思うが」

それで打ち合わせは終わった。飛行帽やゴーグル、航空図などを抱えて格納庫へ行くと、すでに小隊のスパッド三機がならべられていた。

　三機の腹の下、車輪のあいだには、白いキャンバス地の布で包まれた、小柄な人間ほどの大きさの荷がロープで縛り付けてあった。

「なんだ、こんな不格好なものを抱えて飛ぶのか」

　マートン少尉が不満顔で言う。サンデル軍曹はだまったままだ。

「あれでだいたい百キロだ。重機関銃用の二百五十発入り弾帯を五本と軽機関銃用の四十七発入りの弾倉、小銃弾、それにビスケットと干し肉少々を木箱に詰めて、幾重にも包んである。落とし方はだな、操縦席の床を見てくれ」

　メカニシアンがうながすので、英彦は操縦席をのぞき込んだ。

「あそこにロープが見えるだろう。あれをナイフで切れば荷が落ちるようになっている。着陸寸前の低空で落とせば、荷もそれほど傷まずにすむって寸法だ」

　操縦席の床、足をおくところに穴をいくつか空けてロープを通したようだ。短い時間のあいだによく工夫したものだと感心した。

「切ればうまく落ちるかどうか、試してみる時間はなさそうだな」

「ああ、すぐに出撃しなきゃ、間に合わない。でも格納庫の中では成功したぞ」

　やむを得ない。納得するしかなかった。

「これを使え」

　とナイフを渡された。

「成功を祈る。ま、こうのとりからの贈り物といや、赤ん坊と相場は決まっているが、今度はちょっとちがうな。でも喜ばれるのはおなじだ」

メカニシアンはそう言って英彦の肩をたたいた。

「本当にやるんですか」

メカニシアンが行ってしまうと、マートン少尉がささやきかけてきた。

「こんなの、追撃機乗りの仕事じゃない。断れませんか」

「無理だな。命令だ」

英彦は首をふった。英彦自身は、話を聞いてすでに腹をくくっていた。だがマートン少尉は引き下がらない。

「舐《な》められてませんか。他の者がやりたがらないのを、おれたちに押しつけてきただけでしょう。あんなのをぶら下げてちゃ、敵機を撃墜するどころか、見つかったらすぐやられてしまう。気がすすまないな」

「抗命するのか。大罪だぞ」

「だから、うまく断れば……」

「いいじゃないか。これは人助けだ。殺すばかりじゃなくて、たまには命を救うほうに回ったらどうだ」

英彦はマートン少尉の目を見て言った。

「とにかく飛行機じゃないと運べないんだ。そしてシゴーニュ大隊しかできない。この任務はそこに意義があると思う」

意義、という硬い言葉を使ったためか、マートン少尉が目を丸くした。

「おれは飛行機に乗りたくてわざわざ日本から来たんだが、それはただのわがままだ。そのわがままを認めてもらうためにも、この任務はやり遂げたい。飛行機は人を殺すばかりでなく、人の命を救える、役に立つというところを見せたいし、日ごろ飛行機に乗せてもらっている恩も返したい。こいつはその絶好の機会だと思う」

そこでひと息入れると、さらにつづけた。

「それに、こいつは操縦、戦闘、戦術と、すべてに高度な腕が要求される。そうじゃないか。最高難度の飛行任務だ。おれたちはそれをまかされた。おまえも飛行機乗りなら、この任務に意義と誇りを感じろ！」

そこまで言うと、マートン少尉はむっとした顔で口を閉じた。一方でサンデル軍曹はにやにやしながら二人を見ていた。

三

風雨の中を離陸した。

さすがに百キロの荷は重く、いつもの二倍の距離を滑走しないと離陸できなかった。

そして荷が動くらしく、飛行中にいつもとちがう揺れを感じた。さらに横風にあおられ、まっすぐに飛ぶのもむずかしい。雨粒も顔に打ちつけてくる。ゴーグルを何度もぬぐわねばならなかった。

念のために飛行場の上空で左右への旋回と上昇、下降をやってみた。下降以外のどの操作もひどく鈍重になっている。旋回半径がふだんの二倍になっている感じだ。横転はできたが、宙返りはやってみる勇気が出てこない。

「これじゃ空中戦は無理だな」

剣術の試合にたとえれば、足に重りを括りつけて相手と対するようなものだ。とても勝てないだろう。

それでも三機とも無事に離陸し、編隊を組んで西へと向かった。

上昇して雨雲の中を突っ切り、雲上に出た。頭上に太陽が輝く中で、白い雲の絨毯を下に見ながら高度二千五百メートルを保ち、航空図と磁気コンパスを頼りに北西へ向かう。

ここまでは敵機も侵入していないはずだが、油断せず四方を見張りながら飛行する。夏とはいえ高空は寒い。指先がかじかむ。

巡航速度で四十分ほど飛ぶと、雲の切れ目が見えてきた。気象予報官の言ったとおり、雨が上がるようだ。

下界を覆っていた雲が尽き、地上が見えるようになった。

航空図と地上の景色を見比べる。濃紺の筋、つまりマルヌ川が見えた。どうやら想定通りに飛行できているようだ。緑の大地の少し先に見える町はシャトー・チエリか。

雲が尽きたといっても、高度二千メートル付近には白いちぎれ雲がいくつも見える。

さらに西方には、分厚い黒雲が巨大なテーブルのように鎮座している。大西洋から押し寄せてきているのだ。

「そろそろ敵機のお出ましか。あんまり来てほしくないが」

細心の注意を払って四方八方を見張る。

荷を抱えたままでは戦えないから、敵機を見つけたら逃げるしかない。そのためには、敵機がこちらを見つけるより早く発見することだ。

シャトー・チエリの上空にきた。ここで航路を北へ向ける。いざというときにちぎれ雲の中に逃げ込めるように、高度も二千メートルまで下げた。

「あと二十分ほどだな。南無三、無事に行き着けますように、と」

航空図と速度計を見て、ソワソンまでの距離をざっと計算してみた。ついで燃料計を見て、少々不安になった。もう三分の一ほどしか残っていない。通常ならまだ半分以上残っているはずだが、百キロの荷を抱えたことで、思ったより燃料を消費したようだ。

さらに進むと、前方上空に黒い点が見えた。それもひとつではなく、ふたつ。敵機にちがいない。

「おう、来なすったか」

まず翼をふってマートン少尉らにしらせ、左手に浮かぶ雲の中へ逃げ込んだ。二機もあとをついてくる。

白い闇に包まれた。

磁気コンパスを頼りに飛ぶが、雲は小さく、じきに突き抜けてしまった。見れば敵機は正面右手にあり、こちらに近づいてくる。あわてて近くの別の雲の中に突っ込んだ。また白い闇の中だ。マートン少尉らも雲の中に入った。敵機はおそらくこちらに気がついて、向かってきているだろう。

下を見ると、流れる霧雲を透かしてうっすらと地上が見える。さっそく航空図と照らし合わせた。どうやら少々西へ流れてしまったようだ。

「いけねえ。マートン少尉らはわかっているかな」

周囲を見まわしても、なにも見えない。二機が心配だが、安否を確かめるすべはない。

やや右へ機首を向けた。下を見ると、白い帳の濃淡によって地上が見えたり見えなかったりする。航空図と交互に見ながら針路を調整していると、眼下を黒いものが前方から後方へ、ひゅっと通りすぎていった。

ひやりとした。敵機だ。だが気づかれずに済んだようだ。

これでは当分、雲から出られない。しかし雲の中ばかり飛んでいると、ソワソンに行き着けない。燃料も心配になってくる。どこかで切りをつけて雲を出なければならないと思っていると、いきなり雲がなくなり、視界が開けた。これでは丸見えだ。

「えい、仕方がねえ。ままよ」

敵機が気になるが、意を決してソワソンへ最短距離となる針路をとる。周囲を見まわしたが、いくつかの雲が浮いている中、敵機も僚機も見えない。

「マートン少尉とサンデル軍曹を待つか。世話の焼けるやつらだ」

小隊長としてはそうするべきだろう。だがうろうろしていると敵機に見つかってしまう。二機も任務は心得ているはずだから、個々に飛んでゆくしかないと思う。

四方を注意しながら飛んでいると、後方の雲から一機があらわれた。はっとしたが、よく見ると車輪のあいだに白いものを抱えていた。マートン少尉の機だ。

思わず頬がゆるんだ。手で前進の仕草をしてみせると、マートン少尉は翼をふって応えた。心強い限りだ。

さらに進む。ソワソンまではあと五分ほどか。都合のよいことに目の前に雲が浮いている。あの中を飛べば、おそらく敵機に見つからずにソワソンにたどり着けるだろう。

また白い闇の中へ突っ込んだ。

今度は、地上がうっすらと見える程度の高さを飛ぶ。これなら迷わずに進んでゆける。

しばらく進んだところで地上を見た。航空図と見比べて方角を確かめていると、視界を斜めに横切って、なにかが落ちていった。

ぎくりとしてよく見ると、煙と炎を吐く飛行機ではないか。それもマートン少尉の機だ。

心臓の鼓動が大きくなる。すぐにスロットルを全開にし、操縦桿を引いた。しかし重い荷を抱えたスパッドはいつもの鋭い上昇力がなく、まだるっこしい昇り方しかできない。

周囲を見まわす。うしろ下方に黒い影が見えた。

「しまった。下への注意を忘れていた。くそっ、焼きが回ったか」

下から見れば雲を透かして機体が見えるのだ。マートン少尉は、おそらく油断していたところを下からの一撃でやられたのだろう。

雲の上方へと逃げる。黒い影は追ってくる。

光るものの連なりが、機首の先、かなり上を飛び去っていった。

うしろを見た。白い帳のむこうに黒い影が見え隠れしている。距離がよくわからないが、それは敵機もおなじで、照準が合わぬまま遠くから撃ったのだろう。

射線を避けて左上方へ。相変わらずスパッドの動きは鈍い。この重く遅い機体では、すぐに敵機に距離を詰められそうだ。あせるうちに、また機銃弾を浴びた。今度はさっきより近くを過ぎ去った。

ならばと降下してみた。これはスピードが出た。だがすぐに雲を突き抜けてしまった。

こちらが姿をあらわにしたところに、敵機もつづいて雲の中からその姿を曝した。翼に厚みがある複葉機はドイツ軍の最新追撃機、フォッカーDⅦだ。それも二機、見える。

これでは重い荷物を落とさないと、逃げることも戦うこともできない。飛行服のポケットに手を伸ばし、中のナイフを手にした。

だがナイフの感触が、胸の内で逡巡《しゅんじゅん》を巻き起こした。

一大隊五百人の命を救うための任務と言われている。日本で陸軍にいたときの、僚友や部下たちの顔が脳裏に蘇る。やつらにはそれぞれ父母や女房子供がいた。フランスの兵士たちもおなじだろう。兵を死なせてしまえば多くの家族が嘆き悲しむ。簡単に死なせていいものか。

そこまで考えると、ナイフから自然に手が離れた。

「ええい、とにかく行けるところまで行こう。考えるのは、それからだ」

スロットル・レバーを押し、操縦桿も倒し気味にした。機首が下がる。機体が重いだけに、降下するときはスピードが出る。時速二百キロを超え、さらに加速してゆく。この調子でソワソンまで降下をつづければ、敵機に追いつかれずにすむかもしれない。

敵機が追ってくるが、距離はやや開いた。

この隙に航空図を見た。眼下の地形と照らし合わせる。現地点からソワソンの、孤立した大隊がいるとされる地域までは、あと十キロほどとわかった。このスピードなら三分もかからずに到達する。

後方を見ると、やはり二機がついてきている。じりじりするような追いかけっこになっていた。

後方を気にしつつ、地形を見、航空図を見て飛びつづける。高度計はじわじわと下がっている。

一分、二分がひどく長く思えた。

「くそっ、そろそろ減速しないと」

着陸するように地面すれすれまで降下し、そこで荷物を落とすように言われている。そのためにはうんと速度を落とさねばならない。このままではまずい。

やむなくスロットルを絞った。発動機のうなりが小さくなり、みるみる速度が落ちてゆく。比例するように、後方の敵機の姿が大きくなってきた。

後方ばかり見てはいられない。大隊の目印となる、白いV字を探さねば。

だが見えない。眼下にあるのは焼け焦げた林と砲撃で掘り返された畑と原野、そして崩れた建物が目立つ集落ばかりだ。

高いところからなら見えるかもしれないと思い、少し上昇してみた。

うしろからは敵機が迫っている。その距離は、もう三百メートルもない。

地上を見回す。白いV字はどこだ。必死に見まわすが、見当たらない。

右方に緑の葉が茂る林があった。そこは砲撃から免れているということだ。

ぴんときて、右に旋回した。敵機はもうそこまできている。

「おう、あれか！」

林の向こうの緑あざやかな草原に、白い毛布やシーツをならべてV字が描かれていた。大隊の生き残りが、そこにいるのだ。

着陸の要領でスパッドを降下させてゆく。地面が迫る。高度は百メートルを切った。

七十メートル、五十メートル……。

右の下翼が不気味な音をたてた。はっと見ると穴があいている。

うしろをふり返ると、敵機が迫っていた。もう操縦士の顔が見分けられるほどの距離だ。機首の機関銃が火を噴いていた。

ぐんと機首を下げ、右のラダー・ペダルを踏んだ。機体を横転させて射線を避けるとともに、ポケットのナイフを握る。まだ高度は数メートルあるが、これが精一杯だ。機体を水平にもどしたところで床のロープを切った。切断されたロープが視界から消えると、一瞬、機体が浮きあがった。荷が無事に落ちたのだ。

即座に左のラダー・ペダルを踏み、スロットルを全開にすると同時に操縦桿を引く。左上方に急上昇し、そのまま宙返りを打った。荷を落とした機体は、面白いほど反応が軽くなっている。

目の端には、地上に落ちた白いものに兵士が駆け寄る光景が映った。だがそれも一瞬で、視線は頭上の——といっても位置は下方にあたる——敵機をとらえていた。

「それ、攻守交代だ」

「燕返し」を使った。それまでの鈍重な動きからは信じられぬほど軽々と宙返りをしたスパッドは、敵機を上から狙える位置についた。

敵機の姿が照準器の端にはいる。引き金を引く。銃弾が敵機の機首から中央部にかけて降りそそぐ。

敵機が機首をがくんと下げた。そのまま黒煙を引きながら落ちてゆく。

よし、と喜ぶ間もなかった。敵はもう一機いたはずだ。上下左右を見回すが、見当たらない。ということは……。

うしろをふり向いた。

もっともいてほしくないところ、後方上空に機影が見えた。

あわてて左に旋回した。敵機があの位置にいては、ひとまず逃げるしか手がない。

だが敵機は降下する勢いをのせて、猛烈なスピードで追ってくる。

低空にいる者は不利だ。右に左に旋回して追尾を避けるが、敵機はすぐに距離を詰め、機関銃の一連射を送ってきた。横転してこれを避けたが、敵機はまた追ってきて、すぐにうしろにつかれた。錐もみ降下をして逃げたいが、高度が足りない。やむなく宙返りをして攻守を変えようとした。

しかし十分にそなえている敵には通じなかった。敵機は宙返りに応じずに右旋回して上昇し、英彦が宙返りの頂点にきたところに上空から一撃を浴びせてきた。

横転しつつ左旋回して射線をはずしたが、それでも胴体と尾翼に何発か食らった。そのまま地面を這うような低空で逃げる。敵機は執拗《しつよう》に追ってくる。

もう一度宙返りをするか。しかしそれこそ敵機の思うつぼで、上昇するところを狙い撃ちされて終わりだ。この高度差では攻守を逆転できない。

こうなったら、どこまでも低空を逃げ回るしかない。

林の梢に触れるほどの低空を、右へ左へと機体をふりつつ飛んだ。逆転の手立てはないか。必死に頭をしぼったが、思いつけない。敵機は相変わらず高度差を保ってついてくる。

「だめだ。しつこいぞ！」

振り切れない。絶望に襲われる。だが手足は勝手に動いて、梢にぶつからぬよう、銃撃を浴びぬようにと秘術を尽くして機体をあやつっている。

敵機のようすを見るためにふり返ったとき、敵機のうしろ上方に黒い点が見えた。それもぐんぐん近づいてくる。

怪訝に思ったが、その正体を知ったとき、歓喜が体中を駆け抜けた。

見ているうちに、しつこく追従してきた敵機フォッカーは、炎と煙を噴き出した。うしろから銃撃を浴びたのだ。そのまま煙の尾を長くひきながら森の中へ落ちていった。

英彦はスピードをゆるめ、うしろからスパッドが並びかけてくるのを待った。

「ありがとう。助かった！」

聞こえるはずもないが、横にならんだスパッドの操縦席にいるサンデル軍曹に向かって叫び、手をふった。サンデル軍曹も白い歯を見せている。

サンデル軍曹の機体を見ると、両輪のあいだにあったはずの白い荷物もない。英彦のあとに荷物を落とし、引き返す途中だったのだろう。

サンデル軍曹が鼻の下に指で八の字を描いて、首をかしげてみせた。マートン少尉の消息を訊いているのだ。

英彦は目を閉じて首をふった。それだけで通じたようだ。サンデル軍曹は胸で十字を切った。

四

あとは帰投するばかりだが、これも簡単なことではなかった。残りの燃料では二十分も飛べるかどうか。しかも空戦を重ねて、かなり北の方へきてしまっていた。

せまい操縦席の中で航空図をひろげた。一番近いのはアミアン近くの、以前シゴーニュ大隊がいた基地だが、そこまででも燃料はぎりぎりだと思えた。

とはいえ迷っている暇はない。西へと機首を向けた。サンデル軍曹もついてくる。

雨は降っていないが雲は多く、見通しはきかない。もっと高度をあげれば雲はなくなるが、そうすると敵機に見つかりやすくなる。

銃弾はまだあるが、燃料は乏しく機体は損傷していて、空戦をするには状態が悪すぎる。ここは一刻も早く帰投したい。雲の下、高度千メートルで基地へと急いだ。敵が見えたらすぐに逃げるつもりで、前後左右を怠りなく見張りつづける。

五分ほど飛んだころ、前方上空の雲の隙間に機影が見えた。それも十数機の編隊だ。

うしろを飛ぶサンデル軍曹に、上空を指さして知らせた。

「敵さんだな。やれやれ、こんなときに」

編隊は大型の爆撃機を中心にして追撃機が側面を守り、南西に向かっていた。おそらくベルギーの基地を発して、フランス領のどこかを爆撃にゆくドイツの編隊だろう。方角からすると、アミアンのあたりを目指しているようだ。

あるいは、いまこちらが帰投しようとしている基地を標的としているのかもしれない。

「まいったな。あの大編隊に疲れ果てた二機で挑みかかったって、はね返されるのがオチだぜ。ここは逃げるしかねえか」

迷っているうちに、編隊の形に変化が見えた。追撃機が速度をあげ、爆撃機を追い越して前方へと向かってゆく。

何が起きたのかと思っていると、西の方から雲の間に見え隠れしつつ、黒い粒がいくつも飛んでくるのが見えた。

「おお、友軍じゃねえか」

スパッドの編隊が迎撃にあらわれたのだ。その数、十数機。

ドイツとフランスの追撃機はたがいに高速で接近してゆく。距離がなくなると、至近から機関銃を撃ち合う乱戦に突入するだろう。

これでは、自分たちだけ逃げるわけにはいかない。

手を前にふってサンデル軍曹に合図すると、英彦も乱戦の中へ飛び込むべく、速度をあげて上昇していった。

全身の血が騒ぐ。いつものように、戦闘前のくらくらするような高揚感も湧きあがってきた。

雲間を抜けて高度三千メートルまで昇ると、そこではすでに敵味方三十機あまりが入り乱れて戦っていた。

それぞれの機が旋回や上昇、下降を繰り返して敵機のうしろにつこうとし、あるいは正面から撃ち合いながら飛びちがう。

高々と上昇し、ついで急降下して相手を襲う機体があれば、早くも長い黒煙を引きながら墜落してゆく機体もある。

英彦は、もっとも近くにいた敵機に狙いをつけた。

そのフォッカーDⅦは、スパッドと格闘戦に入っており、うしろをとろうとして互いに宙返りを演じていた。その宙返りの頂点の位置――もっとも速度が遅くなる――が予測できたので、そこへ射撃できるよう、自分の機体を運んでいった。

フォッカーから見て斜めうしろの方向から近づき、フォッカーの機影を照準器に入れようとした。操縦桿を小さくあやつりつつ、引き金に手をかける。引く前に、用心のためうしろをふり返った。

ひやりとした。別のフォッカーがつけていた。尾翼の後方からぐんぐん迫ってくる。すぐに左のラダー・ペダルを踏んで操縦桿を倒し、左に下降、フォッカーの射線から離脱した。

「あぶねえ、あぶねえ。やられるところだった」

冷や汗が出た。あのままだったら、敵機を撃ち落とした直後にこちらも撃ち落とされていた。乱戦はこれだからこわい。

そのフォッカーも、サンデル軍曹にうしろにつかれ、機銃弾を浴びている。宙返りを打って逃れようとするが、サンデル軍曹はその上昇するところを狙って機銃弾を集中し、フォッカーに火を噴かせた。

黒煙を引きつつ落ちてゆくフォッカーを瞥見《べっけん》し、英彦はサンデル軍曹に手をふり、つぎの獲物をさがした。

敵味方であまりに混み合った空域はあぶないので、西へ移動した。そこでも数機が追いつ追われつして戦っている。

いま、スパッドが後方のフォッカーに撃たれ、炎を発しながら逃げていた。見ているうちに燃える機体の主翼が折れ、さらに弾倉に引火したのか爆発が起きた。

四散した機体の残骸が落ちてゆく。その中にピロットも含まれているだろう。

英彦は、スパッドを撃ち落としたばかりのフォッカーに狙いをさだめた。

降下して逃げようとするスパッドを追っていって撃墜したので、フォッカーもかなり低空を飛行しているし、なにより油断していると見えた。

サンデル軍曹を敵機への用心のため上空に残し、一撃で撃墜しようと、味方を落としたフォッカーめがけて急降下していった。

油断しているはずのフォッカーは、照準器にとらえた途端、いきなり左に旋回し、速度をあげて離れていった。気づかれたのだ。

据え物切りをするつもりが失敗し、やむなく追いかける形になった。フォッカーの操縦手もかなりの腕前のようで、うしろをふり返りながら機体を右へ左へとあやつり、照準を定めさせない。それどころか、こちらを誘うように速度を落とし、距離をはかっている。

——罠か。

おそらく距離を詰めてきたところで鋭く宙返りをして、うしろをとるつもりだろう。それができるという自信があるのだ。

「ならば応じてやろうじゃねえか。できるなら、やってみろって」

いつもなら用心してようすを見るが、ここでは冷静な計算より味方を撃ち落とされた怒りがまさった。

フォッカーのうしろをとるべく、距離を詰めてゆく。もう少しで射程距離にはいる、というところでフォッカーは左斜め上に向かって宙返りを仕掛けた。

英彦も、フォッカーを追って左斜めの宙返りにかかった。頭を上に向け、フォッカーをにらみながら操縦桿を引きつづける。

フォッカーはスパッドより最高速では劣るが、旋回性能は高い。わずかにフォッカーのほうが小さく回ったと見えた。それでもまだ、照準器にとらえるような位置にはない。

二度目の宙返りがはじまった。さらにフォッカーが有利な位置につけた。

「おっと、なるほど、誘うはずだ」

相手はうまい。このままでは負ける。

三度目の宙返りにかかったとき、英彦は「燕返し」をはじめた。機体は急激に旋回し、宙返りで描く円形の半ばをカットするような動きとなった。そして宙返りの底から上昇しようとしていたフォッカーのうしろ上方についた。あとは引き金を引くだけだ。二丁のビッカース機関銃が火炎と白煙を発した。

操縦席と発動機に多数の命中弾をうけたフォッカーは、機首から炎を噴き出し、地上に向けて落下していった。

すぐに上空を見た。サンデル軍曹はどうしているのか。いない。いや、左上空の雲間に三機が見え隠れしている。あれか。

操縦桿を引き、スロットルを開いて全速で上昇した。

サンデル軍曹の機は、敵の二機につきまとわれていた。雲の中へ入っていったが、敵機も追ってゆく。

「待ってろ。いま行く!」

声が届くはずはないが、叫ばずにはいられない。

雲と並行して飛び、ようすをうかがう。さらに上昇して雲の上に出た。

注意して下方を見ていると、左下方でサンデル軍曹の機が雲から出てきた。上昇してくる。ついでフォッカーがあらわれた。サンデル軍曹の機のうしろを狙っている。その距離、百メートルあまりか。あぶない。

英彦は操縦桿を押し、降下にかかった。サンデル軍曹を狙うフォッカーに一撃を加えたいが、まだ距離がある。

サンデル軍曹は右へ左へと舵を切りながら、フォッカーの追尾を振り切ろうとしている。スピードならばフォッカーよりスパッドのほうが上だ。その距離が徐々に開いてゆく。

一方で英彦の機とフォッカーの距離は詰まっていた。フォッカーはサンデル軍曹のあとを追うのに必死で、こちらに気づいていないと見える。

百メートル以内に近づいた。照準器に機影をとらえ、引き金に指をかけた。

そのとき、サンデル軍曹の機が雲の中に突入した。フォッカーも雲の中へ入ろうとしている。

引き金を引く。曳光弾がフォッカーの主翼から機首にかけて何発も吸い込まれてゆく。

フォッカーはそのまま雲の中へ突っ込んでいった。撃墜できたのかどうかわからない。

英彦はゆるい角度で雲の下へ降りてゆく。

すると雲の中からフォッカーが出てきた。流星の尾のように黒い煙を引いている。

もう一撃が必要かと思って近づいてゆくと、フォッカーは力なく地面に向かって落ちていった。

ほっとして周囲を見まわした。サンデル軍曹はどうした。そしてもう一機の敵機はどこにいる。

どちらも見えない。つぎに計器を点検した。燃料計の針はほぼ底を指していた。

「こりゃだめだ。空中戦をしている場合じゃねえぞ」

航空図をひらいた。周辺の地形と見比べる。目立つ川や集落をさがしていると、視覚の隅を何かが横切っていった。

はっとして視線を向けると、燃え落ちてゆく飛行機で、しかもその胴体にはこうのとりが描かれていた。

サンデル軍曹だ。

最後まで見届けないで、英彦は急ぎ上昇にうつった。敵はまだ一機いる。こちらは、もう弾も燃料もほとんど残っていない。今度こそ逃げなければ。

敵機はどこだ。

すばやく上下左右を見回した。

右手の上空から、一機が翼をひるがえして降下してくる。

その姿を見て、英彦は体が打ち震えるのを感じた。フォッカーの胴体に青い鮫の頭部が描かれていた。

ルカン・ブルーだ。

何という状況だ！

「そうか、忘れていた。このあたりはこいつの縄張りだった」

くやしいが逃げるしかない。といっても低空を飛んでいるので、錐もみ降下をするのも危険だ。林の上を、味方の陣地の方へと向かった。

だがルカン・ブルーは降下する勢いで速度を増し、迫ってくる。距離が開くどころか詰まってきた。

後方上空から銃撃を浴びせられてはたまらない。

英彦は木立の梢に触れそうな低空を、這うように逃げた。教会の塔の先端を避け、二階建ての家の屋根を越え、麦畑の上を飛んだ。

それでもルカン・ブルーは執拗に追ってくる。もうすぐ射程にはいる。

意を決して、英彦はスパッドで宙返りを打った。「燕返し」で逆転するつもりだった。が、宙返りの頂点にきたとき、ルカン・ブルーは周囲にいなかった。

あわてて左右を見回すと、右手上空を旋回している機体が目にはいった。

英彦が宙返りに入ると察知したルカン・ブルーが右旋回して距離をとり、うしろにつかれるのを避けたのだ。格闘戦にならなければ、燕返しは使えない。

旋回を終えたルカン・ブルーがこちらに向かってくる。飛行の腕前と先を読む力は、明らかにこちらより上だ。まともに戦ってもかなわない……。

——いや、あきらめるな！

萎えそうになる心を奮い立たせ、手立てはないかと頭を巡らせた。

あることを思いついた。ひとつの賭けだが、それなりの勝算はあると思われた。

「よしっ」英彦も水平飛行から左旋回し、ルカン・ブルーに向かっていった。

すぐに相対して向き合う形となった。

距離が詰まってゆく。ルカン・ブルーは正面から銃撃を浴びせてきた。正面衝突も辞さないという、意地の張り合いである。銃弾が英彦の顔のすぐ近くを通りすぎてゆく。だが互いに二百キロ近い速度で近づいているから、それも一瞬だった。

もはや二機のあいだは百メートルもない。英彦は操縦桿の引き金に指をかけている。まさに正面衝突する寸前、ルカン・ブルーが機首をあげ、上方に逃れようとした。最初に対決したときとおなじだ。

「ここだ!」

待っていた英彦は、操縦桿をわずかに引くとともに引き金を絞った。機首があがり、弾倉に残っていた十数発の銃弾が、フォッカーの胴体の底に穴をあけた。

すぐに操縦桿をいっぱいまで押した。フォッカーの下面をすり抜けるつもりだった。

だが遅かった。

「うわっ」

衝撃音とともに右頬と右目に鋭い痛みを感じて、思わずのけぞった。プロペラがフォッカーの尾翼をたたき、砕けて飛び散ったその破片が当たったのだ。上翼からも引《ひ》っ搔《か》くような異音がした。

機首ががくんと下がった。プロペラが砕けて推進力を失った機体は、重い機首を先にして降下してゆく。

左目の端に、急降下してゆく青いフォッカーが見えた。操縦席の人物は、頭を前方にある機関銃の尾部にあずけて動かない。床を突き抜けた銃弾に撃ち抜かれたのだろう。

死人が操縦するフォッカーは、そのまま地面に激突して炎と黒煙をあげ、四散した。


プロペラを失っても、スパッドの主翼と昇降舵はまだ生きていた。英彦は機体をだましだまし操作して滑空し、林を避けて草原の上までくると、なんとか機体を着陸させた。

操縦席を出た英彦は、翼から降りようとして足をすべらせ、地面に落ちてしまった。したたかに腰を打ち、顔をしかめてうめきながら草の上に大の字になった。草の露が手を濡らした。その冷たさに、生きている、と思った。

あれだけの激闘をくぐり抜けて、なお生きている……。

なんと幸運なことか。

寝転がったまま、散っていったマートン少尉とサンデル軍曹の冥福を祈った。ふたりの死は、決して無駄死ではないと思えるのが救いだった。

見上げれば、青い空に白い雲が流れゆくのが見える。美しく力強い光景だった。見ていると、人間の営為など、なにもかも小さく思えてしまう。

間もなくこの戦争は終わるだろう。

それはまだ祈りに似た思いでしかないが、近いうちに現実になると確信していた。

――そうなったら……。

自分は、どうするのだろうか。

軍を離れても、飛行機とは離れたくない。曲技飛行を見せるピロットになるか。それとも、人や荷物を運ぶ飛行会社でも興すか。

「どちらでもいい。飛行機といっしょならな」

そうつぶやいて、寝転んだまま空を見つづけた。白い雲は尽きることなく流れてゆく。

フサエの凜《りん》とした姿が目の前に浮かんだ。

何から逃げてきたの？　と問うたフサエに、いまこそ自信をもって答えたい。逃げてきたのではない、自分が本来、進むべき道を探しにきたのだ、あなたもそうだろう、と。だから探せばきっとふさわしい道があるはずだ。雨を降らせる雲があっても、突き抜けて上に出てしまえば、そこには蒼穹《そうきゆう》がひろがっている。

わが幸運の女神に、いや生身の女であるフサエに、そう告げたいと思った。そしてこれからの人生を、いっしょに歩みたいとも思った。フサエが承知してくれるかどうかはわからないが。

砲弾が落ちてゆく音がして、直後に爆発音が轟いた。さほど遠くではない。だが不安は感じなかった。英彦の胸中は、むしろこれまでにないほど満ち足りていた。

解説

伊東潤

読み終わった時の心地よい満足感。岩井さんの作品には、いつもそれがある。とくに本作は、全編にわたるスリリングな空中戦と人間ドラマに圧倒され、これまで以上の満足感を味わえた。これが一流のピロット（パイロットの仏語発音）の腕というものだろう。

歴史小説というジャンルで、平成の頃、空中戦を演じてきた先達たちも次々と鬼籍に入ってしまった。まさにアスと呼べる山本兼一《やまもとけんいち》氏、火坂雅志《ひさかまさし》氏、葉室麟《はむろりん》氏といったレジェンドたちだ。

本書で知った言葉だが、アスとは五機以上の敵機を落としたピロットに与えられる称号だそうだ。前述の三人はベストセラー作品を何作も出しているので、アスと呼んで差し支えないだろう。私は三人とも面識があるので、懐かしい思い出でいっぱいだが、時代の移り変わりを感じずにはいられない。

そして平成の頃から活躍し、令和の時代まで生き残っている歴史小説界のレジェンドは、安部龍太郎《あべりゅうたろう》さんと岩井さんくらいになってしまった。お二人が先頭に立って健筆を振るっておられるからこそ、われわれ後進の居場所があると言えるだろう。

実は、私は岩井さんにお会いしたことがない。しかし今回、担当編集者を通して解説を仰せつかり、たいへん光栄に思っている。それはそうだろう。私は何冊も岩井作品を読んでいる大ファンなのだから。

ここで岩井さんの略歴を述べるのが解説のお作法だが、最近はネットで検索できるので、最低限にとどめておく。

岩井さんは昭和三十三（一九五八）年、岐阜県に生まれ、一橋《ひとつばし》大学を経て東芝《とうしば》に勤務した後、中途退職して専業作家になった。その後、多くの文学賞を受賞して今に至る。本になったものだけで、これまで五十作品以上を上梓《じょうし》している。

私が最初に手に取った岩井作品は、直木賞候補作になった『十楽《じゅうらく》の夢』だ。伊勢長《いせなが》島一向一揆《しまいっこういっき》を一揆側から描いた本作には圧倒された。

ちなみに先日、某歴史番組にゲスト出演したのだが、その時のテーマが伊勢長島一向一揆だった。せっかくの機会なので制作会社に岩井さんを推薦したのだが、岩井さんの連絡先が分からず、しゃべりが未知数という理由で、「やはり伊東さんに」となってしまった。そうしたことから長島一向一揆の史料をあたったのだが、これがわずかしかない。それで『十楽の夢』を読み直したのだが、十楽と呼ばれた長島の描写、一揆の組織構造、その教義や商慣習などを、まるでそこにいたかのように描いているのには舌を巻いた。おそらく大坂の本願寺や越前《えちぜん》一向一揆の史料などを参考にし、伊勢長島という戦国時代のアジールを再構築していったのだろう。

しかも『十楽の夢』には、最近の歴史小説にありがちな超人的なヒーローは登場せず、普通の人々が信長《のぶなが》軍団と戦うという、いかにも岩井さんらしい設定になった。

岩井さんのどの作品にもほぼ共通しているのだが、読者が「自分でもなれそう」とつい思ってしまう主人公が、懸命に努力して活躍する姿に共感を覚える。

本作すなわち『鶴は戦火の空を舞った』にも、それは共通しており、どこにでもいそうな主人公が空に憧れ、一流のピロットになり、失敗から学びつつ腕を磨いてフランス軍のために戦う姿を描いている。

岩井さんと言えば、室町〜江戸時代初期を主戦場としてきたと思っていたので、調べたところ、本作は前作『「夕」は夜明けの空を飛んだ』に続く二作目の近代物というではないか。にもかかわらず、手慣れた仕事のように感じられるのには驚かされた。

ちなみに『「夕」は〜』は、木村駿吉《しゅんきち》という船舶用無線電信機を開発した実在の人物を主人公に据えた評伝小説だったが、本作『鶴は〜』は錦織英彦という架空の人物を主人公に据え、実在の人物と架空の人物が織りなすタペストリーのような物語になっている。

実は、この手法も岩井さんの得意とするところだ。

具体的に説明すると、後景で実際の歴史が流れ、前景で架空の人物が活躍するという手法のことだ。この手法は、後景の歴史に囚《とら》われすぎると、前景の架空の人物からダイナミズムが失われ、前景に寄り掛かりすぎると、後景がおろそかになるという難しさがある。

しかし岩井さんにかかれば、こうした難しい手法もお手の物だ。後景にのみ込まれず、また前景に寄り掛からず、絶妙の操縦桿《そうじゆうかん》さばきで、物語に没入させてくれる。

本作は第一章から第七章で成っている。第一章は日本に飛行機というものがやってきた草創期が描かれる。先入観を抱きたくないため目次を見ずに読み始めたので、日本だけを舞台にした飛行機発展史の物語かと思いきや、第二章で、舞台は第一次世界大戦最中の中華民国山東省青島に飛ぶ。ここで読者は初めて空中戦を体験する。第二次世界大戦の空中戦とは違い、機関銃さえ後から設置するなど、なかなか新鮮だ。この頃、飛行機は偵察のためだけに使われていたからだ。第三章で、舞台はいったん日本に戻り、ここで主人公の錦織英彦は滋野清武（バロン滋野）という実在の人物のことを知る。滋野は以前、軍で英彦らに操縦術を教えていたのだが、この時、日本人でありながらフランス陸軍航空隊のピロットになって大活躍していた。ちょうどその頃、英彦は選ばれると思っていた長距離飛行のパイロットから漏れ、大きな挫折を味わっていた。しかも英彦の腕が選ばれた者たちに劣るのではなく、自分の意見をずけずけ言う性格から外されたらしい。すなわち和を重んじる日本的組織から弾《はじ》き出されたのだ。

こうしたことから分かる通り、英彦は人格者ではない。その独白から性格を推し量ると、短気で度胸があり、腹の据わった典型的な一匹狼《いつぴきおおかみ》の姿が思い浮かぶ。

話は戻るが、日本の組織体質に嫌気がさした英彦は、滋野の後を追うようにフランス軍に身を投じる。そして苦難の道を歩みつつ独仏戦で大活躍することになるのだが、どのような展開になるかは読んでのお楽しみとしたい。

これは推測だが、岩井さんは当初、滋野の生涯を描こうとしたのかもしれない。しかし評伝小説だと主人公を自由に動かせない。そこで滋野を脇役にして、架空の人物である錦織英彦に主人公の座、すなわちピロットの座を与えたのではないだろうか。それが成功しているのは、英彦が独仏国境の空を縦横無尽に飛び回ることで証明している。

さて、岩井さんが主戦場である室町〜江戸初期から脱し、近代を題材に取り上げたことは、歴史小説の今後の方向性を示唆するものになるだろう。というのも「小説が売れない」「とくに歴史小説は売れなくなった」という声が多い中、その原因の一つに「戦国時代が飽和状態」というものがある。私は「偉人・敗北からの教訓」という番組にレギュラー・コメンテーターとして出演しているのだが、それで分かったのは、戦国時代、とくに三大英雄とそれにかかわる人物を取り上げた回は視聴率が取れるのだが、それ以外の時代の人物を取り上げると、視聴率は極端に落ちる。これは歴史小説も同じで、戦国時代を舞台にしたものは売れるのだが、それ以外の時代を題材にした作品は苦戦している。実は私自身、戦国時代物以外の企画を通すのに苦労している。そこには、新天地に進出できず、生息域が限定され始めた生物の末期状態を思わせるものがある。

それゆえレッドオーシャンである戦国時代では、新たな読者を獲得できず、どこかにブルーオーシャンを見出《みいだ》さねばならない。

その答えが明治から昭和というのは、岩井さんのみならず歴史小説家の共通認識になりつつある。つまり昭和と令和の間に平成が挟まったことで、戦後昭和まで歴史小説の守備範囲が広がったのだ。となると、当然のごとく明治を舞台にした歴史小説は活況を呈してくるはずだ。

これから様々な作家によって、明治から昭和の物語が次々と紡がれていくだろう。もちろん岩井さんもその一人となるに違いない。岩井さんが、これからどのような物語を紡ぎ出していくのか、実に楽しみだ。そのスタートとなるのが、前作『「タ」は夜明けの空を飛んだ』と本作『鶴は戦火の空を舞った』になるだろう。

（いとう・じゅん　作家）

本書は、集英社文庫のために書き下ろされた作品です。

集英社文庫

鶴《つる》は戦火《せんか》の空《そら》を舞《ま》った

2024年5月30日　第1刷　　定価はカバーに表示してあります。

著　者　岩井三四二《いわいみよじ》
発行者　樋口尚也
発行所　株式会社　集英社
東京都千代田区一ツ橋2-5-10　〒101-8050
電話【編集部】03-3230-6095
【読者係】03-3230-6080
【販売部】03-3230-6393(書店専用)
印　刷　株式会社広済堂ネクスト
製　本　株式会社広済堂ネクスト

フォーマットデザイン　アリヤマデザインストア　　マークデザイン　居山浩二

ISBN978-4-08-744655-5 C0193